河出文庫

神聖受胎

澁澤龍彦

河出書房新社

目次

神聖受胎

I

ユートピアの恐怖と魅惑

余は君たちに隣人愛を勧めるだろうか。むしろ、余は隣人逃避と遠人愛を勧める。隣人愛よりは、もっとも遠い未来の者への愛の方が高い。余は人間への愛よりも、事物と幻影への愛を高きに置く。

ニーチェ『ツァラトゥストラ』

エンゲルスが「空想から科学へ」の標語によって社会主義思想の発展を定式化して以来、ユートピア談義は古文献学の塵のなかに、その本来の尖鋭な時代意識と批評精神を埋没してしまったかに見える。たしかに、あの近代史上二度にわたって訪れた可能性の発見の時代、ルネサンスと啓蒙主義の時代に、すばらしい開花をみたユートピアは、生まれ出ずる知識や科学と不可分の関係にあり、中世の科学が古い魔術や呪術の殻を脱して近代的・体系的に育って行くにつれて、ユートピアはその固有の領土を徐々に失うにいたった。この間の事情はエンゲルスの指摘の通りである。メンデレーフの周期律表が発見されて以来、プラトンが『クリチアス』のなかで言及している「オリカルコン」のような貴金属元素の存在は、もはや一片の迷夢にすぎず、有機化学の確立以来、水を葡萄酒に変えるといった聖書風の奇蹟は、巧妙をきわめた手品としか考えられなくなった。それはそれでよろしい。が、それは果してユートピア的発想形式全般の無効をただちに意味するだろうか。

そんなはずはあるまい。その対象が自然科学の領域にまれ社会科学の領域にまれ、わたしたちはそれらの完全な記述から包括的な法則性の発見にいたる、人類の知識の最終段階までは、まだはるか遠い地点にある。濛々たる闇にとざされたこの領域に、理性の里程標をほんの二、三本、現在までに打ち込んだにすぎないのだ。むしろ逆に、理性の里程標を遠くに打ち込めば打ち込むほど、ユートピアの地平線は無限にひらけるという方が正しいだろう。新しい哲学的・科学的概念のなかに含まれたユートピアの可能性をことごとく究めつくす、などということは、そもそも理性と本能の間隙をうずめる作業に似て、不可能であるべきことを知るがよいのだ。

こうして、二十世紀の作家たちは未来世界における時間概念や、全体主義社会における個人と集団の関係などに、新たなユートピア的発想の照明をあてる。前者の例は、H・G・ウェルズの科学小説におけるテレパシーや「タイム・マシン」であり、後者の例は、『見事な新世界』（オルダス・ハックスリイ）や映画『メトロポリス』における、昆虫社会にひとしい残酷な権力機構に支配された社会形式である。

すでにマルキ・ド・サドが怖るべき実践理性の公準の上に、一種のユートピア的怪物を創造しているのを、わたしたちは知っているが、ニーチェの「永劫回帰」をも含めて、いわば形而上学的主題のユートピアともいうべき知性の実験、精神の賭けが、これからわたしたちの主として取り扱おうとしているジャンルのユートピアであることをここに記しておこう。それはしばしばユートピアであるよりもアンチ・ユートピアの色調をおびるが、この形而上学的ユートピア特有の二重性格については、論旨を追って明らかにして行こう。

サドが自己の精神生理的宿命を倫理的選択にすり変えたように、ニーチェが証明不可能な神話を意志的行為の真実として信じたように、あらゆる形而上学的ユートピアンは、ハイデガーのいわゆる現存在《ダーザイン》を一つの絶対として定立するところから出発する。こうして、ある種のユートピアンたちの夢みる絶対の世界は、たとえば、もろもろの高められた価値がよりダイナミックなはたらきを示し、それらの価値に支配された人間の群が道徳、政治、芸術の極北に向かって駆りたてられるといったような、きびしい鉄の規律の世界である。あるいはまた、心理学や政治学といった、あらゆる相対性の媒介または緩衝装置なしに、精神的なものと生物学的なものとが直接に交流するような、洪水前期的な薄明の世界である。……

「わたしがその名称を自分の名としているこの灌木を通じて、植物界全体がわたしには近しい存在となっている。わたしはすべての花を憐れなものと思わないで眺めることができる――どれもみなわたしの縁者なのだ。もし、その上わたしが花々を通して下等の領域へ遡るとすれば――わたしはまさに杪歯類やそれが繁茂する沼沢地へ、そして藻の類へ降りたいと思うのだ――わたしはますますもって人間たちの世界から遠ざかることになる」と書いたジャン・ジュネは、人類が数億年前の種の記憶をいまだに保持していることに、眩暈のするような恐怖と魅惑をおぼえ、進んで人間本性の多様性を捨て去ることによって、自由となることを夢みたのではなかったか。ジュネの言葉はさらに次のごとく続く。

「人々のいうところによれば、天王星では大気が非常に重いため、羊歯類は地面を伝って延びる纏繞形態をとり、動物は各種のガス体の重みに圧しつけられて、辛うじて身を引きずっているらしい。このたえず這いつくばっている屈辱の生きものたちの中に、わたしは入り混りたいと思う。もし転生によって自分の棲む世界を自由に変えることが許されるのなら、わたしはこの呪われた遊星を選び、わたしと同じ種族の徒刑囚たちと一緒にそこへ行って暮らすだろう。醜怪きわまる爬虫類に取り巻かれ、植物の葉は黒く、沼の水はどろどろして冷たい、その暗闇の中で、わたしは果しのない惨めな死の生存を続けるのだ。わたしには睡眠は決して与えられないだろう。ところが不幸どころか、わたしはますます曇りない意識をもって、優しくほほえむアリゲーターたちの淫らな愛に自分の仲間を見出しているだろう。」(『泥棒日記』)

このおどろくべく調子の高い文章に、わたしはマゾヒスティックな禁欲主義者ジュネのもっとも美しい逆ユートピア的願望を見るのだが、この点については後に再び触れることにしよう。

＊

ところで、形而上学的ユートピアは必ずしもユートピアの変則的なジャンルであるとは言いがたい。むしろ狭い意味での政治的・社会的ユートピアをも含めて、あらゆるユートピアに多かれ少なかれ形而上学的な性格を認めねばならぬであろう。精神の運動のパースペクティヴにはすべて多少なりともユートピア的な幻影がちらつくものであるとはいえ、それが厳密にユートピアと呼ばれ得るためには、単なる精神の運動、知性の体操であることをやめて、ひとつの世界の創造に達していなければならぬ。少なくともひとつの完全な、ミニアチュールとしての世界がそこに望見されねばならぬ。プラトンのアトランティス以来、多くのユートピアンによって島が利用されたのは、島というものがひとつの鎖ざされた世界であり、別次元の価値体系をもつひとつの天体だったからであろう。ここに、ユートピアの基本的な性格が明らかになる。すなわち、ユートピアは世界の構造そのものの総体的表現なのだ。総体的な表現なればこそ、そこにおのずから形而上学的な価値が介入する。すでに世界の概念が宗教的起源をもち、世界と現存在《ダーザイン》とが相関関係にあればこそ、わたしたちはユートピアに宗教的価値、または形而上学的価値を賦与することも可能だったのである。

おそらく宗教とユートピアとの区別はむつかしい。ユダヤ民族のシオン運動、メシア信仰はそのまま宗教的ユートピアであり、同時に政治的・社会的ユートピアでもあった。プラトンをはじめとするユートピアンの大部分が、彼らの理想国家に宗教的願望を実現させた。(トマス・モア、カンパネルラ、サミュエル・ゴット、あるいはオーギュスト・コント、カベー、ウェルズらの例を見よ。)宗教における他界の観念はたしかに時間空間を超越し、永遠のテオリアのうちに朦朧とかき消えてしまうのを通例とするが、ユートピア世界にも、しばしば永遠と無限の反映が見られることは、さきに述べた形而上学的ユートピアの性格から推しても明らかであろう。

にもかかわらず、ユートピアの想像的世界と宗教の超越的世界とのあいだには、根本的な差異のあることを認めないわけには行かない。おそらく宗教のユートピア的形態は、宗教のデカダンスのみであり、正しい宗教はそのあらゆる形態において、反ユートピア的であることを信条とするにちがいない。つまり、端倪すべからざる唯一の神の前にすべてのものの影が薄くなってしまうような超越的な世界では、神から独立した宇宙論を成立せしめることを得ず、したがって、神から由来した現実世界を否定して想像的世界をこれに代えるといったような、グノーシス的な手続をとることは許されないのだ。同様の理由によって、たとえばゲーテとかホイットマンとかいった、すぐれた汎神論者の現実肯定的態度も、やはりユートピアの想像的世界とは両立しがたいことを知る。

ユートピアとよく似た回帰的形式に、黄金時代への憧憬があり、言うまでもなく黄金時代は、チェスタトンのような狂熱的なカトリックにとっては、一般に中世世界を意味し、ヘルデルリーンやD・H・ロレンスのような異教主義者にとっては、ヘレニズムあるいは古代世界を意味する。ところで、ハーバート・リードのごとく産業資本主義を本能的に嫌悪する農民貴族的なアナーキストが、熱烈な一種の中世主義的ユートピアンとして、ビサンチン的抽象芸術擁護の立場をとっていることは興味ぶかい。彼の唯一の小説『グリーン・チャイルド』は、権力意志と権力否定の精神の微妙に均衡を保った、まことに美しいユートピア小説というべきである。チェスタトンの『木曜日の男』が、無政府主義者と神とのあいだの権力のパラドックスを扱っているのと、ある点で、それは対応しないこともない。

（余談にわたるが、ユートピアが探偵小説に近づく場合があることを指摘しておこう。ユートピア世界が日常的世界と明瞭に区別されず、日常的世界の内部にひそかに隠される場合、ユートピアはトリックと神秘性をおび、謎解きの要素を加える。そのよい例が、いま挙げたチェスタトンであり、さらにゲーテの『ウィルヘルム・マイスター』も、ポオやウェルズの諸作も、それぞれ傾向は違うが、この系列に一括することができる。)

たぶんこのように、権力の問題がユートピア思想を解くひとつの有力な鍵になるであろうことは、疑うべくもない。宗教的精神が権力意志と結びついた極端な場合(たとえばクロムウェルやサヴォナロオラのごとく)、その結果はユートピアのような迂遠な想像世界ではとても満足し得ないほど、ファナティックな政治的厳格主義と反文化主義的な偶像破壊とを生む。変革はただちに地上的プランにおいて着手され、権力意志はたちまち裁判所にその棲み処を見出す。エンゲルスの科学的な(?)理論に反して、空想的社会主義に対立するものは科学的社会主義にあらず、おそらくいつの世にも変らぬ権力の社会主義であろう。

ルターの政治倫理学について、『権力思想史』の著者ゲルハルト・リッターは次のごとく述べている、「けれどもルターの独創性は政治的現実の冷静な呈示にある。ところでこの冷静な呈示は、犬儒家マキアヴェルリの人間蔑視および道徳的無関心からと同じくらい、キリスト教的熱狂者やエラスムス的ユートピアンの幻想から遠く隔っている。ルターは、世の中を実際に変えることができるなどとは思わない。」にもかかわらず、「国家の解放におけるマキアヴェルリとルターとの無意識的な共通の仕事」については、エルンスト・トレルチのごとき歴史学者も肯定していることを、同じく『権力思想史』の著者は指摘している。

マキアヴェルリは決して人間を理想化しないようにと、その『君主論』中に再三にわたって述べた。このマキアヴェルリ流の政治と道徳との分離は、しかし、あらゆるユートピア的思考と明瞭に対蹠点をなす現実主義である。ユートピアンはプロパガンディストの功利主義を知らず、宗教家のように、人間の本性にことさら崇高なものを求めはしないが、さりとてマキアヴェリストのように、ことさらこれを蔑視もしない。ただ、よかれあしかれ制度というものの機構と人間支配の道徳とを素朴に信じているだけで、決してこのふたつのものが現実に矛盾を来たすことにまで、意を用いようとはしない。サヴォナロオラのごとく狂信的に現実変革に着手もしない代りに、ルターのごとく、最初から変革の理想主義を抛った上で、冷静に政治的現実を洞察することもない。ユートピアンにとっては、人間も制度も、それらを含んだ全現実も、実験室の物理学にひとしい抽象的概念にみちた価値の体系にすぎないので、よしんば英国政界の抗争の渦中に生きたスウィフトのごとき、フランス大革命に進んで参加したサドのごとき、野心にみちた極端なアンチ・ユートピアンの場合をとってみても、血みどろな政治的現実主義とはほとんどまったく縁がないのが一般である。

しかるに権力政治家にとっては、人間性の総体的な可能性の研究などは、いつの場合にも興味がなく、彼らがつねに関心をいだくのはレトリックとソフィスティック、すなわち、行為を正当化し理由づけるための、修辞学と詭弁法である。この技術はモラルを離れ、美学に接近する。それかあらぬか、権力政治家がユートピアンの実験室的な領域に近づくのは、きまって想像力の過度が陥らしめた、政治と美学との密通という危険な間道を通ってである。ロオマ皇帝ユリアヌス、ナポレオン、ヒトラーの例を見よ。ナチズムにおいて、美学に溺れた政治、この過度の想像力を育てたのは、おそらく中世以来の農本主義的ドイツのパガニズムと、これを母胎にして生まれた近代ロマン主義と、さらに、あのフィヒテにおいて復活されヘーゲルにおいて確立された、マキアヴェルリの原理の変形による理想主義的・闘争的国家理念であった。

「ヒトラーには、バヴァリア王ルートヴィヒ二世に似たところが多分にあった」とアラン・バロックは言う、「全ヨーロッパとアジアの半分とを打って一丸とする大帝国を建設しようという途方もない夢想、生物学的に優秀なエリートを育てあげ、純血の聖杯を守る新体制を創りあげようとする構想、これらはすべて、十九世紀末葉のドイツ浪漫主義の深くしみ込んだ、粗雑で無秩序ではあるが、豊かな想像力が実を結んだ挙句の成果であって、これはワグナー、ニーチェ、ショペンハウエルを寄せ集めた一枚の戯曲にほかならない。」(『アドルフ・ヒトラー』)

いずれにせよ、ユリアヌス、ルートヴィヒ二世、ヒトラーらの目もくらむばかり遠大な計画性と耽美性には、彼らが奇妙に現実から疎外され、夢想のうちに生きていたという点で、多くのユートピアンのそれと共通なものがある。この遠大な計画性が結局、権力者自身の挫折を招いたものであったにしても。

ユートピアンの特徴としてレイモン・リュイエの挙げているものに、シンメトリイへの異常な趣好、自然への敵意ないし恐怖、禁欲主義、反ヒューマニズム、予言趣味などが数えられるが、それらがいちいち第三帝国の神経症的独裁者の気質に符合するのは、なにか暗示的と言わざるを得ない。むろん、ここから独裁者一般の問題をみちびき出すわけには行くまいが、ここでヴォリンガー流の美学の分類を用いれば、このユートピアンの特質は、北方ゲルマン芸術の抽象衝動と関係があり、T・E・ヒュームの観点をつけ加えれば、ヒューマニズムと対立する中世主義の系譜ということになるのであろう。ヒトラーを予告したと言われる民族主義者ゴビノオ伯について、エチアンブルは、「スウェーデンにやって来て、ゴビノオ伯はおのれの想像力のロマンティシズムに耽溺したのだと思う」と書いた後、さらに次のようにつけ加えた、「オーディンの神の祀られた土墳のほとりで、角笛に汲まれた蜂蜜酒を、うやうやしく彼は味わったことであろう。身内の空想に抗しがたく、こうして彼は一瞬にもせよ、その父祖の宗教を再発見することを現実に願ったのかもしれなかった。」（『三つの圧制について』）

どうやらユートピアと権力意志とのあいだには、芸術という陥穽がひそんでいたようである。なにはさて、ユートピアと芸術との関係を論ずる時がきたようだ。

＊

たとえばマンドヴィルの『蜂の寓話』のごとき、経済学史上興味はあるが、芸術的にはほとんど成功していない作品の場合でさえ、ユートピアがフィクションである限り、芸術作品の一種であるということは自明の理で、この点をわざわざ論ずる必要はないように思われる。しかし、ありていに言って、わたしたちの手に残されているユートピア作品が書かれた作品であることを思うとき、わたしたちはユートピアの本質を、この書かれた、あるいは現代にまで残っているという、単なる偶有的属性によって規定する傾きがありはしないか。むしろ職業作家の手になるユートピア作品は、その他大勢の無名のユートピアンの、単に頭の中だけで形成されては消えて行った、作品という形をとる必要のない思想の、美学の枠の中での集中的表現と解した方がよさそうである。したがって、多くの作品活動のあいだにユートピア的表現を織り込んだ職業作家（たとえば十八世紀のディドロ、二十世紀のバーナード・ショオ）よりも、ユートピアによってのみ文学の領域に近づいた方法的精神の持主（たとえば十八世紀のモレリイ、二十世紀のジョージ・オーウェル）の方が、むしろはるかにユートピアンの本質を純粋に具えていると見るべきである。言葉を換えれば、文学はとくにユートピアの近くに位置するわけではなく、政治や宗教がユートピアとのあいだに保っている距離と、同じ距離を保っているにすぎない、ということである。

現実よりも夢の現実性を信じたネルヴァルやボオドレエルは、はたしてユートピアンと呼ばれ得るであろうか。ユートピアが芸術であり、精神の無償のたわむれである以上、それが言葉の語源的な意味における詩的（ポイエシス的）機能を解放するものであることは言うまでもない。そしてまた、詩人のヴィジョンが現実を遮断して、日常の時間空間の外に、夢の世界を独立させるものであることも、異論の余地があるまい。エドガー・ポオの『ランダアの家』や泉鏡花の『竜潭譚』などは、かかる詩的ユートピアの典型的な例である。あるいはまた、ピエール・ルイス『ポゾオル王の冒険』や、アーサ・マッケン『恐怖』や、H・P・ラヴクラフト『アウト・サイダー』や、江戸川乱歩『パノラマ島奇談』や、谷崎潤一郎『金色の死』なども、この系列に属するものであって、それらは一見、ユートピアと何の径庭もないように思われる。

しかし、このような詩的「無何有之郷」とユートピア世界とのあいだには、やはり本質的な懸隔があろう。詩的ヴィジョンはいわば天界の超自然あるいは超現実の反映であって、ユートピア本来の地上に即した方法的精神、科学的精神、散文的精神とは相容れない。恐怖小説も広義の詩的散文と見て差支えない。夢魔的な灰色の世界を克明に描き出すカフカの散文も、科学的に正確なレポートや、旅行見聞記や、生物学ノートなどの形を借りて、どことも知れない世界の風土を現出せしめるアンリ・ミショオの散文詩も、あのトマス・モアの「アマウロート橋」や、サミュエル・バトラーの「不合理大学」や、スウィフトの「ラガードー学士院」において過不足なく示された、ユートピアン本来の方法的かつ思弁的な散文とは、おのずから様相を異にする。ヴィジョンという言葉自体がそれを語っているように、詩人はあたかも麻薬の幻覚によるかのごとく、変形された世界を視るのであって、別世界を構築するユートピアンの持続性、計画性とは無縁である。フーリエのようなアナロジイに富む精神のみが、詩人とユートピア思想家、神秘的精神と方法的精神との中間に位置し得るのであろう。この奇矯なユートピアン・フーリエにとっては、経済も、法律も、道徳も、すべてがエロティシズムの法則、すなわち「情念引力」のアナロジイによって解決されてしまうのである。

　かように、詩人の美学が本来ユートピアを志向するものでないことは明らかだが、ここに、美学がある種の権力や、怨恨《ルサンチマン》や、シニシズムと結びついて、現実にユートピア作品らしきものを生み出す特殊な場合があることを注意しておこう。ラブレエや、モンテスキュウや、ディドロや、ウィリアム・モリスや、バーナード・ショオや、アナトオル・フランス（『ペンギンの島』）や、芥川龍之介（『メンスラ・ゾイリ』『不思議な島』『河童』）や、石川淳（『鷹』）や深沢七郎（『風流夢譚』）

の例がこれに当る。これらのひとびとは思弁的・方法的知性のすぐれた作家であったにちがいない。逆に方法的知性を欠いた作家が権力を志向する場合、彼はむしろ生《なま》の現実で、いささか悲壮なポーズや滑稽な行動におもむかざるを得ない。ダヌンチオ、ユゴオ、モオリス・バレス以下、この種の政治的行動を志向した作家の例は、第二次大戦中からわが国の現在にいたるまで、枚挙にいとまがない。

作家も中世のアルチザンのように、近世以来、その作品の質をみがくことに全情熱を注いで来たので、このような作品本位の自己中心主義が、ユートピアの創造から彼を遠ざけていたのは、むしろ作家の生存の本質的条件からみて至当であった。形式への意志はもっぱら作家個人の自我実現、スタイルに向けられ、俗世間へは完成された作品を送り出すという生産社会特有の手続によってしか係らない。作品の完成、自我の実現のために吸収されつくした知的エネルギーは、もはや世界の構造、あるいは世界の社会的構造の究明のための努力を捨てて惜しまない。これが生産社会に生を営む作家の純粋な個人倫理であろう。ただ、自我と世界が同一化された場合にのみ、作家の自我実現は同時に世界実現となって、ユートピアへの関心が作家を動かしはじめるにちがいない。政治と文学が権力意志を仲介として、ユートピアから等距離にあるとわたしが言ったのは、この理由である。

（さらにまた、世界崩壊の終末思想が、ユートピア思想の裏側を形成するものとして、あたかも権力意志がニヒリズムによって裏打ちされるごとくに、ヨーロッパ思想史および文学史の奥深い内部を流れているのをわたしたちは知るのであるが、この興味あるテーマについては、別の機会に改めて詳述する。）

ユートピア成立の根本条件である方法的精神は、むろん、それのみではユートピアを生み出すことはできない。まず世界の概念を与え、現実を超える可能性を与える、宗教的あるいは形而上学的精神との結びつきが必要である。と同時に、具体的な表現能力と抽象的な図式を理解する能力を与える、美学的精神との結びつきが必要であることもまた、言うを俟たない。最後に、権力意志との幸運な結合によって、方法的精神はユートピア、あるいはアンチ・ユートピアと呼ばれる怪物的作品を生むのである。わたしたちが最も関心を寄せなければならず、また、歴史の危機的状況を最も鮮明に浮彫りして見せてくれるのが、この形而上学的ユートピア、権力意志と緊密に結びついた例外的な文学作品なのである。

＊

とはいえ、一見したところ、方法的精神と権力意志とは、最も結びつきにくい対立概念のように思われる。一方は知識、瞑想、分類や統一への嗜好から、美の科学としての審美主義にまで通じるスタティックな概念であり、他方は行動、実現から支配にまで通じる、きわめてダイナミックな概念である。したがって、このふたつの傾向がユートピア思想家において結びつくのは、稀有な場合であり、この人間心理の動力学と静力学とが、どのように重なり合うかによって、彼のユートピアへの志向もまたおのずから決定されるであろう。

アドラーは、あらゆる性的倒錯に共通するものは、それらが正常な性的役割を演ずることに対する反抗を意味する点にあると述べ、また、それが自己の劣等感を昂めるための、計画的かつ無意識的な手段にほかならないと論じ、倒錯は男性にあっては、「単に女性の力を過大に評価することによって生ずる劣等感と闘うための代償的な努力として始められる」(『同性愛の問題』)と結論したが、ユートピアンの創作衝動もまた、倒錯者の反抗に似て、自己の方法的精神の先天的に無力であることに対する無意識的な自覚から、この劣等感を克服するために試みる代償的な努力として、理解されねばならないように思われる。

だからユートピアンの権力への夢想は、いわば知識の領域に転写され、彼は知識というものの無力を十分知りつつも、却ってその潜在的な力を意識したかのような、いわゆる「過剰補償」的なポーズをとることを余儀なくされる。その一つの証拠に、ユートピア思想家はおしなべて極端にペダンティックである。ペダントリイはベルグソンによると、「根本において、自然に立ち優っていると主張する人工以外の何物でもない」(『笑』)ので、人工的な社会を作りあげるユートピアンは、明らかに正常な社会の自然性を嫉視しているとも言えよう。知識を誇示することは自ら劣等感を昂めることにほかならないのであるが、それがまた、彼の非行動的な反抗心を煽りたてる好適なモメントにもなっているのだ。かくてアドラーの倒錯理論そのままに、権力意志の運動量はペダントリイ、すなわち知識の広さによって、平面的に置き換えられる。心的ダイナミックの無意識的詐術である。

これを他者との関連において眺めれば、ユートピア思想家は一階級あるいは全人類のための権力を夢想しつつ、みずからその間の仲介者となる不遜をあえて惧れない。世界と自己は同心円のように重なり、やがて自己が徐々に大きくふくれあがって、一階級を、全人類を、世界全体を覆ってしまう。知識の領域に転写された権力意志は、あの知性本来の、あらゆる相対性の緩衝装置を撤廃した無限軌道さながらに、行けるところまで行かなければおさまりがつかない。チェスタトンは、「最も民主主義的なユートピアはつねに圧制であり、圧制者の夢である」と言い、ユートピアン自身こそ、世界を思いのままに組み立てては満足を得る圧制者にほかならない、と断じた。この指摘は貴重である。

周知のごとく、若きプラトンは「貴族の出であり、体力にも恵まれ、均衡もとれ、競技者のような」ところがあり、前途に政治家としての生涯を夢みていたのに、「対立者ソクラテスとの突然の邂逅によって、政治家には無縁のものとなった」(アラン『プラトンに関する十一章』)と言われている。つまり、彼は鬱勃たる政治的生涯への欲求をみずから断念することによってのみ、ソフィスト的政治の現状に対するアンチテーゼを提出し得たのだ。同じようなユートピアンの心理学は、トマス・モア、カンパネルラ、フェヌロン、フーリエにおいても認められる。ゲルハルト・リッターは、ヘンリイ八世の忠実な宰相モアについて、「中世的な来世信仰が、彼に、現世に対する滑稽な諦めた優越の能力を与えた」と述べている。カンパネルラにいたっては、占星術の予見によって、革命的趨勢を信じ、自己の欲する理想社会を南イタリアに建設するため、革命的な秘密組織をつくり、捕えられて二十六年の永きにわたる牢獄生活さえ経験している。かような秘密組織によるユートピアンの反抗の形式は、中世のキリスト教異端から十九世紀のサン・シモン、フーリエ、カベーらにいたるまで連綿と続いている。

これを要するに、多くのユートピアンが現実に対して抗議する社会的弱者であり、自己の弱さの補償を空想世界に求めていたということは、ほとんど疑いの余地がない。逆ユートピアの悲惨がそのまま彼らの裏返された権力意志、隠された怨恨《ルサンチマン》の結果でもあろう。プラトンは弱年のころ詩作に耽っていて、自作の詩をディオニュソスの競演に持って行く道すがら、ソクラテスに会い、これを焼き捨てたと伝えられるが、その伝説の真偽はともかく、後年の「理想国」における詩人の地位とを考え合わせて、そこにアドラー的なコンプレックス、偽装された復讐感情を読みとることは容易である。すなわち、プラトンは「国家篇」を書いたとき、弱年の自己があらわす人間のタイプを追放に処し、現在の自己があらわす人間のタイプに全能を与えたのであった。

＊

復讐感情や支配欲が、一見したところ楽天的な科学への信仰、技術の進歩に対する確信といった形であらわされることがある。ほとんどすべてのユートピアにおいて、人類は自然を支配する無限の能力を具えている。ユートピアの最も顕著な特質は、技術の発展である。だが、これを人類の富や安楽に対する夢と考えるのは、おそらく無邪気な誤りであって、ここでもやはり、権力が問題になっていることを知るべきである。人類の生活水準をロケットやオートマティックな機械のごとき、単に便利や安楽のための道具によって規定することは、言うまでもなく実行原則の支配を超えた進歩を示すことにはならない。ボオドレエルが「真の文明は決してガスの中にも蒸気の中にも在るのではない。真の文明は実に原罪の痕跡の滅却にある」と言ったのは、この謂であり、空想科学小説が往々にして卑俗な楽天主義に堕するのも、この理由である。けれども、すぐれたユートピアにおいては、たとえ技術に頼ろうと何に頼ろうと、人類はこの実行原則の支配を超えて、生物学的・心理学的・哲学的領域に発展する。『太陽の都』（カンパネルラ）における両性結合の優生学的政策、『四運動の理論』（フーリエ）における完全な肉欲の解放、『エレホン』（バトラー）における動植物の権利宣言、ビュチュア国（サド『アリイヌとヴァルクウル』）における人肉嗜食の合法的慣習、これらの例は、よかれあしかれ実行原則の支配を超えた絶対の領域で展開される、あらゆる生産性も既成社会の文化的価値も妥当性を失った、真のユートピア的特質を示すところのもので、さきに述べた形而上学的ユートピアとは、こういうものを意味したのである。

そうしてみると、ほとんどすべてのユートピアが過剰な肉体労働を苦痛と見なさず、むしろ人間の無力の証拠、克服すべき技術の欠如として眺めていることは、技術万能主義の外見上の楽天主義に反して、おそろしくもまた残酷な逆説と言わねばならない。なぜなら、人間のための技術が技術のための人間になったとき、そこにはすでに完全に反ヒューマニズムの原理が支配しているからである。ヒューマニズムを軸として、ぐるりと一廻転したユートピアは、昆虫的、植物的になる。生存競争が既存の世界の没落に伴い、新しい基盤に沿って、新しい目的を追求して行くとき、すでに既存の世界の価値基準から割り出した理想社会と奴隷社会の区別がそこに無くなっているのは当然であろう。ユートピアと逆ユートピアの差異は、あたかもサディズムとマゾヒズムにおけるそれのごとく、流通自在に見分けがたいものとなり、その差異は「いわば純粋に技術的な問題、能動から受動への心理的な移行にすぎなくなる。」（フロイト）

この点をとくに注意していただきたい。「理想」社会というものは存在しないのだ。ユートピアは両刃の剣である。部分否定ではなくて、全面否定、絶対否定なのだ。現状の一切を認めるか、それとも現状の一切を否認するか。サド＝マゾヒストがたえず苦痛の絶対境を夢みるように、ユートピアンもまた、技術、政治、道徳、宗教の絶対境を夢みる。たとえばオートマティズムが勝利をおさめる技術主義《テクノクラシイ》のユートピアでは、世界は技術者たちの天国となり、人間はすべて技術に奉仕するものとなる。技術者として必要かつ十分な条件を具えた人間、すなわち専門家以外は、すべて人間以下の存在、すなわち最低の弱者となる。技術はこの場合、明らかに権力であるが、しかし、この権力の追求自体が奇妙にも歴史の目的性を喪失して、不条理に向っていることは否定しがたいだろう。オルダス・ハックスリイをはじめとする、二十世紀のアンチ・ユートピアンが一人ならず強調しているのは、この停滞した社会内部の不条理性である。

しかし――とわたしは、いま述べたばかりの推論に対して、ただちに疑問を提出せざるを得ない。――しかし、なぜこれを不条理と呼ぶのか。たとえば技術なら技術が絶対理念と化し、人間すべてが技術に奉仕しはじめるとき、そこにはすでに技術者という専門家はいないはずではないか。ちょうど、わたしたち人類すべてが食欲と性欲とを所有している現在、食事と繁殖の専門家がそこにはいないのと同様に、である。そこにいるのはただ強者と弱者のみではないか。そして、食事や繁殖における弱者がわたしたちの社会で別だん弱者と目されていないなら、どうして技術主義のユートピアにおける弱者が、単に技術にかけて最小部分しか受け持つことができないというだけの理由で、弱者として卑しめられる必然性があるのであろう。（この場合、わたしは経済的、階級闘争的視点をわざと除外して考察しているが、そこにわたしの精いっぱいの譲歩を認めていただきたい。）

トインビーはユートピアの人類を、蟻や蜂などの昆虫に比較して、「これらの昆虫は、脊椎動物の低級な目から、ホモ・サピエンスの出現に先立つこと数百万年前に、彼らの社会形式に高まったが、しかしこの段階で永遠に立ちどまってしまったのだ」（『世界史の研究』）と述べたが、しかし、このエッセイの冒頭に引用したジャン・ジュネの文章によれば、ジュネが棲みたいと望んだ世界は、まさにこのような「人間本性の無限の多様性をでき得る限り広範にわたって取り去り、その代りに、硬直せる動物的性質」を置き換えた、退化せる文明社会そのものではなかったか。ユートピアの願望が必然的ならば、逆ユートピアの願望もまた必然的なのだ。

人間は歴史的思考をする動物なればこそ、歴史性の消滅を希求するものである。すべての芸術は、この歴史性の消滅した死の深淵から肥料を汲みとる。しかし、歴史の創造的な力をもはや所有しないこの停滞せる文明においては、芸術さえもはや存在理由を失い、不必要なものとなる。それは一種の自然にひとしい文明の死の存在形式である。しかし、このような文明の死を招き寄せたのは、ほかならぬ歴史的思考、ユートピア的思考ではなかったか。――かくて、ユートピアをめぐる論理は無限の悪循環を繰り返す。

ユートピアンは昆虫国家を描くことによって、「歴史そのものの終焉を言い表わしているのであり、ルソオの言葉とされている自然に帰れというあの叫びの、いわば悪魔的模倣を行っているのである」(『ニヒリズム』)とヘルムート・ティーリケはいみじくも言ったが、このことは、あのエンゲルスの「人間がはじめて自然に対する意識的な真の主人となる自由の王国」(『空想から科学へ』)についても、同様に言い得るのではなかろうか。人間が「動物界から終局的に分離し、動物的な生存諸条件から脱する」という、人類の前史の終焉を意味する無階級社会もまた、あの技術万能の素朴なユートピア的権力意志を悪魔的に模倣したものにほかならず、ちょうどルソオの「自然に帰れ」と裏腹の関係にあるのではなかろうか。

(ただし、わたしは繰り返して言うが、はたして歴史の終焉が悪魔的であるか天使的であるか、そんなことは白蟻の女王(!)にでも訊いてみなければ絶対に解ろうはずもなく、この問いに対する一切の答えは信仰告白の性格をおびるしかないという、前記ティーリケ教授の言葉をふたたび引用して、この憂鬱な「ゴルディオスの結び玉」を断ち切ろうと思う。)

*

ユートピア社会の停滞的性格は、相対的・技術的な政治理念にみちびかれて徐々に社会の動きを待つ代りに、一気呵成に理想的プランを模写せんとするところにある。この社会的幾何学は、非古典的、非ユークリッド的である。つまり、ユークリッド幾何学においては絶対に相交わらない平行線の公理、理想と現実の公理が、この社会的幾何学においては、一定の未来に必然的に相交わることを予想するからである。それは歴史を中断し、歴史の外へ飛び出し、固定した完成へ向おうとする。ユートピアの非歴史的性格は、ロバチェフスキーの「ゆがんだ空間」である。ナポレオンは「この古いヨーロッパには飽き飽きする」と言ったが、たえざる歴史の変転に、社会体制の交替に飽き飽きした人間が、想像の世界で歴史的時間の圧力から逃れ出ようと試みるのは、まことに至当でもあろう。ヘーゲルにおけるプロシア国家、マルクスにおけるプロレタリア革命後の無階級社会は、このような弁証法的運動の停止であって、いわばユートピア的願望に屈服した論理の自己矛盾でもあろう。

もっとも、ヘーゲルは「歴史はここまで来てここから行く」と言い、「現在のみがあり、前と後はない」(『エンツィクロペジイ』)と言って、永遠の連続のなかに時間性を解消しており、またマルクスは「共産主義は否定の否定としての肯定であり、次の歴史的発展のために必然的な契機である。共産主義は決して人間の発展の目標ではない」(『経済学・哲学草稿』)と言って、階級闘争の終焉に伴う次の時代を暗示しているが、いずれにせよ、内在的な矛盾のいまだ止揚されない現在の状態から、次の矛盾の発生する歴史過程を望み見ることは不可能であり、それはわたしたちの認識の範囲を超えている。このような運動の停止ないし断絶は、弁証法の概念にふさわしからず、精神も、また物質的技術も、宿命的に発展するものであればこそ、その実現が運動の存在理由を失わしめるようなプランを立てることは不可能であろう。

ともあれ、人間の世界が停止していないということは、ヘーゲルやマルクスが巨視的には正しいということの証拠でもあろう。微視的には、すでに人類の歴史は幾多の文明、幾多の民族の興亡盛衰を見ており、人類の究極目的性が決定論あるいは宿命論に抗すべからざることも、明白であろう。いかに整然と構築された社会も文明も、ふたたび甦って活力を取りもどすためには、一度ほろびなければならない。ふたたび甦った文明は、すでに一度ほろびた文明ではない。しかるに、ユートピアの停滞性は、ほろびることもなく、甦ることもない。人類の究極目的性という曖昧な夢を絶対的に固定しようとする、これがユートピアの恐怖であり、そしてまた、魅惑でもあろう。

*

ここで注目したいのは、ユートピア作家のあいだにゲルマン系の人物がほとんどいないという事実である。プラトンに代表される古代、トマス・モア、カンパネルラ、ベーコンに代表される人文主義的ルネサンス、シラノ・ド・ベルジュラック、フェヌロンに代表される古典主義的十七世紀、スウィフト、マンドヴィル、モレリイに代表される経験主義的十八世紀、フーリエ、オーエン、カベー、モリスに代表される社会主義的十九世紀など、それぞれの時代、それぞれの系譜をたずねて見ても、そこに見出されるのはおおむねラテン系の作家か、さもなければ島国イギリスの作家であって、あのラインの彼方の巨神族の子たちが一向にその名を見せてくれないのは、いかにも奇異な感をいだかせるに十分だ。

その理由は、おそらく第一に、言葉の厳密な意味での古典主義がドイツにはついに確立しなかったということ、第二には、ゲルマン神話をひもとくまでもなく、ドイツ人が世界の永続性をも、神々の永遠性をも信じていなかったということ――さしあたって、このふたつにつきるであろう。エディス・ハミルトンによれば、「北欧神話の世界は奇妙な世界である。神々の住居アスガルドは、人間の空想した他のいかなる天国にも似ていない。そこには何ら喜びの輝きはなく、幸福の保証はない。それはその上に避けがたい破滅の脅威がのしかかっている深刻厳粛な場所だ。神々は知っている、いつか彼らの滅びる日がくることを。」（山室静『北欧文学の世界』）

これがつまり、有名なドイツ国民の悲劇性とか、運命愛とか、ファウスト的精神とか呼ばれているものの原型にほかならないのであるが、よかれあしかれ、この凄絶な終末観に裏づけられたユートピアに代るべき思想が、あくまで経験主義的・人文主義的な流れに沿った英国やフランスのユートピアとはまた違った形で、存在していたことを考えなければならぬ。それは何かといえば、中世以来、戦士の美徳として勇気と高貴を称揚してきた、ゲルマン共同体という黄金時代へのノスタルジーである。

この怨恨にみちた漠然たるノスタルジーは、古典主義で養われた形式への純化を経ず、明晰な夢の投影図として、方法的精神の領域に転写されることを得ず、あの明るい透明な人文主義的ユートピア文学の伝統のなかに、何らの足跡をも残すにいたらなかった。そしてこのことが、却って現実の歴史に、おそるべき破壊の足跡を残すことになった事情は、わたしたちのよく知るところで、そこにはあまりに大きな歴史の皮肉と言うよりほかないものがあろう。ナチズムとは、ドイツ思想の内部に、中世以来、永きにわたって準備されていたユートピアの、政治の領域への氾濫であって、いわば水の低きに流れるがごとき、物理的必然であった。

ドイツ人がユートピア作品をほとんど書かなかったのは、したがって、彼らがユートピア的願望をより純一に鬱積させていたことの証左であろう。歴史主義の哲学はドイツから起った。フィヒテはドイツ人のための革命的教育学、国民的権力意志の集中的表現ともいうべき理想主義の哲学を夢想した。ラテン的・地中海的マキアヴェルリの明るい無道徳性は、この北方ドイツの理想主義者において、権力と文化意志とが緊密な統一に融合している国民性という、暗い、神話的な復讐意欲に燃えたユートピア的理念によって、精神的に高められ純化された。一方、歴史を宇宙の従属下においたシュペングラーも、それぞれの歴史的循環の内奥に、歴史を超越する形式、すなわち血と人種のユートピアを夢想した。

「わたしは生きている歴史のなかに、永遠に繰り返される形成と変容についてのイメージ、未来についてのイメージ、有機的な形式の奇蹟的な死についてのイメージを見る」(『西欧の没落』)とシュペングラーは書いている。「有機的な形式の奇蹟的な死」とは、ユートピアでなくて何であろうか。

ドイツ文学に固有な教養小説もまた、ある点で、ユートピア思想にふかい係りをもっている。ゲーテの『ウィルヘルム・マイスター』は、パラケルススから薔薇十字団のバロック時代を経て、啓蒙主義のフリー・メーソン的理念に到達する。多かれ少なかれユートピア思想に浸透されたドイツ汎神論運動の、当時における集大成である。若いブルジョアの子ウィルヘルムの遍歴は、無秩序な芸人の社会から教養ある禁欲的な貴族の団体への加入を経て、最後にサン・シモン風の理想的共同社会を思い描くことによって、終っている。「遍歴時代」の主要なモチーフである「塔の結社」は、あのフランス革命に影響を与えたといわれる、バヴァリア幻想教団風の秘密結社思想をそのまま反映している。

　この豊かな土壌に開花したのが、後代のノヴァーリス『青い花』であることは言うまでもないが、すでにバロック時代に、ゲーテ的な意味における教養小説の遠い先蹤とも言い得る傑作、グリンメルスハウゼン『阿呆物語《ジンプリチシムス》』があらわれていた。作者はこの物語のなかで、狂人ジュピターの口を借りて辛辣な文明批評を行い、ドイツの英雄が神聖ローマ帝国を再建するであろうと、熱烈なユートピア的願望の一端を吐露する。

　さらにわたしたちは、あたかも十八世紀のサドにおけるごとく、死滅という生物学的強制法則を道徳的必然性に変えなければならぬと説いた、運命愛の哲学者ニーチェのもとに、失われた神話のユートピア的模像を透視することができる。ニーチェの全作品がこの悲痛なユートピア的主題を奏でており、なかんずく『ツァラトゥストラ』は、その一種の実現されたすがたである。彼は方法的ユートピアンたらんがためには、あまりに激情的、主観的、ドイツ人的でありすぎ、予言者たらんがためには、あまりに知的なアカデミシアンでありすぎた。かくて超人の哲学は、英国人バトラーにおけるごとくダーウィン学説の悪意あるパロディとはならず、むしろあまりに生真面目な、進化論のユートピア的昇華となった。人間存在に道徳的意志の介入を許さない弱肉強食、適者生存というペシミスティックなダーウィン学説が、この英国人およびドイツ人に、それぞれ二様のユートピア的反応を呼び起したのは興味ぶかい。

＊

さきにわたしは、ユートピアンの一般的性格がヴォリンガー流に言うならば、北方ゲルマンの抽象衝動と関係があり、ヒューム流に言うならば、中世主義の系譜に属するものであろうと言ったが、この仮説はやはり最後にいたっても、訂正する必要はないように思われる。本来ユートピアは人文主義的・経験主義的伝統のなかに生まれたとはいえ、そのいちじるしい特徴である劃一主義、全体主義、シンメトリイ、停滞性、反歴史性、反ヒューマニズム、自然への敵意（ヴォリンガーが精神的空間恐怖と呼んだもの）などは、明らかにルネサンス以後の西欧精神の本流から外れる傾向をもっているからである。むしろ西欧文学にあらわれたユートピアこそ、それが権力意志の補償であるとするならば、あの中世ゲルマンの根源的な精神を近代ラテン的知性の方法でからめ取った、外観のみの模像であるとは言えまいか。——いままでの推論から、どうしてもこのような帰結がみちびき出されて来ることは、やむを得まい。

ゴットフリート・ゼンペルは、ゴシック様式を「石造のスコラ哲学」と名づけたそうであるが、ユートピアにもスコラ哲学的なところが多分にある。一般の誤解は、ユートピアをして有機的な自然や人間を志向するものたらしめているが、これほど大きな誤解はあるまい。精神的類型として、ユートピアンはたしかに方法的であるけれど、心理的性格としては分裂症的、無生命的、禁欲的である。ユートピアンは放恣、逸楽、生命の浪費を好まない。肉欲の解放を説くユートピアンさえ、性の行為を一種の義務、一種の苦行たらしめなければ満足しない。それは最も反ロココ的と言ってよい特質である。かくて彼らの生命の理想は、神を失った超人のロマン的幻想と同時にやってくる、あの無名の大衆、グロテスクな劣等人種のヴィジョンに極度に近くなる。「本来奴隷というものは絶対的なものを愛し、ただ専制をのみ理解する」（ニーチェ『善悪の彼岸』）といった意味での奴隷、役に立つものをしか作らない機能的人間群が、モアのアマウローテ国における、フェヌロンのサレント国における、ほとんどすべての人間である。ヴェネツィア派の画家に代表されるルネサンスの華美、贅沢は、あらゆるユートピアから最も遠いものであった。

このマゾヒスティックな禁欲主義が、容易にユートピアを逆ユートピアに転換させる。そもそもユートピアのあまりに非人間的な稀薄な空気が、人間の呼吸を苦しくするのである。

さて、逆ユートピアはユートピアに固有の性格である。最も初歩的なユートピアの方法のひとつが、現実の逆転だからである。現実の価値基準の崩壊したところでは「理想」社会も「奴隷」社会も区別がなくなる、と前にわたしは書いたが、さればこそ、ユートピアが知性の実験、精神の賭けと呼ばれる理由があるのだ。

このようにして裏返しにされた世界は、たとえば、女が男よりも筋骨たくましく、口髭を生やして、男に言い寄るような世界（ブルワー・リットン『未来の種族』）であったり、黄金が何の価値もなくなり、子供が親を鞭で打つような世界（シラノ『日月世界旅行』）であったり、視力のある人間が狂人と見なされ、目をえぐり出して正常人の仲間入りをしようとするような世界（ウェルズ『盲人国』)であったりする。

十八世紀のあいだ、オーストラリア大陸がユートピアンの魅惑の土地だったことも、偶然ではない。ただそれが地球の反対側、ヨーロッパ大陸の対蹠点にあるというだけで、彼らの形而上学的な夢想を刺戟するには十分だったのだ。レチフ・ド・ラ・ブルトンヌの『飛ぶ男のオーストラリア発見』には、パタゴニア島に棲む巨人族が描かれているが、この島の首都シラップ(Sirap)は、パリの綴りの逆であり、この島の偉大な賢者ノフュブ(Noffub)は、作者レチフが私淑していた博物学者ビュフォンの綴りの逆である。芥川龍之介の『不思議な島』サッサンラップ(Sussanrap)が、パルナッソスの逆読みであることもここに併記しておこう。

この素朴な逆転の手法が、単に手法上の問題にとどまらず、あらゆるユートピアンの権力意志を内に秘めた、隠された怨恨のあらわれであることは明らかである。一例がスウィフトの、人間を家畜か輓馬のように利用する賢馬フウィヌムのごとき、純粋思弁家の典型的な現実否認のあらわれであろう。ユートピアの大部分が私有財産制を弾劾し、共同財産制を謳歌するのも、この間の事情を説明するに足りよう。不完全な現実に直面した純粋思弁家の選ぶ最も安易な道は、すべての条件が逆転されれば、よかれあしかれ、人間も世界も完全に近づくであろう、と考えることにあったのだ。

このように、ユートピアンは方法家として、また知的実験家として、人間的自然をグロテスクに歪曲する危険を冒してまで、空想の領域に無償のたわむれを展開する者であってみれば、彼が言葉の真の意味におけるヒューマニストに該当しないのは当然である。真のヒューマニストは、自然を尊重しつつ、これを徐々に陶冶することを欲する者である。しかしまた、ユートピアンは超越的な恩寵、神による救いを信ぜず、あくまで人間による人間の救いを信じている点で、ヒューマニスティックであるとも言い得る。いわばユートピアは人間を神の列に高めるので、ユートピアンが形而上学的に二元論者であることは不可能だ。つまり、彼にとって善悪の対立はあり得ず、悪は人間の愚かしさのあらわれ、根治し得る病気のごときものにすぎない。世界は神に見捨てられた、本質的に悪の跳梁する領土ではなく、そこにおいて苦悩することは、何らの積極的な価値にもならない。ふしぎなことに、理想社会の幻影を求めて出発したユートピアンの方法が、理想を喪失した無倫理の世界に行き着くのを見るのであるが、むしろこの場合、無倫理への志向がユートピアンの理想、起死回生の方法なのである。

＊

多くのユートピアンの夢みた社会が、ただちに次の時代に実現されなかったという歴史的な事実は、思うに彼らの光栄であって、軽侮や嘲弄に値するものではない。プラトンはヘレニズム帝国の前夜に、理想的なギリシア都市国家を夢みていた。トマス・モアは宗教戦争と近代的な経済拡張政策の前夜に、共同体的道徳国家の理想を夢みていた。むしろ彼らは来たるべき時代の手前にあり、現実に遅れていたかもしれない。これに反して、若きアレクサンドロスは、プラトンやアリストテレスの薫陶を受けた熱弁家にすぎなかったとはいえ、古い都市国家の理想を脱却した、新しい世界の可能性が向うべき方向を洞察する鋭い直観にめぐまれていた。ヘーゲルのいわゆる「世界史的個人」である。だからといって、夢想に生きる無力なユートピアンが、つねに時代のイデオロギーに拘束されているという証明にはならない。

カール・マンハイムはイデオロギーとユートピアをひとしく神話的なものと見なし、前者を現存秩序の維持ないし擁護に方向づけられた神話、後者を既存秩序の変革に方向づけられた、階級の革命的神話と規定したが(『イデオロギーとユートピア』)、このマンハイムの概念は、ユートピアにとっていささか正しくないように思われる。というのは、なるほどユートピアはイデオロギーにおけるような、ファナティズムの陰険な干渉を知らず、リアル・ポリティックスの偽善を知らず、もっぱら個人の主観的な遊びと、原理に忠実な方法的精神とによって成立してはいるものの、ほとんどつねに現実には一個の妄誕であって、その未来をめざす透視画法は、イデオロギーよりもさらに恣意的、神話的だからである。それはプロパガンダ流の集団的な意志の表現を軽蔑しつつ、それ自身プロパガンダになり得る一個の理想を大衆に提供するが、実はこの理想は、いままで見てきた通り、必然的に無倫理に向う知性本来の運動を予定しているので、おそるべき大衆蔑視ともなりかねない権力意志の直接の表現たり得る契機をも含んでいる。ユートピア的な社会主義は決して階級の、あるいは階級闘争のための社会主義ではない。それはむしろ階級否定の、あるいは社会否定の社会主義、すなわち歴史そのものの終焉に一挙に到達せんとする無謀な試みなのであって、この点にこそユートピアの非凡な価値——あの個人の自我実現が同時に世界実現となるような、恐怖と魅惑が存するのである。

しかし、冒頭に引用したニーチェの句が示すごとく、もっとも遠い未来の者への愛、すなわち「遠人愛」が、既成の善に対する悪をもひとつの美徳たらしめるような、「いつでも完成した世界を贈物にする用意のある、創造する友」(『ツァラトゥストラ』)によって説かれるとき、わたしたちはユートピアの漠然たる恐怖と魅惑を透して、いわば最も男性的、英雄的ともいうべき人類の連帯の意志をそこに確認するであろう。ユートピアの価値は、この遠く離れた人類の連帯を絶望的に希求する、恐怖と魅惑の風土から以外には絶対に生まれないであろう。

狂帝ヘリオガバルスあるいはデカダンスの一考察

王侯として選ぶことも侮ることもできる私たち
世界を古い蝶番から外すこともできる私たち
その私たちが今や衰え　死にそうに疲れてあたりを窺い
私たちに最高のものが欠けていると考えねばならぬとは——

シュテファン・ゲオルゲ『生の絨緞』

濃厚な料理や極端な肉の饗宴がわたしたちに嘔気をもよおさせ、反撥と恐怖をふたつながら同時に誘うのは、わたしたちがデカダンスの光景に直面した場合と同断である。サルトルが『ジャン・ジュネ論』のなかで、「消費の社会」と名づけた時期が、わたしたちの取り扱おうとしているデカダンスのふかい意味であるが、一般の文学史家や解釈学派の偏見にもかかわらず、このデカダンスには、また偉大なデカダンスと卑小なデカダンスとがあるように思われる。饗宴の食卓に銀製の骸骨を運ばせるトリマルキオー（ペトロニウス『サチュリコン』）の悪趣味は、生と死が交錯する瞬間の逆説を生き抜こうとした時代の選良の、よかれあしかれ危機意識に支配された、いわば健康な、力にみちた、偉大なデカダンスである。彼らにとって、消費の極致は富を享受することにあらず、富を破壊することにあり、奇妙にもその行為はみずからの社会の滅亡に貢献していた。しかしながら、ギュスターヴ・モロオの「スフィンクス」に失われたビザンチンの夢を託す十九世紀末の審美家たちの、スタティックな、冷たい趣味性は、明らかに卑小なデカダンスに属するものであって、すでにわたしたちの関心から遠く隔っていると言わなければならない。

もとより共通の中心点が、時代と風土を問わず、これら大小ふたつのデカダンスを同心円のごとく結びつけてはいる。フロオベエルやゴオティエがいかに渇仰の念をもってロオマを語ったか、また化政の文学者がいかに愛惜をもって王朝時代を懐しんだか、わたしたちは多くの例から窺い知ることができないわけでは決してない。にもかかわらず、卑小なデカダンスは、少数の過去追慕主義者あるいは何らかのディレッタントのみが好んでそこに赴く、埃にまみれた、憂鬱な一個の画廊であって、死せる時代の追憶の絵画をしか歴史のなかにとどめない。これに反して、偉大なデカダンスからは、精神はつねに奇怪な混沌において再生を準備する芸術的あるいは宗教的探求の、忘れがたい強烈な印象を受けとるであろう。ヒューマニティはこのまばゆい光に浴して樹木のように成長し、ふたたび活力をとりもどすであろう。……

わたしたちの生きている時代は、しかし、この偉大な「消費の社会」には及びもつかない。有効な一物をも生産する望みのないわたしたちの生産社会、この曖昧な過渡期において、ひとは科学的精神の狂気じみた実験が世界を絶滅にみちびくか否かを知るためにのみ生きているかのごとき有様である。すなわち、世界絶滅をすら信じ得ないほどに疎外された意識が、今日、ストロンチウムの微粒子のごとく両半球に瀰漫しているのだ。消費のかわりに、こういう不毛な生産社会では、疎外された労働の価値が至上のものとなる。保守主義に与するひとも、進歩派に属するひとも、ともに労働の価値を信じて疑わないのはふしぎなことだ。サルトルによれば、「凋落に瀕した圧迫階級は、古い神話を新しい神話に混同し、労働に所有権の基礎を置くことを承認する。」ところで、哲学者マルクスはかつて一度も労働の価値を祝聖したことはなかった。なぜなら「自由の王国」に棲まない限り、労働こそまさに所有権の基礎だからだ。（この二律背反がお解りだろうか？）……

わたしたちを取り巻く世界のみじめなデカダンスは、アテネのそれとも、ロオマのそれとも、ビザンチウムのそれとも似ていない。ましてやヘリオガバルスの支配下に打ち上げられた巨大な虚無の花火とは、到底比較すべくもないだろう。未曾有の豪奢と、富の誇示と、淫蕩と、きらびやかな頽廃と、信ずべからざる悪徳のただなかで、偶像崇拝《パガニズム》が手きびしい一神教の打撃を蒙ったとき、あたかもこの十八歳で果てた若い皇帝が世界に君臨していたのである。

当時、おのれ自身につねに満ち足りた俗物たちは、犬のような懶惰と追従の生活のなかで、いずれ劣らぬ凡庸な他人の賞讃を得ることに汲々としていた。ひとはすでに、おのれを天才と信じるまでに、動いてやまぬ精神それ自体の無益な活動力を知っていた。今日におけると同様、哲学の名を借りた常識は栄え、衛生無害な弁証法は発達し、低俗な好色文学は拍手をもって迎えられた。下劣なもの、病的なもの、生理的なもの、要するに人間を動物の水準にまで引き下げるものは、すべて入念に取り入れられ愛好された。が、こうした汚辱、淫猥、乱脈にも、わたしたちの世紀のみすぼらしい破壊と白痴化のシステムにくらべてみるとき、そこにはなにか桁違いな大きさがあった。闘技場の殺戮や犠牲の流血は、近代生活が生んだある種の人工的・絶望的な快楽の一切を無造作に凌駕した。

今日では、科学のほかには何も存在しないという迷信があり、多くのひとは、科学の発達が地球の破滅を到来せしめる虞れがあるという理由で、世界観の変更あるいは判断中止をわが身に課することをもって良心的態度と心得ているらしい。ヘリオガバルスの時代には、しかし、すべてがより偽善に徹していた。同じ不安が世界を覆っていたことは事実である。が、当時のひとびとの魂が求めたのは、ひとつの聖なるもの、唯一なるものであった。金の流出が社会の基盤を徐々に蚕食し、詭弁哲学が権威をふるい、数多の宗教が相争っていたこの第三世紀初頭に、帝位につくと同時に弑逆されねばならなかった少年皇帝の短い出現は、運命によって望まれた歴史の束の間の休止のように思われた。それは後に「背教者」と渾名されたユリアヌス帝が、紀元三六三年、すでに完全にキリスト教に屈服していた世界に対して、無益にも課そうと試みた歴史の流れの中断に似ていた。しかし、哲学上の審美主義・懐疑主義をふくんだヘレニズム風の教説を受け容れるには、ユリアヌスの時代はあまりに遅かった。ヘリオガバルスの時代はこれより一世紀以上も前である。果して、もしその方法に慎重を欠かなかったならば、彼はエメサの神の礼拝を全古代世界に押しひろげるに成功し得たであろうか。キリスト教と東方の宗教、イシスとミトラの神々に対して、果して彼は完全な勝利を収めることができたであろうか。……このような仮定の想像についわたしたちを誘い込むほど、わずか四年にみたぬヘリオガバルスの治世は、短いがゆえに白熱せる光輝と圧縮された力に充ちあふれていたのである。そして彼の野望を挫折にみちびいたのが、その若さであり、魔術に対する奇妙な熱中であり、神秘を好む感じやすい気質であったという事情は、いよいよその破滅に急いだ痙攣的生涯を完璧ならしめるに十分であったろう。

神秘的法悦と性的倒錯の入り混った、あやしい興奮に駆られた十八歳の皇帝が、すでに二百年来罪悪と淫蕩に倦み疲れた古典世界を驚倒せしめたのだ。ネロを崇拝し、ネロの非道を真似たと言われるこの背徳少年の、魘夢《えんむ》のような悪ふざけに全ローマが茫然自失したのである。とにもかくにも彼の残酷は、その模範たるネロの残酷をはるかに上回った。なぜなら過激な宗教感情が、あらゆる罪悪の口実、正当化の弁明になったからである。彼の悪ふざけ、彼の錯乱は、罰を怖れぬ子供のそれだった。あらかじめすべてを知っていて、みずからを焼きつくす焔のような、赫耀たる短い生涯を大急ぎで享楽したのにちがいなかった。

天才だったのだろうか、彼は？　たしかにそう言えば言えないこともなかった。当時のひとびとの魂が無意識に希求していた聖なる統一を、彼は官能的なバールの宗教のうちに確立しようと志したのである。そのための力も暇もなかったのは事実だ。というのは、彼はおのれの神の男性的原理を尊崇するあまり、みずからを受動的な、柔弱な、女性的存在と感じていたのだから。彼の遠大な夢想は、かくて逞しい馬丁や異国の戦士など、数限りない愛人たちの腕のなかで雲散霧消せざるを得なかった。そして彼の崇拝の唯一の対象たる円錐形の「黒石」も、彼の失脚とともに、ふたたび異域へ放逐される憂目をみた。

ヘレナの美とアドニスの優雅とを結びつけて、彼みずからは両性具有者《アンドロギヌス》になろうと欲したようである。だが彼はすべてに不手際だった。豹の毛皮を敷いたモザイクの石畳で大往生するかわりに、厠房の奥で悲惨な死を遂げることになった。

皇帝ヘリオガバルスの死後、世界はいかに変ったか。男性神に全的に惑溺したこの惰弱な皇帝の最期は、ともすると、古代母権制度の最後の飛躍のための生贄であったかもしれない。いずれにせよ、この時すでに腐敗したパガニズムの泥沼の下から、強靭な百合の花に似て、勝ち誇ったクリスチアニズムが世界の危機を救うべく、着々とその地歩を固めていたのである。

＊

大急ぎで歴史的状況を一瞥しよう。

ほぼ一世紀のあいだ、いわゆるアントニニ朝の善政のもとに、ロオマ帝国は打ち続く平和を楽しんできたが、コンモズスの残忍な狂気がこの平和を危うくしたのは、ちょうど紀元一九〇年頃のことである。トラヤヌス、ハドリアヌス、アントニヌス・ピウス、マルクス・アウレリウスとつづいた光栄あるアントニニ家はかくて潰え、二代を措いたセプティミウス・セヴェルスの戴冠とともに、第三世紀を特徴づける軍人独裁制がロオマに確立される。ヘリオガバルスの無謀な試みは、見方によれば、この軍人独裁制に対する反抗だったとも言えよう。果して彼の死後、軍部は従順な皇帝のみを擁立したので、やがて親衛隊と少数側近の手に委ねられた帝国は、三世紀中葉以後、途方もない無政府状態に転落して行かねばならなかったのである。

セヴェルス家の治世を特徴づけるのは、女皇《アウグスタ》の名をもって呼ばれたシリア出身の公女たちの、華々しい政治干渉である。セヴェルスの妻ユリア・ドムナは夫なき後、その暗愚な息子カラカラを後見し、ドムナの妹ユリア・マエサおよび娘ソヤミヤスは、謀略をもってヘリオガバルスを帝位に押し上げた。けれどもこの宗教的狂熱に憑かれた少年が、権力の分担を好まず、母や叔母の束縛を断ち切ろうとしはじめるや、たちまち彼女らの最後のひとりユリア・ママイアによって、無残にも除き去られる運命をわたしたちは見るのである。

一面からみれば、ロオマ帝国の狂気と弱体化の真の責任を負うべきは、このシリアの公女たちであったろう。セヴェルスの未亡人ユリア・ドムナは、エメサのバール神の大祭司ユリウス・バッシアヌスの息女であった。幾千年の文明を誇る東方シリアから輿入れして外戚になった彼女らは、帝国の信仰・風俗上にある決定的な役割を果したと覚しい。しかもそれは不吉な、暗黒な役割である。というのは、オリエントの官能的な迷信、魔術的な信仰が彼女らとともに、逸楽的な鳩の歩みに似て、宮廷内に続々と侵入してきたからだ。バール、アスタルテ、アドニス、キュベレー……これら異教の偶像とその祭祀については、フレイザーの『金枝篇』を参照されたい。

ヘリオガバルスという名は後世のオルトグラフであって、正しくは Elagabalus エラガバルスと発音すべきである。意味するところは、彼自身が同化することを願ったエメサの太陽神バールの呼称で、ちょうどカリグラとかカラカラとかいった名前が、その本人の服装の特徴から由来していたように、これもまたひとつの渾名・俗称であった。したがって、本名はヴァリウス・アヴィトゥス・バッシアヌスである。

豊かな平原に位置したエメサの町(現在のホムス)は、古来エジプト、ダマスコス、パレスチナとの接触によって、特有の文化的・宗教的立場を守ってきた。かつて紀元前一三〇〇年頃、ラムゼス二世がヒッタイトと戦って勝利したのも、この地から遠からぬ場所である。以来、町の守護神たる「黒石」すなわちバール神の陽物像をめぐって、諸国の富はおのずからこの地に集まった。レバノン山脈に面する丘陵の上に建てられたバールの寺院は、名高いオロント河を見おろしていた。薔薇の香をふくんだ涼風が、かつてティベリウス帝さえ禁圧し得なかった聖なる犠牲の饗食の、血なまぐさい熱気を冷ましていた。シリア伝来の宇宙発生論《コスモゴニィ》も一風変っていた。それは男性的原理と女性的原理とが分かちがたく絡まり合った、ふしぎな弁証法的一元論である。太陽は夜の星の父であると同時に、また星の息子でもあるように思われる。生命の源たる陽光も、また月光を浴びて土地を肥沃ならしめる夜露も、ふたつながら崇拝の対象であった。ふしぎなことに、富をもたらす創造神・生殖神が同時に残酷な、血を好む性質の邪神であった。世界は好戦的な男性神バールと、逸楽的な女性神アスタルテと、ふたつの引力によって動かされているかのごとくである。しかしまた、ともすると残酷な破壊的原理が平和を好む女性的原理を圧倒しがちであった。

　唯一の太陽神バールは、エメサにおいてまた運命の神でもある。その象徴は雷であったり、鷲であったりする。これはセレウコス王朝がギリシアのゼウスとバールとを同一視したところから始まった混同である。しかしエメサではとくに、天から降ってきた神聖な隕石、円錐形の黒石を神体として崇拝した。かつてカルタゴでは宝石をちりばめた象牙の陽物像が尊崇されたが、バールの黒石は基底の丸い、先端の尖った玉ねぎ型のものだった。

　バビロニアの影響を受けたエメサの聖職者たちは、占星術や夢判断を信じていた。そしてセヴェルス家の繁栄は、占星術によって予言されていたのである。当時十四歳ながら、若いバッシアヌス（後のヘリオガバルス）が母方の曾祖父の職を継いで、金光燦爛たる大祭司服をまとう栄誉を担っていたのは何のふしぎもない。名誉ある聖職者の地位は野心家の祖母ユリア・マエサにとって、至高の帝権に通じる最短距離のように見えたのである。

バーリズムの教義の秘密の部分に発見されるのは、人間の血に対する癒しがたい渇きであり、あの怖るべきモロックの犠牲を生んだセム族の宗教と同じ傾向である。セム族の風習にしたがって、おそらく少年ヘリオガバルスも、どこかの寺院の奥まった聖殿において、柘榴の木の焼き串の上で人肉を炙らせる犠牲の祭儀に参列したにちがいない。またおそらく、どこかの地下墓窖で、太陽神のあれほど好む磔刑や鞭打にも立ち会ったことであろう。儀式によって純化された人間の血と動物の血漿《プラズマ》こそ、地獄の暗黒神エレボスを何よりも悦ばせるものであった。ディオニュソスの祭祀においては、犠牲者の血から柘榴の木が生ずると信じられていた。柘榴の実はまたバーリズムにおける陽物の象徴でもある。シリアの護教家エウセビオスによれば、これら異端の祭儀において、ひとは犠牲者の肉を生きながら一片一片むしり取った。ディオニュソスが一名Omadios すなわち生肉を引き裂く者と呼ばれるのも、このバールの祭祀においてこそ最もふさわしい。……かような血と生殖液の濛気に噎せ返るばかりな、病的な雰囲気のうちに、未来の皇帝バッシアヌスは幼年期を送った。聖殿にただよう香煙と、あのエロティシズムの強烈な臭いとに、若い彼は誰よりも激しく酔わされたのである。

逸楽と理想を渇望しながら、おそらく彼は、神々の鼻孔を悦ばすというあのレバノン杉の芳香のなかで、すでに鬱勃たる少年時代を送っていたことであろう。顔に朱色を塗りたくり、金絲の刺繍をほどこした帯をしめ、長い緋色の大祭司服をゆるやかに着て、この少年祭司は、シンバルの音に合わせて身ぶりしながら、卑猥なアティスの去勢の舞踊を好んで踊った。彼が踊ると、頸も、脚も、手も、すべての部分が律動的に動いた。目まぐるしく揺れる宝石の輝きとともに、彼は自分の邪悪な美しさ、倒錯の美を垣間見せるかのようであった。ヘロディアヌスの『ロオマ史』によれば「……履物もやはり金と緋色ずくめで、踝から腰までぴったり覆っていた。頭上にいただく王冠は、宝石によって色さまざまに煌めいた。彼自身は青春のみずみずしさのさなかにあり、同年輩の少年たちのあいだでも一番美しかった。肉体の完全、若さの色艶、衣裳の豪華、すべてが彼の身ひとつに集まっていた。それはバッコスの面影に比較し得べき美しさであった。」神の櫃《ひつぎ》の前で婢女たちに、その身を露わにして踊って見せたダビデとは違って、若い彼は決して裸体にはならなかったけれども、散乱する宝石の反射光のなかで、たぐいまれな均整のとれた肉体は、そのあらゆる部分を力強く暗示した。シリアの叛乱軍兵士たちがこれに眩惑されたのも道理である。「彼の衣服はフェニキアの祭司服とメディアの豪華な服との中間を採っていた」とヘロディアヌスは書いている、「ギリシアやロオマの服は羊毛製で、ごわごわしているので、彼は好まなかった。シリアの織物のみが彼の気に入った。」

さて、シリアからロオマへの行進が首都に到着したのは、たぶん紀元二一九年夏の末であった。新皇帝はここに永久に記憶さるべき入城式を行ったのである。シストラとフリュートの奏楽に合わせて、金の刺繍のある衣服を着た皇帝は、車上に安置された神聖な黒石をたえず愛情ぶかげに見つめながら、後向きになって徐々に進んだ。一群の裸女と豹に曳かれた車上の黒石が進むにつれて、手綱をとる皇帝の腕に、重い腕輪がひっきりなしに野蛮な響きを発した。途上には金泥が撒き散らされ、長いフリギア風の三角帽子をかぶったキュベレー祭司と宦官が、車の周囲を取り巻いた。こうして一行はしずしずとパラティヌス丘に達したのである。

*

カピトリウム博物館に所蔵されたヘリオガバルスの半身像を見て、まずわたしたちが驚かされるのは、その容姿の譬えようもない柔弱ぶりだ。肉感的な唇の弛みと、拡がった鼻翼とが、放恣、倦怠、懶惰の特徴をありありと表わしている。狭い額はエロスの頭部に似て、絃楽器の絃のような重い縮れ毛にびっしり囲まれている。表情は沈鬱で悲しげでさえある。その暗い眼は、絶えず内部に視線を向けた神秘家の眼だ。写真で見てさえ、この大理石には東洋の逸楽的な血まで流れているのではないか、と思われるほどだ。ギリシア・ロオマの青年《エフェブス》よりむしろ、バビロニアのアンドロギヌスに近い。美しいかと言えば、たしかに異論の余地なく美しいが、わたしたちの美学の通例の規範を逃れる異常なもの、特殊なものがそこにあることもまた否みがたい。

この女性化した体質から、しかし、ヘリオガバルスはその奇怪な魅力のすべてを汲んでいた。蒼い血管が葉脈のように這った半透明の膚は、溢れるばかりの官能性を隠し切れなかった。ここでユウェナリスの詩句を思い起すのは唐突だろうか――

Rara est adeo concordia formae Atque pudicitiae

（美貌と貞潔の一致は甚だ稀なり）

幼児からの荒んだ快楽生活と、セム族特有の過度の脂肪食とが、このような体質変化を招いたのであろうか。わたしたちは今その病理学的進行を跡づけるわけには行かないが、この脂肪過多の症状は、明らかに緩慢な女性化の徴候であろう。そしてこの女性化が、彼自身の破滅、ひいてはロオマ帝国の破滅の、奥深い原因となったと考えるのは穿ち過ぎであろうか。なぜならロオマ文明の女性化こそ、男性的・族長的世界を永きにわたって疲弊せしめた最大の原因と言ってよかろうからである。

女性化は単に体質上にとどまらず、また彼の人格の支配的特質でもあった。わたしたちはこの人物のもとに、肉体にまでその影響をおよぼしたパッシヴな性格の累積を認めないわけには行かない。聖化されたその肉体をもって、彼はソドミイを実行したであろう。そしておそらく、この行為を自然の行為と信じて疑わなかったにちがいない。ひとが彼をアッシリア最後の王サルダナパロスに比較するのも、ゆえなきことではないのである。「淫蕩と怠惰において、サルダナパロスはその先人すべてを凌駕した」とシシリアのディオドロスが書いている、「ただに人目を避けたのみならず、また彼は完全に女性の生活を送っていたのである。妻妾たちに取り巻かれて時間をつぶしながら、彼は女性の衣服を着、白鉛を顔に塗り、娼婦の用いる化粧品を全身に塗布していた。その上、声に女性的な響きをもたせようと苦心し、あらゆる飲食物が得さしめる快楽のみならず、また男女両性の快楽をふたつながら味わおうと破廉恥にも試みたのである。」

ヘリオガバルスもまた、この古代の君主と同じく、性の否定であり両性の絶対化であるヘルマフロディットの肉体に、至高の快楽が宿り得ることを信じていたにちがいない。性的な隷従こそ、快楽におけるマゾヒスティックな苦痛とひとしく、彼を最も魅惑するものであった。自己の資質に欠けていた男性的性格を他人のもとに見出すことが、彼の最大の熱望であった。男性的原理に憑かれていた彼は、いわゆる Onon（巨大な男根所持者）と呼ばれ得る者を讃美し、密偵を使って、そういう人物を熱心に探させたのである。ヘリオガバルスのもとにはロマン主義的な天使崇拝も、霊的観照も認められないが、ジャン・ジュネをして次のごとく言わしめた、あの触知し得るばかり即物的な、しかも神秘的な一種の愛の追求が明らかに見て取れるのだ。「わたしたちの家族、わたしたちの家の掟は、君たちの家に似ていない。わたしたちは愛なくして愛し合うのである。それは秘蹟の性格を有たないのである。」

貧民街や港町の淫売窟が、この皇帝の好んで渉り歩く場所だった。かつてメッサリイナやプロティナ（トラヤヌス帝妃）が流行《はや》らせた人工の鬘に身をやつして、彼はそこでみずから女衒の役目を演じた。どんな醜行に耽ったのか。アウレリウス・ヴィクトオルによれば、「アヴィトゥスは女であり男であった。きわめて淫猥な方法で、彼は両者の愛を受けた。」とはいえ、彼はカエサルのように、あらゆる女の夫、あらゆる男の妻ではなかった。彼の偏愛は受動的な役割であった。髭を抜き、眼に暈《くま》取りをつけ、頰を白鉛でぼかし、あらゆる不自然な技巧を弄した。王笏の代りに絲捲竿をもち、羊毛を紡ぐことを日々の仕事とした。サド侯爵が下男に自分を「ラ・フルウル（花）」と呼ばせたように、彼は自分を「女后」あるいは「奥方」と呼ばせる倒錯者の快楽を知っていた。

メッサリイナは帝王の寝室を淫売宿の獣的な臭いで満たしたが、ヘリオガバルスは王宮内に特別室を設け、そこで裸体になって、老練な娼婦の身ぶりを真似、その魅力の代償を支払うことを要求した。そして支払われた金額を、その放蕩の取巻き連中に誇示するのであった。……こうした女性になりたいという傾向は、それがたとえ一瞬のものにせよ、愛されたいという熾烈な欲望に依存するものであろう。愛の受動性という、扮装欲によって表示されたこの傾向を、わたしたちは十八世紀の奇人アベ・ド・ショワジイの素朴な告白において再確認することを得る。「わたしはこの奇態な快楽が何に由来するかを研究した。それは以下のごとくである。神の特性は愛されること、崇拝されることだ。人間も、弱さがそれを許すだけ、同じことを熱望するのである。ところで、愛を生ぜしめるものは美であり、美はふつう女の分け前であるから、もし男が何らかの美の特質をもっていると信じた場合、彼がこの美を女の服装によってますます高めようと努めるのは当然である。」（『回想録』――ちなみにこの筆者も一生涯女装で通した男である。）

ヘリオガバルスの欲望は、しかしこの扮装欲の段階をはるかに超えた。マゾヒズムという概念が十九世紀ドイツの抒情的散文家によって創められる以前に、彼は愛における女性化・受動化の欲望を推し進めて、すでにこの概念に達していたのである。彼の宗教的エロティシズムは、かつて一時代前にネロが流行せしめた去勢の研究に赴いた。中世イタリアにおいて、去勢が美と青春を保つ方法として実際的目的に奉仕していたのは、周知のところではないか。粋判官ペトロニウスが歌っている——

あまりに短き春の花を永びかせるため
年頃に達せるばかりの少年たちが
脇腹より刃もて生命の種を抉られるを見た

（『サチュリコン』）

ヘリオガバルス自身は、キュベレー信徒のようにみずから男性の器官を除き去ることを好まなかった。（もっとも、これはディオン・カシウスの意見で、アウレリウス・ヴィクトオルおよびランプリディウスは、彼が男性の器官を大地の母に捧げたと断言している。）がしかし、彼がアレクサンドレイアの医者を招いて、ある種の切開手術により、下腹部に女陰を穿たせたことは、ほとんど疑いを容れない。当時、アレクサンドレイアの医術は、この方面に想像もおよばぬ発達を遂げていたと信ずべき節がある。デカダンスは怪物的な文明を産むのだ。わたしたちはインカ文明が、頭蓋骨穿孔手術に驚くべき進歩を見せていたことを、最近の資料によって知ったばかりではないか。なおかつ、陽物崇拝の実行に彼がいかに熱意を注いでいたかを知っているわたしたちにとって、この仮定は何ら驚くべきことではないはずである。ヘリオガバルスは何よりもまずバール神の司祭であった。去勢という行為のうちに、全能な男性的原理への追随の方法を見出していた彼が、みずから女性たらんとし、その受動性をマゾヒズムにまで推し進めたのも、言ってみれば、さらに完全な手続をもってこの男性神に媚びんがためでしかなかったのである。一般に去勢（またはその象徴的代用としての割礼）は、マゾヒズムに対立するものと考えられている。しかしマゾヒズムにおける身体毀損の欲望は、存続する不安を除去する手段として解釈され得るのである。クラフト・エビングが「女性的要素の病理学的増大」あるいは「ある種の女性的特徴の病的強化」と見なすマゾヒズムの定義は、とくにヘリオガバルスの場合にぴったり当てはまる。奇妙な受苦の欲望が、性的興奮を伴う一種の後天的反射運動にまで高められた体罰の研究に、彼を赴かせた。サドがいみじくも言ったように、繊細さこそ快楽の第一原理である。つねに彼には「夫」と呼ばれる男性がいたのであるが、故意に彼は自分の「姦通」の現場を、この夫の目にふれるようにし、好んで夫から苛酷な体罰を受けた。愛する奴隷ヒエロクレスの荒々しい粗野な手が、そのたぐいまれな美しい金髪とひとしく、彼を魅惑してやまなかった。野卑な罵言と乱暴な打擲を受ければ受けるほど、ますます彼はこの奴隷を愛した。ディオンがこれを証言している。わたしたちはここで、相似たマゾヒズムの一形式としてジュネの裏切りの偏愛を思い出すこともできよう。

　かように彼は性的満足のみならず、マゾヒズムの精神的性格と結びついた知的快楽をも取り入れることを知っていた。そしてそれはさらに快楽による死、美学的自殺の研究にまで彼を赴かせたらしい。このいわゆる滅亡愛《タナトフィリイ》によって、皇帝ヘリオガバルスはスペインのハプスブルク一族と近しい類縁関係に置かれるだろう。ユイスマンスが『さかしま』の主人公の家系に認めたような、近親交配による濁った血、想像力の頽廃が、マゾヒズムとサディズムとを融通無碍に置換可能たらしめるのである。彼が自己の養父にひとしい立場にあった宦官のガンニスを理由なく殺害したのも、かような病理学的神経過敏の発作という以外には考えられない。龕灯返しになった天井から、陪食者たちの頭上に無数の花々を降らせ、ついに彼らを香気のなかに埋めて殺すという残忍は、また何という絢爛たるサディズムであろう。

今や開かれた天井から、薔薇がひとつ、またひとつと落ちてくる！　春よ、氾濫する春、おお、不幸な春よ！　目もあやな庭が落ちてくる！

（デオダ・ド・セヴラック『戯曲集』より）

円戯場のいちばん高い席で、食事をしながら彼は罪人どもの処刑を見物した。またある寺院にライオンや、狒々や、蛇を飼っていて、罪人の体から切り落された陽物を動物たちに投げ与えた。彼の洗練されたサディズムの方法については、ランプリディウスの筆で『アウグスツス史』に次のごとく報告されている——「エラガバルスは犠牲の子供を選ぶのに、両親の揃った、高貴な家柄に属する、美貌の可憐児をもってした。子供の死がなるべく多くの者に苦痛をもたらさんがためである。多くの魔術師に取り巻かれて、皇帝は仕事をうまくやるよう督励した。彼らのなかに同好の士を見つけると、皇帝は神に鳴謝した。子供の内臓を所望し、故国の習慣にしたがって、犠牲者の腹を探るのだった。」（犠牲の動物の内臓をしらべるのは、伝統的な一種の吉凶判断である。）

すべてこうしたことを、皇帝はいささかの遅疑逡巡もなしに、当然のごとく実行した。悪徳も罪悪も、彼にあっては一種神聖な性格のものなので、それは当然血なまぐさい奉納物を要求することができた。自己自身が肉と化した神なので、皇帝は自己自身の肉において自己を顕現するか、さもなければ人民どもの限りない崇拝の前におのれの肉身をさらけ出すか、それ以外ではあり得なかった。それにしても驚くべきことは、このセックスと信仰に憑かれた人間の内部に、いかなる生への断念も認められないということだ。生存の歓喜を拒否する北欧風な王者の無気力は、彼にとって無縁のものだった。むしろ地中海の蒼空のような残酷な晴朗さ、時には猥雑で皮肉で陽気でさえある精神、それが彼の持前の精神である。他人の意見をたやすく聴き容れ、ほとんど本能的に他人を信用する。この単純なようで複雑な魂は、詩人アントナン・アルトオの表現によれば、純粋無垢な寛大と痙攣的な残忍性とが微妙な均衡を保っている魂なのである。

ヘリオガバルスのもとには、いわゆる変質者の特徴たるべき道徳感覚と禁止の観念の欠如が認められるだろう。彼のホモセクシュアルな性格は、異常や恐怖に対する嗜好、あくなき知的探求欲、またその常規を逸した衝動などによって際立っている。しばしば天才と紙一重にある倒錯者の誇大妄想が、彼をして前人未踏の領域――宗教とセックスの領域――に知的探求の標柱を打ち込ませたのであろう。十八世紀のサドとともに、彼は中庸を憎んだ。そして中世のジル・ド・レエとともに、「これほどのことをあえてした人間は地球上にひとりもいない！」と叫ぶこともできたはずである。もし革命（あるいは反革命と呼ぶべきか）が彼の生に終止符を打たなかったら、たぶん彼は、あらゆる種類の乱行によって、ついに壮年に達せぬうちに早老を来たしていたにちがいない。ほとんど自覚せざる神経症の犠牲者として、早発性痴呆のうちに廃人となっていたにちがいない。悲惨な死はともするとそれ以上に悲惨な生から彼を救ったのである。

＊

ヘリオガバルスの試みに真に独創的な性格を賦与する所以のものは、彼がおのれの神をすべての神のうちの第一等に置こうとしたことである。そのため彼はみずから神と同じ名を名乗り、神と一体になった。その意味で、彼の試みは、後にアウレリヤヌス帝が行った太陽崇拝とも明らかに違っている。むしろそれは、古代エジプトの王アメンホテプ四世が、唯一神アテンの復活のために行った破壊的強行手段に酷似しているであろう。アメンホテプの名もまた、エラガバルスと同じく、人格化された神「日輪の光輝」を意味した。しかしヘリオガバルスがセム人のひとりとして、全古代世界の神々を配下に従えつつ、おのれの神のみを高く持したのは、やはり異例とせざるを得ない。シリアにはエメサのバール神以外にも、もっと有力な、もっと盛名ある幾多のバール神が各所に跋扈していたのである。ティルス、シドン、セレウケイア、ダマスコス等のバールがそれぞれ有名だ。だが、ヘリオガバルスにとっては、生命の唯一の原理たるエメサのバール神のみに、全世界が服従しなければならなかった。人種学的に限定された世界だけでは満足できず、彼の神は全世界的な崇拝を要求した。幾多のバーリズムのなかのエホバとして、他から一頭抜きん出ることを欲したのである。

ロオマ人は新しい神の導入に比較的寛大だった。ということは、アニミズム的多神教の風土に安住していたということである。ヘリオガバルスにもし誤りがあるとすれば、一日来たって未知なる面貌をあらわした外国の神、他の神々の地位を奪うことしか望まない唯一の神に、ロオマ人すべてがやはり今まで通りの寛大さをもって接するにちがいないと(浅慮にも!)考えたことであろう。

にもかかわらず、強力な一宗教待望の趨勢はロオマにおいて熟していた。神々とアレゴリイの増加は民衆を無益に混乱させ、その道徳的基盤を幾度となく揺るがしてきた。民衆は漠然とながら、イシスの秘儀でもない、キュベレーの淫猥でもない、あるいはまた魔術・占星学・媚薬などの寄せ集めでもない、何か厳格な、純一なものの必要を感じていた。ストア派哲学者たちはすでに神々が唯一のデミウルゴスの発現《エマナチオン》ではないと主張していた。完全な一神教的統合は、それゆえ、まだ生まれたばかりの生き生きした宗教的感情を満足させるものであった。こうして、やがて一神教は社会の大多数が加担する支配的思想になって行くのである。

こうした統一への傾向は、だから、クリスチアニズム以外の風土においても実現される可能性が十分あったと見るべきだろう。あの弱々しい燐光のような一点の明かり、偏境ユダヤに生まれたクレストゥスの宗教が、腐敗して斃れた美しい異教世界の有機体組織にみるみる拡がり、そのすぐれた道徳性によって、イシスやミトラの祭祀をついに駆逐するにいたる歴史を、わたしたちは惜しむべきだろうか。たしかに、ヘリオガバルスの一神教的試みは時宜を得ていた。時代の熱望に応えるものだった。ただ、それはあまりに不手際で、性急で、激烈すぎた。すでにイシスはウェヌスと同一視されていたが、アズラ・マッダがベル（バビロニアにおけるバール神の呼称）と混同されたように、このバールも容易にミトラと同化される危険があった。ヘリオポリスでは同じ鷲の象徴によって、ユピテルとバールとが混同されていた。ともかくバールの儀式には、キリスト教やイシス・ミトラの諸宗教に見られる明確な宗規が欠けていた。基本的な道徳律が何ひとつなかったのだ。大祭司ひとりの耽る神聖なエクスタシイと、官能的な狂熱だけでは、世界の変革にはあまりに無力だったのである。

裾の長いフェニキア風チュニックを着て、伝統ある国家の高官たちは、この神聖な宗教の儀式に拍手を送り、司祭たちがシリア語で歌う宇宙の主への讃歌を拝聴しなければならなかった。おそらく彼らは気が進まなかったであろう。バッコスの陽物像を町中かつぎ廻ったロオマの民衆は、こうした東方的な祭儀に必ずしも不馴れではなかった。小アジアからきたプリアポス崇拝はディオニュソスの祭祀と混同されて、社会のあらゆる階層にひろまっていた。しかしクィリヌス丘に神殿を有するリベル・バッコス神の新しい祭儀は、その極端な放埒淫靡が禍いして、急速に廃れて行った。ティトウス・リヴィウスが語っているように、その淫乱はあまりにすさまじく、紀元前一八六年、元老院の決議によって祭儀は禁止されねばならなかったほどである。その後、風俗はかなり進化し、ロオマ帝国を統一体とする国家意識の高まりにつれて、スエトニウスのいわゆる「十二皇帝」は、みずから神の役割を演じ、また別のサディックな乱行に民衆の眼を慣れさせたのである。ヘリオガバルスはむろんエロティックな放埓を排しはしなかったが、自己の神に対して誓うべき臣下の忠誠については、頑として譲歩しなかった。彼が民衆の人気を得るために、いかなる豪奢な濫費をしたかについては、ヘロディアヌスの証言を聴こう。「車は華やかに飾りつけられた、金色燦然たる、丈の高い六頭の白馬に曳かれ、皇帝みずから手綱をとっていた。いかなる者もこの車には乗っていないので、神がひとりで御しているかのごとくであった。皇帝は神の方へ顔を向けたまま、馬の手綱をとりつつ、車の前を後向きになって進んだ。……民衆はおびただしい松明《たいまつ》を振り振り、花を路上に撒き散らしながら、やはり車の両側に沿って進んだ。やがて、そのために建てられた高い塔にのぼると、皇帝は民衆に向って、金銀の甕だの、衣類だの、布地だのを投げ与えた。それは誰でも拾った者の所有になるのだった。」

民衆がこの贅沢な光景を悦んで迎えたことは、容易に想像される。が、貴族階級にとっては事情が異なった。新帝の祭祀は彼らにとって、ロオマの名に対する不敬罪のように思われた。そればかりか、新帝はこの野蕃な淫蕩と饗宴の神をさらに讃め称えるために、古来のあらゆる神々の象徴でもって、これを飾り立てたのである。こうしてロオマ人の何より尊ぶウェスタの聖火、パラディウム（女神パラスの木像）、聖楯、キュベレーの像、その他市民の尊崇を集めていたあらゆる聖器が、パラティヌス丘の神殿に移された。さらに皇帝は、ユダヤ・キリスト教の聖器までここに集めようと欲したらしい。レミ・ド・グウルモンの定義したように「ユダヤ教的シリア人」であったヘリオガバルスは、「アーリア的異教徒というより、むしろキリスト教徒に近かった。自然への敵意によって頽廃し、太陽の炎熱によって枯渇したあの東方移住民のように、彼もまた一種独特の一神論者であった。」

そういっても、彼の東方的官能主義は、世界にひとつの一神教的理論を課することを妨げた。神々の存在を否定することなく、そのあらゆる支配を禁ずるという曖昧なカバラ風の哲学、それは教義というよりむしろ美学の探求に似ていた。論理的・合理的精神に欠けていたエラガバルスは、何よりもまず狂信者であり、アルトオの表現に従えば「帝冠を戴いた破壊主義者《アナルシスト》」であったのである。

おのれの神に対する愛に心魂を奪われていた彼は、妻ユリア・コルネリアの身体に痣があるという、ただそれだけの理由で彼女を国外追放に処した。この妻は法学者パウルス・コルネリウスの娘で、結婚当時三十歳、夫との年齢の開きは覆うべくもなかった。また皇帝は pontifex maximus すなわち法王の資格で、男子禁制とされた処女神ウェスタの神殿に入る権限を享受した。ランプリディウスが不快げに語っている文章によれば、「淫行に穢れた彼は、当時まで処女あるいは大祭司にのみ入場を許されたウェスタの神殿に、土足を踏み入れるの暴挙をあえてした。女神パラスの木像を盗み出そうとしたのである。そして大祭司の差し出す器を本物の器と信じて、これを持ち去ったが、器のなかに何も入っていないのを発見すると、地面に叩きつけて割ってしまった。」ヘロディアヌスは彼が本物のパラス像を盗み去ったと伝えているが、いずれにせよ、このスキャンダルによってロオマの貴族がいかなる恐怖と茫然自失に突き落されたか、想像するに難くない。

皇帝がウェスタの聖殿から処女尼僧アキリア・セヴェラを強奪した時は、スキャンダルはさらに大きかった。しかし彼をしてこの大罪を犯さしめた動機は、倒錯的な肉欲でもなければ、単純な破壊本能でもなく、むしろ宗教的統一の欲望だった。その証拠には、彼自身元老院に次のごとき宣言を発しているのを、わたしたちはディオン・カシウスの報告によって知り得るのである。「わたしがそれを敢えてしたのは」と皇帝は言う、「大祭司としてのわたしと処女尼僧としての彼女とから、神聖な子供が生まれることを期待したからである。」余人の目には忌まわしい醜聞も、彼自身にとってはむしろ独創的な、誇ってしかるべき聖なる神事のひとつであったのだ。

＊

後世の歴史家がいかに評価しようと、ヘリオガバルスが民衆の人気を得ていたことは事実のようである。歴代皇帝のうちで、彼ほど民衆の近くに身を置いた皇帝はいなかった。パラティヌス丘の礼拝には庶民の自由な参加が許された。貴族階級の偏見や新興富裕階級の誇りを彼は無視した。というより、アフリカからきた彼には、そういう偏見が理解を絶していたもののようだ。ある日、元老院の祝賀を受けつつ、彼は次のように叫んだと伝えられる、「わたしは民衆が、諸君と同じくわたしを愛していることを、ユピテルにかけて知っている。だが親衛隊の諸君がわたしを白眼視するのは心外千万だ。」（ディオン）――皇帝は前任者マクリヌスの例を忘れて、軍隊に対する懐柔策をとらず、むしろ初代建国者の例にならって大衆の人気を得ることを好んだらしい。カラカラの浴場を完成し、また二一七年に焼かれたフラヴィウス円戯場を修理させるという、彼の唯一の建設的事業がそれを語っている。

ヘリオガバルスの破壊の欲望は、一口に言えば階級制破壊につながる無意識の欲望であった。そのため彼はまずバール神を礼拝することに不如意をおぼえた貴族階級の反感を、必然的に招き寄せた。ロオマ人にとってあれほど大事な階級観念、道徳的・民族的優越の観念が、この少年祭司にはまったく理解の外にあった。横になったまま元老院議官に挨拶を述べることを許し、サフランの花こそ諸君に最もふさわしい臥床だと言い放つ、生得の放胆さが彼にはあった。

破壊と享楽は、手を携えて消費社会の滅亡を準備した。美食は一種の苦行となるまでにスノビズムを推し進めた。この場合、本質的なものは、商品のうちにも消費者自身のうちにもなく、もっぱら商品の破壊の瞬間に凝集された。ラヴェンナのアスパラガス、タレントの牡蠣、シシリアの海蛇《うつぼ》、イオニアの松鶏《やまどり》、イスパニアの蜂蜜、ガリアの去勢鶏、シリアの梨、ヌミディアの松露は言うにおよばず、駱駝の踵肉、八目鰻の白子《しらこ》、孔雀の卵、紅鶴の舌、サフランの香油に浸した針鼠の肉、似鯉《にごい》の内臓、雄鶏の鶏冠《とさか》、うぐいすの脳髄など、果してその胃がよく消化し得るか否か疑われるようなものまで、食膳に供された。ヘリオガバルスの饗宴こそ、かのヴィテリウスやペトロニウスを、嫉ましさで歯がみさせる態のものだったにちがいない。

アラビアの香料を焚いた大理石の広間で、皇帝は生きながら庖丁を入れられた獣の肉を食い、最も遠い地方に産する蝦蛄《しゃこ》や茸を賞味し、縞瑪瑙《オニックス》の盃で酒を汲み、ロオマ人がことにも愛した魚肉に舌を鳴らし、食事が終ると、サフランの浴槽に浸り、薔薇や水仙をサンダルで踏みしだいて、豪華な装飾をほどこした寝所にもどる。陪食者にはさまざまな階層の人物が選ばれる。ものものしい元老院議官、楽器を能くする娼婦、陰間《かげま》、それに自称哲学者の面々だ。皇帝の気まぐれは時に、八人の禿頭の老人、八人の隻眼の男、それに八人の聾の女を集めてひとつ食卓に就かせることがある。不具者たちの当惑が彼をいたく興がらせるのだ。菜食主義の犬儒派哲学者を揶揄する楽しみも、欠くべからざる食卓の行事だったにちがいない。（ルキアーノスの辛辣無比なエピグラムを想起せよ。）クレオパトラやカリグラの故智にならって、豌豆《えんどう》に黄金の顆粒を混ぜたり、琥珀で被った蚕豆《そらまめ》や、真珠の粒末を散らした米などを食うことが、肉欲の衰勢を回復する療法と信じられていた。皇帝はまた不死鳥《フェニックス》を食うことを夢想したが、見つからないので駝鳥の脳髄でみずから慰め、一日、六百人の会食者にこれを振舞った。パウルス・エギネタがこの鳥の肠肉を試食するまでは、誰あってこんな悪食はやらなかったと言われる。

肌もあらわな四人の女に曳かれた象牙と黄金の車に乗って、カピトリウム丘からパラティヌスまで練り歩き、いたるところで車をとめては、ブロンズの水盤からあふれる薔薇色の酒を民衆にがぶ飲みさせた。かと思うと、娼婦の家を訪れて、彼女らの体毛を抜いたり、快楽時の姿態に関する卑猥な一場の演説を試みたりして、倦むことを知らなかった。サディックな皇帝の気に入りの楽しみは、水中を廻転する車輪に寵愛者の手脚を結びつけて、彼が水面を出没するさまを眺めることだった。これは皇帝によって「イクシオーンの車輪」と呼ばれた。ある老遊蕩児がふるえる手にファレルノ酒を注いで差し出すと、皇帝は甕のなかに千匹の蝿を集めよと命ずるのである。千匹の白鼠、千匹の鼬が集められたこともあった。彼が価値の階程をいかに愚弄したかを知る好個の例は、食事中まったく値打の違った品物から成る富籤を売りさばいて、買手の期待がはずれたり、当ったりするのを見て楽しんだことである。これはアウグストゥスによって創始された流行であるが、彼の横紙破りはひとびとの意表に出た。ある者は十四の駱駝をもらい、ある者は十四の蠅を受けとった。もし一座のなかの会食者が気にくわなかったりすると、皇帝は彼らが腰かけている革袋の空気を急に抜いてしまうのだった。かくてテーブルの下で食事をしなければならなくなった彼らを見て、皇帝は呵々大笑するのである。ランプリディウスによれば、また彼は酒を満たした運河に船を浮かべて、海戦の光景を現出せしめたり、ヴァティカン丘まで象四頭立ての戦車を走らせて、墓地を滅茶滅茶に荒らしたりした。聖アウグスティヌスが悲痛な叫びをあげる時代はまさに近かったのである。

陋巷に快楽の最たるものを求め、最も賤しい素姓の相手と好んで愛撫を交したという点で、ヘリオガバルスは、ひとりのナルキッソス、ひとりのアンチノウスを寵愛した皇帝とはまた別格の存在である。少なくともハドリアヌスは、彼らの美貌あるいは解放奴隷としての地位を弁明することができるだろう。しかし人目もはばからず奴隷と、馭者と、荷揚人足と、公衆浴場で出会った筋骨逞しい若者と、たわむれるにいたっては！　おまけに彼らを重く登用し、元老院に送り込み、領地を与えるにいたっては！　ヘロディアヌスによると、彼の愛人ヒエロクレスはもと馭者だったが、あるとき車から落ちて、兜のなかから若々しい髭のない顔と金髪の頭とを露わした。するとそれを見た皇帝は、ただちに彼を拾って、その日から彼と夜を過すようになった。ヒエロクレスはたちまち皇帝自身より大きな権力を有するにいたるかと見え、婢女だったその母は、ロオマに迎えられて、知事夫人とひとしい序列を与えられた。……皇帝がスミルナ生まれのゾティクス（ディオンの言によれば「陽物の大きさにおいて誰よりもすぐれた男」）に一時のぼせあがったとき、このヒエロクレスの嫉妬たるや、すさまじいものだったと言われる。ゾティクスは体技場《パレストラ》における力士だったが、密偵の目にとまり、宮中に迎えられて式部官になった。初めて謁見を許されたとき、彼が習慣どおり「御前様」と呼ぶと、ヘリオガバルスは女性のように頰を紅潮させて、淫蕩な流し目をくれながら、「御前様などと呼ばないで。あたしは女なのだから」と答えたそうである。しかしゾティクスの寵愛も束の間だった。嫉妬に狂ったヒエロクレスが酌人に言いふくめて、彼に多量の酒を飲ませたので、その晩、皇帝の寝所で、彼の雄偉な男性のしるしはついに物の役に立たなかった。ただちに彼は位官を取りあげられ、ロオマから放逐された。この失寵が彼の生命を救ったのである、とクシフィリヌスはユーモラスにこの逸話を結んでいる。

*

前述のごとく、ヘリオガバルスはウェスタの処女を冒瀆して、彼女と結婚することを企てたのであるが、これには二重の意味があった。すなわち自己の神バールとパラスとの結婚を、このとき彼は同時に考えていたのである。神の化身であるおのれの結婚は、いわば神の結婚の地上的投影でもあったろう。ロオマの祖アエネイアスによってトロイアから持ち来たらされたパラス女神こそ、バールの陽物像に最もふさわしい配偶であると考えられた。しかし、この計画には重大な心理的誤謬のあることが、後になって発見された。保守的な貴族階級の反対の声も大きかった。冷たい論理的性情のパラスと、火のような官能的傾向のバールとが、どうしてひとつになれよう。

もしどうしても反対的性質の統一を求めるなら、バールの本来の傾向に対立しつつ、しかも同じ血縁に属する女神を選ぶべきではないか。太陽の破壊的酷熱は、冷静な月の優しさのうちにこそ、その自然な補足を求むべきではないか。かくてパラス女神は、そのあまりに好戦的な性情を忌避されて、カルタゴのウラニアに置き換えられた。

ウラニア崇拝はアフリカに伝播したウェヌス信仰の一系統で、モロックの姉とも見られ、その躁宴的祭儀、人肉犠牲などがバール神崇拝と軌を一にしていた。ウラニアの象徴である金星は、日出時に男性であったのが日没時に女性に変り、かくして二つの性が単一の実体に統一される。ヘーゲル弁証法におけるごとく、おのおのの原理がその対立物をふくんでいるので、ふたつの原理の綜合は、両性を具えた唯一神のうちに実現される。この曖昧なカバラ的弁証法も、シリアの宇宙論にそっくりだ。タニットとか、アスタルテとか、アルタガティスとか、アルテミスとか呼ばれる女神もみな、カルタゴのウラニアの変形ないし原型であって、右手に槍を支え、獅子に腰をおろしたこの女神は、神々の母なるイシュタルの誕生以来、あらゆる民族のもとに発見される古代母権制度黄金時代の、最も完全な月の象徴というべきである。ヘリオガバルスもこの女神を崇拝したが、みずから彼女と褥を共にせんとしたカリグラとは打って変り、自己の神に彼女を譲ったのであった。……

神石の影は次第に大きくなり、その不吉な影はロオマ全土を覆うかと見えた。当時、人間の救済を夢みていた合理主義的精神が、グロテスクな陽物崇拝の物質主義に堕したロオマをひとしく不安の目で眺めていたのは、数々の証言によって知ることができる。ルクレティウス、ホラティウス、マルクス・アウレリウスらは、プリアポスの原始的支配のもとにあって、普遍的な摂理の崇拝を求めた最初のひとびとと言うことができよう。世界が狂躁的な邪教の闇に沈まんとしているのを、彼らは真剣に憂えたのであった。

エメサの神はすでに支配を完了していた。それはスキピオや大カトーなどといった古代の道徳主義者に対する小気味よい復讐であり、かつての征服者に対する辛辣無比な嘲笑であった。久しいあいだバールの神には、その最も好む人間の犠牲を捧げられたことさえなく、青銅の偶像は古代カルタゴの滅亡とともに、破壊され姿を消してしまっていたのである。少なくとも表面的には、嫌悪をもってロオマ人は残酷な祭式を廃棄した。しかし根づよい帰依者はまだ残っており、彼らは皇帝支配下にも全燔祭の犠牲を捧げることをいっかなやめなかった。皇帝自身が時にみずから公布した法律を破って、人間犠牲を行使することさえあった。（コンモヅスはミトラの秘儀の最中手ずから人間を屠った。）それがヘリオガバルスの時代にいたって、かつてフェニキアの世界に覇を唱えていた偉大な神の復活とともに、最も大々的に再生したのである。他の神々なら、動物や穀物の犠牲だけで満足することも有り得たろう。嘔気をもよおす牡牛の屠殺、大理石の床に流れる血潮の小川、祭壇まで真黒になった蠅の群……しかし、バール神に限って、人間の犠牲をとくに要求した。ひとびとは怖るべき秘密の神殿で、おびただしい数の人間を屠らねばならなかった。かつてプルタルコスが書いたように、「子供をもたない女は祭壇の上で焼くために貧民階級の子供を買った。母親は眉ひとつ動かさず、泣き声も立てず、この光景を見ていなければならなかった。もし涙をこぼせば、金ももらえず、子供も殺された」（『迷信について』）のである。

シバの女神のようにエメサの神も、動植物から人間の犠牲まで、あらゆる種類の奉納物を貪婪に受け容れた。奇怪なサディズムと超脱の欲望に駆られて、少年大祭司は自己の神のみならず、彼自身によって貶しめられた他の東方諸神に対してまで犠牲を捧げることを要求し、熱い牡牛の内臓に手を突込んでは陶然とした。殺戮の血なまぐさい臭いが、得も言わず彼の鼻孔を堪能させた。一種の呪術的操作によって、ヘリオガバルスは犠牲者をおのれの血肉に同化しようと試みたらしい。牡牛や若者の活力をわが身に移そうと考えたのである。キュベレー祭祀における牡牛犠牲《タウロボリウム》とは、フレイザー（『金枝篇』）によれば、花環で飾られた牡牛を格子の上で殺戮し、格子の下の坑に身をひそませた帰依者が、流れ落ちる温かい血を全身に浴びることによって成立する、一種の呪術的秘儀であるが、ヘリオガバルスもまた、この人間の最も根源的な熱望につながる血まみれの犠牲行為にふけったものと想像される。四年間の支配の後期にいたって、彼がキュベレー祭祀に非常に親近したのは、史家のひとしく認めるところだからだ。

　皇帝エラガバルスはバールを中心として、東方宗教の一大イエラルシイを組織しようとしたのではなかったか。そのためにはすべての宗教、すべてのドグマ、すべての秘儀に親近することが必要だった。ロオマ人の尊崇する聖器物のみならず、ユダヤ人の、サマリア人の、キリスト教徒の聖器まで彼はエラガバリウムに運ばせようと欲した。宗教混和《ジンクレティズム》はすでに外地出身の皇帝セヴェルス家の宮廷で著しい流行をみたのであるが、彼の眼はさらに遠いところを望見していた。いわば彼の宗教的天才がこれら一切の混淆主義を超越せしめ、彼はほぼ完全な一神教的世界を遠望していたと言えるのである。バール神は彼にとって唯一の主であり、宇宙の唯一の創造力であった。

アモンとモーセに倣って、この太陽神の大祭司は、頭上に一本の角――世界の秩序を規制する太陽光線をあらわした、一本の角をおびていた！

バール、ユピテル、ディオニュソス、これら三者は相似ていないだろうか。さらにエホバも、これにつけ加えることはできまいか。プルタルコスが言うように、「ユダヤ民族の最も重要かつ完全な祭式は、ある時代において、ディオニュソス祭式に応じた方式で挙行された」のである。キリスト教の神さえもバールに似て、普遍的たることを欲していた。キリスト教における驢馬の象徴は、生殖力の象徴であると同時に謙譲の象徴である。すなわち言葉を換えれば、神聖な陽物と高貴な受動性の象徴だ。ヘリオガバルスがキリスト教徒に親近をおぼえたのも、かような一面から部分的に説明されるだろう。この時代にはまだ、キリスト教徒は帝国をおびやかす力とはなっていなかったのである。しかし、もし彼がもっと永く生きていたら、彼自身の宗派心がこのファナティックな一神教徒弾圧の挙をとらしめたであろうことは、ほとんど疑いを容れないだろう。

キリスト教はまず、時代と環境に適応した。次に、おのれ以外には一切の救いがないという、あの排他的な原理を頑強に押し通した。精神的憧憬の秘密結社として、タクティックをもって布教をはじめた。そして最後に、そのダイナミックな強靭な力によって、一例がユダヤ教のごとき、固陋にして偏狭な時代おくれの諸宗教に打ち勝つことができた。すでに当時は、地方的な小部族ないし共同体が、もっぱらおのれの教義を遵守することに努力していた時代ではなかった。テルトゥリアヌスが誇りをもって叫び得る時代がすでにきていたのである、「われわれは昨日やってきたばかりなのに、もうあなた方の都、植民地、軍隊、宮殿、元老院、広場《フォルム》を一杯にしてしまった。まだあなた方の手に残っているのは、あなた方の神殿だけだ！」

キリスト教は一見したところ、世界のロオマ的構想を廃止することをめざしているようには見えず、ただパガニズムのみを否認しているように見えた。異教のみを対象としたがために、聖アウグスティヌスはロオマの偉大な功労者となったのである。反対に、むしろ破壊的傾向の強いユダヤ教徒は、彼らの未来の支配のために都合のよい無政府状態を積極的につくり出そうと無駄な努力をした。『アポカリプス』と呼ばれる復讐の書のうちに描き出された思想が、これである。「大なるバビロンは倒れたり、かつ悪魔の住家、もろもろの穢れたる霊の檻となれり。もろもろの国人は、その淫行の憤恚《いきどおり》の葡萄酒を飲み、地の王たちは彼と淫をおこない、地の商人らは彼の奢《おごり》の勢力によりて富みたればなり。」

腐敗した社会の下層から、キリスト教はあたかも眩ゆい純白の百合のように咲き出で、早くもガリア、ゲルマニア、アフリカの民衆を征服した。「キリスト教徒の血は種子なり」とはテルトゥリアヌスの言であるが、まことに殉教者の血こそたえず更生する一個の種子であった。日ごとに味方の数が増すのも、反キリスト教的なものによって惹起される恐怖と嫌悪が、却って民衆の魂を救うと約束した者の方へ、民衆自身を導いて行くからにほかならなかった。周知のごとく、それはついに国家によって公認された。しかしエラガバルスの生きていた当時にあって、この宗教は社会の解体を促進することにすべてを賭けていたのである。誰がこのことを知っていたろう。もとより護教論者といえども、皇帝のために不利な証言を残そうとはしなかった。皇帝をあがめることと、キリスト教を護ることとは、彼らにおいて一致すべきはずのものだった。皇帝が多くの偶像にさらに新たな恥ずべき偶像をつけ加えるのを見たとき、彼ら姑息なる護教論者の良心の疑懼たるや、いかばかりであったろう。むしろこれら古くさい数々の偶像を、さらに獣的にしてさらに野蕃な一個の黒石——あのバールの陽物像——の卑しい婢女の地位に追い落すことによって、ヘリオガバルスは、はるかに多くクリスチアニズムの膨脹に貢献したのではなかったか。つまり、一神教的風土を準備したということである。思いがけない捷径によって、陽物崇拝は人類をメシアの方向へ導いたと言えないこともない。思うに、これが歴史のパラドキシカルな論理というものだ。

＊

ヘリオガバルスの死については三つの異説がある。

ランプリディウスは——皇帝の恨みを買った親衛隊が危険を知って陰謀をめぐらせ、皇帝の暴虐から国家を解放した、と伝えている。ヘリオガバルスの怒りを怖れて、彼らは便所へ逃げ込んだ皇帝を惨殺した。このとき母ユリア・ソヤミヤスも共に殺された。

一方ヘロディアヌスによれば、従弟アレクサンデルの死の噂を流したことから、皇帝は従弟とともに軍隊の前に出て弁明しなければならなくなった。そのとき、軍隊が歓呼してアレクサンデルを新帝に選ぼうとしたので、彼はこの騒ぎの発頭人を叛逆者として逮捕しようとした。しかるに軍隊は、この暴君を除こうと永いこと機を窺っていた折も折だったので、たちまち彼に飛びかかり、居合わせた母もろとも殺してしまった。

最後にディオンの説は——王家の者が祭儀のため野外に赴いたとき、ソヤミヤスとママイアのあいだに諍いが起った。両者は軍隊にそれぞれ自分の子供を選ぶことを要求した。皇帝はその時いち早く危険を察して遁走し、箱の中に隠れおおせるかと見えた。しかしついに発見されて、寸々試しに殺された。彼を抱いていた母も一緒に殺された。……

その後の経過については三者の意見が一致している。熱狂した軍隊は彼の首を斬り、死体を裸にして町中引きずり廻し、最後に石を結びつけて、エミリヤン橋からティベル河へ投げ込んだ。時に二二二年三月十一日。四年間の在位を了えて、まだやっと十八歳であった。

II

テロオルについて

山口二矢少年の顔貌をはじめて写真で見たとき、わたしはぎょっとしたような、はっとしたような、ある感慨にとらわれた。わたしの十代の頃の顔貌と、かなり似ていることを発見したのである。今でこそわたしの頬は、永い思索（?）の年月にむしばまれ、鋭くそげ落ちてはいるが、あの学徒勤労動員の工場で、蒼空にきらめく高度一万の敵機を仰ぎつつ、兇暴な夢想にひたっていた頃は、やはり山口少年のそれに似て、豊かに、みずみずしく、ふくらんでいたものである。

むろん、顔が似ているということは、必ずしも精神構造が似ていることを意味しはすまい。しかし、幸か不幸か、わたしが戦乱の渦中に死ぬことを免れて、三十代の今日まで、のんべんだらりんと生きのびてきたということは、このわたしの頬の肉が鋭くそげ落ちてしまったことと、無関係ではあるまい。

生きるということは、必然にのんべんだらりんとすることだ。ハイボールのように死の分量を薄めて、少しずつ、ちびちびなめることだ。

ところで、大江健三郎氏がいみじくも指摘した「政治的人間」と「性的人間」との分類は、わたしには、なかなか面白い着眼だとは思うものの、あまりにもアカデミック、かつ古典的でありすぎるように見える。はたして、政治はひたすら未来に賭けることを志向し、性はひたすら現在に衰滅することを志向し、両者は平行線のごとく、絶対に相交わらないものであろうか。

わたしは、まず、この図式を麻雀のパイのごとくごちゃまぜにするところから始めたい。同一平面上に平行線のように並べられたふたつの人間類型が、非ユークリッド的に交錯する座標を求めたい。ロバチェフスキーの証明する通り、たしかに空間はゆがんでいる。たしかに時間はゆがんでいる。たしかに歴史はゆがんでいる！

――なに、歴史がゆがんでるって？　いい加減なことを吐《ぬ》かすな、お前さんのちょこざいな歴史観は……と威丈高にわめき散らす声が聞える。

――しかしですね、たしかに歴史はゆがんでますよ。死の密度が異常に高くなり、生の密度が逆にぐっと低下して、一瞬が永遠の閃光にぱっと明るく照らし出されるようなときが、たしかにあるんですよ。（小さな声で）それがテロオルじゃありませんか。（ふたたび大きな声で）まあ、言ってみれば、歴史の発情期みたいなものですね。ふん。

しかり、人間に性的人間のタイプがあるように、歴史の各時代にも性的なタイプがあるらしい。たとえば私見によれば、十六世紀と十八世紀は性的な時代である。稀代の毒殺犯人であるとともにルネサンス文化の保護奨励者であったチェザレ・ボルジア、不良少年でありワイ本作者であるとともに峻厳なジャコバン党の公安委員であったサン・ジュスト——こんなひとたちの生きた時代を思い浮かべてみるがよい。

だから、したがって、歴史の性的な時期に逢着した「性的人間」は、時代と人間とが反撥し合うから、ただひたすら性的になって、おお悲惨！　これとは逆に、歴史の性的な時期に逢着した「政治的人間」は、時代と人間とが相牽引し合うから、対立する性と政治との弁証法的な統一がここに実現されて、おお偉大！　といったようなわけになるのである。

これがわたしの非ユークリッド的歴史観ならびに人間観である。ちょっとばかり、複雑で、高級のように見えるからふしぎでしょう。

だから、性的人間も、はたまた政治的人間も、決してみずからの存在自体によっては、かくべつ悲惨にもならないし、かくべつ偉大にもならないという、しごく当り前みたいな結論しか出てこないのは、問題の性質上やむを得まい。そもそも人間類型にそのような区別を設けること自体が、古典的、あまりに古典的と言わねばならず、少なくとも性的な意識が他者との係り合いにおいてはたらく以上、性は必然に政治的、政治は必然に性的と考えた方が、はるかに今日的な思考に適うのである。

疑うにはおよばない。もし性の意識をとりあつかって、これを最小限度政治的に見ないなら、一例が最近話題になった外村繁『澪標』におけるごとく、よかれあしかれ、意識の主体が内的自然としてあらわれたエロティシズムのなかに没入して、ちょうど外的自然を観照するように、これを観照の対象にするという以外、ほとんど頼るべき方法とてはないのである。

ロベエル・デスノスによれば、エロティシズムとは「愛欲に関する科学（サイエンス）」である。少なくとも外的自然に適用される科学の方法をそのまま踏襲して、エロティシズム固有の運動を記述し、分類し、法則化する（これは十八世紀のサドがやったことだ）ばかりでなく、さらに、これを曇りなき意識の主体として操作したり、支配したりするところまで志向しなければ、最小限度、政治的な態度とは申せまい。

ここで、振り出しにもどって、なぜ「性的人間」と「政治的人間」とが対立するように見えるのか、という素朴な疑問に立ちかえってみるならば、それは前者が徹頭徹尾、消費の原理に立ち、後者が徹頭徹尾、生産の原理に立つからであろう。

「生殖のための性行為は有性動物と人間とに共通しているが、明らかに人間だけが、性行為からエロティックな行為をみちびき出した。すなわち、性行為とエロティックな行為とを区別するものは、生殖や子孫に対する配慮につながる自然目的とは関係のない、ある心理的な探求なのだ。この基本的な定義から、わたしはただちに、わたしが最初に提出した公式へ立ちもどる。その公式とは、エロティシズムは死にまで高められた生の讃美である、ということだ。たしかに、エロティックな行為はまず第一に生の横溢であるにしても、前述のように、生の生殖に対する配慮とは関係のない、この心理的探求の目的は、死とも無縁ではないのである。そこには大きな逆説がある。」（ジョルジュ・バタイユ『エロティシズム』序論）

性が消費をあらわすのは、あくまでこれを心理的探求（快楽と言ってもよい）の面からみる見方で、自然的な面、生殖に対する配慮の面からみれば、これは明らかに生産的概念である。（生殖 reproduction は再生産を意味する。）政治の方には、こういう二重性はないので、それ自身消費をあらわす文学・芸術の方法論の領域では、ともすると政治が、大きく口をあけた性の深淵に呑み込まれてしまうことがある。自然は歴史よりも狡猾であり、強いのだ。

作家の力量は、いかにしてこの強力な盲目的な自然に、歴史の論理を拮抗させ得るかにかかっており、作家の偉大と悲惨は、その両者のアンタゴニズムの熾烈さに依存している。言うまでもなく、大きな悲惨は小さな偉大（妙な言い方だが）よりもすぐれており、作家の偉大な敗北は、ともすると生産社会に生を営む芸術家の存在理由のすべてであるかもしれない。そこが芸術作品の一筋縄でゆかないふしぎであり、「進歩的な芸術家」などといった概念は、「ヒューマニスティックな人殺し」というのとひとしく、そもそも言葉の矛盾であることを知ったがよいのだ。

自然から独立した意識の主体は、性を心理的追求の対象、すなわちエロティシズムとして明確にすればするほど、それだけ政治的になり、同時に反政治的にもなる。なぜかと言えば、心理的追求の対象としての性は、消費の原理に立つものであり、消費の原理による政治へのアプローチは、政治を否定し、政治を乗り越え、政治による政治の克服という方向にみちびかれるからである。二十世紀初頭のはなばなしい文学運動シュルレアリスムは、かかる方向を志向したものであった。

芸術を永続的な消費の一形式と見なすことは、依然として革命的状況の腐敗に直面しつづけているわたしたちにとって、まだ効果を失っていないどころか、さらに強調すべき根本的な思考様式のひとつだとさえ思われる。

たとえば、若きマルクスは「動物は直接的な肉体的欲望に支配されて生産するだけである。ところが、人間自身は肉体的欲望から自由に生産し、しかも肉体的欲望からの自由のなかで、はじめて真に生産するのである」(『経済学・哲学草稿』)と書くが、わたしはこれに、さらにつけ加えて、「しかも人間は肉体的欲望(自然的配慮)から自由に消費し、肉体的欲望からの自由のなかで、はじめて真に消費するのである」と言いたい。エロティシズムとは要するに、自由に消費する術の謂だからである。

動物は決して肉体的欲望の果てに死を知ることはない。しかるに人間は、自由に消費することによって、この消費が必然に死に赴くことを予感する。エロティシズムとは、死の透視術であって、人間がおのれの宿命を自由に転換しようとする、最も崇高な倫理的決断に通じるものがある。人間の歴史的生存を総括的に眺めるならば、人間が苦悩にいたるまで浪費を渇望していることは明らかであろう。古代の密儀宗教における犠牲、芸術として眺められたルネサンス期の戦争、妖術裁判、革命 etc. を見るがよい。生はその本質においてひとつの過剰であり、生とは生の浪費を意味するにすぎない。生は際限なく、その力と資源を汲みつくし、際限なく、みずから創造したものを破壊する。生を営む存在の大多数は、もとより、かかる運動に消極的に反応しているが、しかし極限においては、いかなる存在といえども、その生を危険にさらすことを断乎として望んでいるのは疑いないところだ。悲劇はつねに浪費の土台の上に立ち、しかも、悲劇はつねに崇高である。

たとえば、現在わたしたちの国でもひろく流布し、ブームと呼ばれる社会現象を形成している探偵小説というものがある。これを、保守的なイギリスの知的環境から産まれた娯楽作品と規定し、そのアナロジーにおいてのみ論ずるのは愚かな話だ。どんな探偵小説の読者の心の奥底にも、探偵小説の主人公になりたい、ピストルを射ちたい、劇的状況に捲き込まれたい、声をあげて殺されたい——すなわち、力と手段さえわが手に入るならば、ただちに浪費と危険の瀬戸際に赴きたい、という欲求がひそんでいるであろうことは、小説を読む人間の一般的な心理から推しても明らかである。小説の主人公は、わたしたち自身が退屈な日常生活において過剰に発揮することを妨げられているエネルギーの、いわば代行人である。

むろん、小説の主人公になりたいというわたしたちの秘かな欲求が、小説以外の場所で実現することはないのである。それは空想であり、欲求が慎重さ、もしくは怠惰を上回る気づかいはない。そこにこそ探偵小説の鎮静剤としての役割があるのであろう。が、エネルギーの不足、もしくは弱さのみが実現を妨げている、わたしたちの深い暗黒な意志について思いをいたすとき、探偵小説の流行という社会現象にも、ひとつの普遍的な意味を見ないわけには行かないのだ。

自動車事故で死んだジェイムス・ディーンも、ジャクスン・ポロックも、何と古代の供犠に捧げられた人間犠牲者に似ていることであろう。映画も、前衛絵画も、ひとりの犠牲者を大衆の前に捧げねばならなかったということは、それが二十世紀において、いわば宗教の後継者になったことを意味するだろう。血ぬられた犠牲の儀式は十九世紀におけるごとく、小説のなかだけで満足し切れなくなり、より広い大衆的な悲劇の表現を見出したのであった。……

わたしたちは苦痛によって死を想像することしかできない。死ぬべき人間であるわたしたちが、ついに死の予感しか知ることのできないのは、あたかも生まれてきた人間であるわたしたちが、誕生の記憶を永遠の過去の闇に失っているのと同断であって、さればこそ、性と死はあらゆる実利主義的価値の上に立つ神秘である。

さて、かように、性における死の透視術がエロティシズムであれば、死の密度の異常に高まる革命と反革命の恐怖時代が、歴史のエロティックな時期であるという、先に述べたわたしの説も、あながち牽強付会ではないことが分ってもらえるであろう。

モオリス・ブランショによれば、「革命的行動は、あらゆる点で、文学がそれを具象化するような行動と似ている。つまり無からすべてへの推移、事件としての絶対の肯定、絶対としての事件の肯定である。革命的行動は、作家が世界を変えるためには数語を書き並べるだけでよいのと同じくらいの力と容易さをもって爆発する。それはまた、同じくらい純粋な要求をもち、自分がなす一切のことは絶対的な価値を有し、何かしら望ましく尊敬すべきある目的と関連のあるような行動ではなくて、最後の目的、《最後の行為》であるという確信をもっている。この最後の行為が自由というものだ。……こうして《恐怖時代》が出現する。」

「《恐怖時代》の死は、そこでは叛徒に対する唯一の罰ではなくて、みなから望まれた避けられない支払期日となったもので、自由人たちの自由の働きそのもののように見える。刃がサン・ジュストやロベスピエールの上に落ちるとき、それはいわば誰にも危害を加えるのではない。……しかし彼らがその化身である《恐怖時代》は、彼らが他人に与える死から来るのではなく、彼らが自分に与える死から来るのである。彼らは死の特徴をもっている。」（『文学と死ぬ権利』）

テロリズムとは歴史のエロティックの極期である。とすれば、階級間の不安定な均衡の上に支えられた、過渡的形態である民主主義、政治の技術的な理念にすぎない民主主義から出発した末期的な市民社会が、エロティシズムの毒を薄めて、世界に瀰漫させ、人間を徐々に免疫性体質につくり変えて行くのは、その社会の表面に漂う稀薄なエロティシズムの匂いにもかかわらず、最も非人間的な社会形態の欺瞞的な作用ではあるまいか。大衆社会状況における、いわゆる「毒にも薬にもならない」類いのエロティシズムの氾濫といった昨今の風潮は、わたしたちの死の感覚をも、ひそかにオブラートに包みはじめているにちがいない。

文学がつねに理想としてもっているのは、死が自由の完璧な形態であるような恐怖時代である。ホモ・エロティクス（性的人間）によってあばき出された、人間の性のなかにひそむ死の意味、恐怖の意味を、わたしたちはもう一度確認し、絶対に消し去ることのできない暗黒の真理、夜の真理に、臆せず直面しなければならないように思われる。

反社会性とは何か

わたしの翻訳したサドの大作『悪徳の栄え』（正続二巻、現代思潮社）が警視庁に押収されたことについては、すでに書評紙、週刊誌、日刊紙の記事によって御存知の方も多かろうが、今度、東京地検、高検などのエライひとたちが慎重に協議した末、単にこれをワイセツ文書としてのみならず、反社会性をおびた危険文書として、起訴することにほぼ話をきめたそうである。押収してから七ヵ月、御苦労さまなことであった。どんな親切な批評家でも、これほどひとつの作品に執着してくれるものではない。

まことに、法律の番人こそは最高の批評家である！　思えば、わたしはこれまで微力をかえりみず、営々孜々として、サドの作品の「危険性」「反社会性」について、宣伝にこれ努めてきたのであるが、わたしの努力をみとめてくれた者とては、十指にみたぬ批評家諸子にすぎなかった。それが今では、司法筋から太鼓判を押されたのである。事ここにいたって、わたしは会心の微笑を浮かべざるを得ない。

元来、ワイセツという言葉には最初から貶下的な価値判断がふくまれているが、反社会性とか、危険とかいう言葉には、何らの価値判断もふくまれてはいない。芸術作品や思想書が、反社会的という評価を受けたからといって、ただちに法律で断罪されるいわれはないし、ましてや作品の価値が減るわけもなかろう。ワイセツの判定には断乎として抗議をするわたしも、反社会性の烙印には、むしろ、ちょいとばかり虚栄心をくすぐられる。法律の番人は、反社会的価値という言葉を御存知ないだろうか。少なくともわたしにとっての価値概念は、すべて反社会的である。が、しかし、そう言ってしまっては身も蓋もあるまい。

さて、サドの反社会性について述べよう。サドの作品には、ヒトラーを百倍にも千倍にもしたような独裁者があらわれて、おそろしい権力国家をつくることを夢想する。無実の者を監獄にぶちこんだり、大量虐殺の手段を考えたりする。ところが、権力はあくまでサドのアリバイなのだ。つまり、こういう人物がひとりならずあらわれて、みんながみんな権力者になることを夢想する始末なので、この権力を志向する者の無政府社会では、窮極的に権力という概念が消えてしまうのだ。――サドの論理には必ず、こういう無に向かう否定の運動がある。

思うに、サドの権力意志も、ニーチェのそれとひとしく、知性に結びついたエネルギーとも呼ぶべきものであった。彼によれば、社会契約とは弱者のための保証であり、強者のためには重大な脅迫的理論である。なるほど、実際には、強者はその専横をほしいままにするために、法律を利用することを熟知しているのであるが、しかし、そのようなとき、彼はすでに法律によってしか強者ではなく、端的にいえば、権力を具象化しているものは法律そのものである。無政府状態あるいは戦争状態が支配していない限り、最高権力はそのまま最高権力とは言いがたい。法の秩序のもとでは、権力はつねに欺瞞的なものたらざるを得ない。——サドは、かかる理論を知悉していたのだ。

たとえば、サドは残酷なエロティシズムと暴力を至上のものとして肯定する。しかしこれは、死と苦痛の恐怖が決してなくならない社会、不正な暴力が支配している社会に住んでいる人間のジレンマを、きわ立たせるためにすぎない。

サドは「たわむれに人を殺す」ことができるような、完全に欲望の解放された共和国を夢想する。法律から人間を解放することを、狂気のように追い求める。フランス革命後の共和国が、神権説による王の殺害の上に樹立された以上、殺人をもふくめて、あらゆる犯罪の禁圧が廃止さるべきだと主張するのだ。君主政体は、法の基礎となる神の観念によってみずからを支えていた。したがって、神の観念を断頭台にのせた共和政体は、当然みずからのみによって自立し、道徳に掟を設けるべきではない、というのである。

これはわたしに、ニーチェの「神は死んだ」という言葉を思い出させる。ニーチェは「世界の最も完全な組織は神と呼ばれる」（『権力への意志』）と言った。神（王）が死んだ以上、世界の組織はとことんまで解体されねばならない。「かくて、わたしは解体の道を進んだ。——このなかに、個人にとっての新しい力の泉を見出した。われらは破壊者であらねばならぬ！——わたしは認識した、そのなかにあって個人がいまだなかりしほどに自己を完成し得るような、解体の状態こそ、存在一般の真相であり、またその特殊な場合である。」

ニーチェと同様に、サドもまた、革命とは、存在するものの解体が極点にまで達する運動だ、と理解していたらしい。そして、あらゆる社会組織は存在一般の真相である解体運動を麻痺させるものだ、と信じていたらしい。

サドは明瞭に民主主義者ではない。それでは、ファシズムの元祖であろうか。いや、そうでもない。なぜなら、独裁主義も中央集権的官僚主義も、ニーチェのいわゆる神、世界の一元的支配にほかならないからだ。一方、民主主義は本質的に政治上のデカダンスであって、これは多元的支配とでも呼ばれるべきものであろう。つまり、諸神混淆《ジンクレティズム》、「神々のたそがれ」である。サドの無限否定は、権力を讃美する表面の論理とは裏腹に、一元的支配から多元的支配へ、多元的支配から無元的支配へと向う存在の運動を極点まで押し進める。それは単に独裁者の死を要求するのみならず、あらゆる政治的指導者の死滅をも要求するのである。

このようにして、奇怪な無政府主義者サドの巨大な相貌が浮かびあがってくる。彼が人間の自己活動としての殺人を容認しながら、法による殺人、死刑に対して、一貫して反対を主張しつづけたのも決して矛盾ではない。既存の社会の転覆に伴い、モラルが新しい基盤に沿って、新しい目的を追求して行くとき、すでに既存の社会の価値基準から割り出した、善とか悪とかいうものの区別は、当然なくなっていなければならないはずだろう。少なくともサドの論理では、そうなるべきはずだった。「ひとがいつか善を行うのを止めるのは、道徳的理由のためである」とニーチェは言った。同じようにサドが殺人を慫慂するのも、道徳的理由のためであった。

マルクスが「共産主義革命は、これまでの人間活動の様式自体に対して叛旗をひるがえすものであり、労働を廃絶するものである」（『ドイツ・イデオロギー』）と言ったのも、同じ意味からであったにちがいない。すなわち、労働が価値であるような道徳的「真理」の世界に対して叛旗をひるがえすことを、マルクスは革命と呼んだのである。

たしかに、死と暴力とエロティシズムの根源に迫る作家サドこそは、生産性を謳歌し、労働を讃美する、あらゆる政治形態の敵である。人間が死と苦痛のなかに満足を発見し得るという思想は、サド以前の誰もあえて表明しなかった。それは一見、救いようのないニヒリズムに陥るもののごとくであるが、必ずしもそうではない。というのは、これもまたサドの透徹した意識から出てくるところの乾坤一擲の逆説なのだ。死の種子をふくまない生はなく、生の昂揚にまで達しない死はない。あたかも、決して凝固しない血を流しつづける傷口にも似た、完結することのない世界のイメージを、サドは抱いていたらしい。

生産と消費、生と死との深い相関関係は、この途方もない否定者サドにおいて、自然のエロス的形式のうちにのみ在る概念だった。たしかに、エロティシズムの自然目的的な側面である生への期待と、衰弱としての死の豪奢な面との結びつきを認めるのは、なかなかに困難である。わたしたちは腐敗や汚物から目をそむけるように、死のみがたえまなく再生を保証するものであり、それなくしては生もまた衰滅せざるを得ない、という事実を見るのを拒んでいる。しかし実際には、生は間断のない消費であり、新たな生が産み出されるには、死が必要である。当然のことながら、もし生産性に何らかの先験的な価値をおくとすれば、ひとしく消費性にも価値をみとめねばなるまい。いやむしろ、消費性に人間の本質的な価値をみとめることこそ、労働が価値であるような、あらゆる生産性社会に対する有効なアンチテーゼとなりはしないか。社会は必ず生産性の側に立っている。とすれば、人間は反社会性、反生産性の原理に立つべきではないか。人間の主体的な自由と係りのある本質的な価値は、あくまで実利主義的な価値でしかない生産の側にはなく、むしろ反社会的な、日常的世界を逆転させた、消費のための消費の側にのみ在るべきではないか。——これが要するにサディズムの存在論的、社会学的根拠である。

ニーチェは「労働を讃美し、あくことなく労働の祝福を語るのを聞くと、わたしには、あらゆる個性的なものに対する恐怖の底意が見える」(『曙光』)といった。ニーチェやサドの反生産性の哲学は、だから、マルクスの反社会性(直接には資本主義社会を対象としている)の哲学と同様、無限に存在を解体させることを志向した、いわば超越の哲学であり、あらゆる体制的なものに対するプロテストである。

ニーチェの哲学が一民族の血の純潔のために利用されたのは、マルクスの哲学が一国の社会の工業化のために利用された事情と全くひとしく、ただその違いは、前者が虚無の熱狂のただなかで歴史の女神から断罪されたのに対し、後者がある種の社会的成果のなかで、歴史の祝聖を受けているという関係にすぎない。いずれも、マルクスやニーチェとは関係のないことだろう。社会的成果? しかし、あらゆる社会はそれに先立つ社会に対して、ひとつの成果である。これこそ「悪しき歴史の必然」というものだ。

さて、二十世紀に復活したサドの哲学は、いかなる政治的党派に利用される可能性をもっているであろうか。少なくとも、わたしとしては利用されないことを望むだけである。また、利用できる性質のものでないことも知っている。しかし、今まで述べた通り、ニーチェの主観性の哲学とマルクスの客観性の哲学とが、不幸な訣別をする以前の混沌としたエネルギーが、このサドの暗黒の思想の内部にひしめいていることは確実である。これをウル・ファシストと見るか、ウル・コミュニストと見るか、さあ……そういう神経質な論議は、わたしは好まない。誰か好きなひとが勝手にやるがよろしい。

いずれにせよ、サド裁判の論点が「ワイセツ」などという衛生無害な領域から、「反社会性」という目下喫急な思想の領域に高まったことは、ひとつの進歩であり、喜ぶべき傾向であるにちがいない。だからわたしは、日本の検察官の「良識」なるものを高く評価せずにはいられないのである。

危機と死の弁証法

文明の極点は、つねに危機の徴候としてあらわれる。

エジプトにおいても、グレコ・ロマン世界においても、ビザンチン世界においても、シナにおいても、文明の広範な歩みがその極点に達すると、各文明の揺籃期に人間を結びつけていた絆は、徐々にその拘束力を失い、神聖なるべき宗教も、王権も、道徳も、個人の人格も、すべてなきにひとしい無力な形骸と化してゆくのが一般である。

すなわち、文明の自己崩壊であって、十九世紀初頭にバンジャマン・コンスタンが、「現在の危機はキリスト教の創立当時、人間をおびやかしていた危機と同じものである」と言ったのも、このような循環的な歴史観を証するものであった。同じ意見はシャトオブリアン、ヴィニイ、ルナンのごとき保守的な思想家も表明しており、エンゲルスもまた、ある著作のなかで、初期キリスト教と十九世紀との類比に言及しているのを知る。

要するに、危機とは歴史の運動の内的なモメントに関係するものであろう。オルテガによれば、「先行する世代の世界ないし確信の体系の次につづく状態が、もはや人間が前世代の確信を棄て、したがって人間がもはや世界を喪失してしまっているような状態になる――そういう形で世界の変化が成立する場合、これが歴史的危機の発生」(『危機の本質』)なのである。

危機的 critique という言葉が、階級闘争の実態をまざまざと露呈するがごとき、能動と受動とふたつの意味合いに用いられることに注意すべきであろう。

受動的な危機は、社会の基礎をつくる神聖な契約や道徳や諸権利に対する、支配階級側からの危機で、語の本来の意味における危機である。これに反して能動的な危機は、このすでに古びて形骸と化した契約に対する、自由な個人の側からのクリティック(批判)であって、かかる個人の態度は、社会の基礎をつき崩す危険な力としてはたらく。ふたたびオルテガを引用すれば、「危機としての生は人間にとって、否定的な確信のなかに生きることを意味する」のだ。かかるとき、個人の反社会的・反生産的な活動は、しばしばドラマティックな色合いをおび、ドラマを喪失し沈滞した歴史の舞台に、ともすると、悪魔的な半神や英雄たちの幻影を生ぜしめるであろう。

黄金時代の人類の活力ある共同体が、無邪気な、しかもたえず血を流しつづける暗鬱な、悲劇の調子をはるか過去に失って以来、文明はあたかも手放したものの代償でもあるかのように、ひとりならず、こうした半神たちを歴史の舞台に登場せしめたのである。異教世界を復活したローマ皇帝ユリアヌス、またルネサンス期の怪物チェーザレ・ボルジアの例を私たちは知っている。しかし、ヘルデルリーンやニーチェやブルクハルトの郷愁にもかかわらず、共通な情熱が人間存在をふたたび結びつける力を失ったとき、近代の半神たちが利用したのは、政治の名で呼ばれる統制と、画一化と、富の集中と、大衆支配の技術であった。人間は限りなく自己疎外を深めると同時に、確信が立ち去ったあとの空虚を世界崩壊の狂気じみたヴィジョンで埋める。

世界崩壊のヴィジョン——ありていに言って、すべての独裁が利用しようとするのは、このマゾヒスティックな大衆の夢想である。結局、「世界の終り」の神話は「世界の創造」の神話と交換可能なのだ。あたかもサディズムとマゾヒズムが交換可能であるごとく……。

ここで、ニイチェの「神は死んだ」という言葉を思い起してみる必要があろう。民族共同体へのノスタルジーから出発し、既存の要素から社会を再構成するファシズムは、生産性社会の自己完結的形態ともいうべき、組織の最も閉鎖的な形であり、神の一元的な支配に最も近いのである。ともあれ、二十世紀に生きる私たちは、歴史的危機にともなう世界崩壊のヴィジョンをつねに眼前にしていなければならない困難な立場から、同時に、権力という獣頭をもつ偶像を徹底的に否定してゆく必要がある。

危機意識は批判能力とひとつのものである。危機意識のないところにはまた批判能力もないにちがいない。批判とは、存在の解体を促進させる否定の運動であり、あらゆる絶対化を拒否する性質のものだ。アンリ・ルフェーヴルによれば、「あらゆる絶対は、人間による人間の搾取（すなわち階級の社会的実生活）を正当化する仮面としてあらわれる」のである。

同様に、絶望とファシズムはひとつのものであり、絶望のないところにはまたファシズムもないにちがいない。が、ファッショ的状況をつくり出す基盤は閉じられた社会であり、ファシズムはこの閉鎖的な生産社会の延長上にしかない。この点が重要である。

私が言いたいのは、危機意識と絶望とを大事にせよ、ということだ。たしかに、それは精神状態としてファッショ的状況に容易に通じるものではあろう。が、芸術やエロティシズムの営為が、純粋消費の運動を極点にまで追いつめるように、本来、存在するものの解体がその極点にまで達する運動である社会革命も、絶望と危機意識を母胎とする以外に、その運動の端緒をつかみ得ないのだ。なぜなら、批判 critique と革命 revolution とは、精神の機能として見た場合には、同じ否定の運動と解するよりほかにないからである。

存在するものの解体がその極点にまで達する運動――こんな風に、私は社会革命を定義づけてみた。しかし、社会的人間の実生活の総体が、否定や消費の原理だけで捉えることができないのは明らかである。そこには当然、建設や生産の原理が介入する。同様に、破壊された社会組織は、この解体の運動を極点までつづけて行くことを望まず、あらゆるテルミドオルがそうであるように、徐々に既存の要素の再構成へと向う傾向がある。あらゆる社会組織は存在の運動を麻痺させるのだ。神聖な価値の再確認と生産性の哲学は、いわば社会の宿痾でもあろう。

生産社会とは、九つの頭をもっているという神話の怪獣ヒドラに似ている。私たちそれぞれの分野で生産に従事する者は、それぞれヒドラの一本の脚である。ヒドラの頭（神とか、国家とか、道徳とか呼ばれる社会の頭）は、もっぱらこの頭のために卑しく屈従する身体の諸機能を組織し、統率する。ヘラクレスのように、ヒドラの頭をひとつひとつ斬って落すことが必要だ。そうすれば、脚はそれぞれ脚のために生きるようになるであろう。

組織された生命とはすでにひとつの特殊化であって、これは労働の分化に対応する。自由であるということは、特殊でないこと、機能的存在でないことを意味する。機能のなかに閉じこもること、すなわち、消費の契機の脱け落ちた生産者であることは、自由な生命を殺すことを意味する。

頭のない共同体。それは血みどろな悲劇のイメージに結びつく。人間は絶対者によるか、しからずんば悲劇による以外には決して共通な存在たり得ないだろう。ちょうどフロイトの弁証法において父の存在が、母を犯そうとする息子にとって邪魔な存在、恐怖の対象であるように、王や指導者の存在も、悲劇によって結ばれようとする人間にとって、否定され破壊されるためにこそあるべき対象となる。大昔から、この悲劇は犠牲という名で呼び慣わされてきた。

ロジェ・カイヨワによれば、「社会と自然の生命が王の神聖な人格のうちに要約されているときには、危機の瞬間を決定するのは王の死のときであり、儀式的な放縦を爆発させるのも、そのときである。儀式的な放縦は、そのとき、到来した破局にまさにふさわしい様相をおびる。瀆聖は社会的な命令となる。」(『人間と聖なるもの』)

神の死、指導者の死、権力という獣頭の死——すなわち、悲劇によって、支配の文明とともに隠されていた太陽が、ふたたびその美しさをあらわすであろう。太陽の美とはなにか。無限の生産と消費の象徴だ。それは、永遠に破壊しながら創造する自然そのもの、決して凝固しない血を流しつづける傷口にも似た、完結することのない世界そのもののイメージだ。そこには、すでに生産と消費との対立もまたないであろう。

そこで私たちは知るのである、共通な存在に真の現実的な価値を与えるものは、生産性の哲学ではなくて、生命の純粋な消費、死なのである、ということを。

若きマルクスが、「動物は直接的な肉体的欲望に支配されて生産するだけである。ところが、人間自身は肉体的欲望から自由に生産し、しかも肉体的欲望からの自由のなかで、はじめて真に生産するのである」(『経済学・哲学草稿』)と書いたのに対して、私がさらにこれにつけ加えて、「しかも人間は肉体的欲望から自由に消費し、肉体的欲望からの自由のなかで、はじめて真に消費するのである」と書かざるを得ないのも、このためである。

西欧の伝統的な人間主義、主知主義や科学が、世界崩壊の歴史的危機に直面して、ついに生の非連続性に耐え得ないのは自明である。「人間は死ぬまいとすれば、自然によって絶えまのない前進をつづけなければならない」とマルクスは言ったが、しかし、現実には、人間は一瞬一瞬、死のなかからエネルギーを汲みとって、はじめて前進することが可能になるのである。主知主義の側からの生へのアプローチは、かくて生産性の哲学の徹底化へ赴くという宿命をもっている。さもなければ、個人倫理の確立という、保守主義の限界内にとどまることしかできないであろう。

今や、文明の原理を大きく転回する必要がある。生産性の哲学から消費の哲学へ、生の原理から死の原理へ！　危機意識と絶望とから発する真に変革的なエネルギーは、あらゆる神(権力)の死滅を要求し、社会をとことんまで解体の方向にもたらす死の弁証法のうちにしかないことを知るべきであろう。

ワイセツ妄想について

ふつうの裁判なら、物的証拠という動かしがたい事実があるから——たとえば殺人の現場に居合わせたことが確認され、兇器に指紋でも残っていれば、たとえその男がどんな主義主張を抱いているにせよ、あるいは抱いていないにせよ、一応、その男に対する容疑は深まり、弁護人側としては反駁の余地がなくなるはずだろう。証拠を提出するのは証人であって、証人の主義主張も一切審理には無関係である。物的証拠の威力たるや、すばらしい。

ところがサド裁判のような文学裁判、あるいは一種の思想裁判の場合、物的証拠とは、要するに本を出して売ったというだけの事実であって、秘密出版じゃあるまいし、それははじめから被告人側の方でも大威張りで認めているのだ。また証人にしてからが、何ら新しい客観的証拠を提出するわけのものでもなく、要するに、彼らの主観的な価値判断を並べ立てて、裁判所の側に一考をわずらわそうという、はなはだ消極的な威力しか発揮せぬ性質のものだ。つまり、すべてが客観的実在の世界、モノの世界の争いではなくて、主観的判断の世界、観念の世界の論争だ、ということになる。

さらにまた、とくにサド裁判があらゆる文学裁判とちがって、顕著な思想裁判の性格をおびざるを得ないのは、サドの思想自体が法律と人間との対立、倫理的・宗教的・政治的秩序と人間の自由との絶対的対立をほとんどすべての著作上のモチーフとしているからで、この点では、おそらくサドは類例のない作家であり、したがって、サド裁判は類例のない裁判である。裁判の成立する法的秩序の基礎を否認するのがサドの要求なのだから、もしサドのいわゆる《反社会的》な思想にのっとって行動するならば、裁判などという合法的手段をつくすのはナンセンスで、むしろ検事を暗殺し、裁判所に火をつけた方がよい、ということにもなりかねまい。

むろん、ある作家の作品を翻訳出版するということは、かならずしもその作家の思想に全面的に参与することを意味しないだろう。十八世紀フランスの貴族が何をいおうと、わたしたちの知ったことではない。翻訳というのは妙な仕事で、原著者とまったく無関係な地点からでも、もっぱら語学上の技術者としての自覚にもとづいて、やればやれないことはない。原著者と訳者とのあいだの距離は、無限大からゼロまで、いわば伸縮自在であろう。しかしわたしは、こんなことを遁辞のつもりで言っているのではさらさらない。むしろ逆である。

この裁判では、表面上の被告は一応わたしと出版者だということになっているが、それはあくまで仮りの形で、真の被告は原著者サドでなければならない、とわたしは思っている。もちろん、サドはすでに百五十年前に死んでいるのだが、百五十年も前に死んだ外国作家の作品がいまふたたび権力の攻撃にさらされるということ自体、サドの亡霊がひそかに生きつづけていることの証拠でなくて何であろうか。わたしのなかにも、当然それは生きている。だから、わたしたちが無罪を主張するとすれば、それはサドの思想のあらゆる政治的状況を超えた絶対的な無罪性を主張することにほかならず、翻訳とか出版とか広告とかいった資本主義社会内の商業手続上の問題は、ほとんどわたしの眼中にないと言っても過言ではないのである。

もとより、裁判はタクティックスである。しかしタクティックスの背後に本質論をつらぬかなければ、せっかくの思想裁判もあんまり意味がないだろうではないか。

起訴状によれば、わたしたちは刑法一七五条「ワイセツ文書販売同所持」という名目で告発されているのだが、わたしたち被告側の一致した見解では、ワイセツというものはあり得べきものではない、ということになった。芸術作品だから、ワイセツでないとか、いわゆる袖の下の出版だから、ワイセツであるとか、そういった見解はすべて芸術論としても中途半端であり、人間論としても中途半端であろう。《だから》もヘッタクレもないので、もしワイセツというものがあるとすれば、この世界の存在様式はすべてことごとくワイセツ的であり、もしないとすれば、ワイセツ妄想はただちにたたきこわすべき通俗モラルの幻影にすぎまい。次に引用する石川淳氏の見事な定言的判断を見よ。

「通俗モラルがみだりにワイセツと呼んでいやしめうる相手は、ただ人体の器官の機能についての妄想にとどまる。そして、一般にワイセツ妄想を捏造するものは通俗モラルみずからにほかならない。」（夷斎筆談「恋愛について」）

通俗モラルと高級なモラルとが両立する現実とはいったいどんな現実であるか。通俗モラルもモラルである以上、現実を包括するものにちがいあるまい。一切か無か、である。

中世紀に魔女妄想が猖獗をきわめたと同じように、社会全体がはなはだ衛生的になったこの二十世紀に、あやふやなワイセツ妄想が根づよくはびこる。べつにおどろくにも当らぬ事実だが、通俗モラルに包括された現実、裁判所で通用する論理ではあるまい。

もう少しくわしく説明しよう。――たとえば、子供が壁にけしからぬ落書をする。母親が顔をあからめながら一生懸命これを消す。どちらの態度がワイセツ的現実に傾斜しているかは申すまでもあるまい。よく似た例が美術史上に残っている。発掘されたエトルスクの壁画には、きわめてリアルなエロティックな場面がふんだんに残っていたが、これを古代民族の恥ずべき頽廃のしるしとして、その部分だけ、がりがり小刀でひっ掻いて消してしまったのが時の政府の役人だそうである。スペインの征服軍隊《コンキスタドール》がキリスト教の偽善的なモラルをふりかざして、プレ・コロンビアンのエロティックな美術品を残らず破壊せしめたのも、同じく支配者意識のしからしめるところであったにちがいない。かように、ワイセツを捏造するのがつねに支配者の意識であったということは、道徳の歴史とひとしく美学の歴史からも証明される。

ロオ・デュカによれば、「エジプトの建造物《モニュメント》の宗教的概念は、その最も《ワイセツ》な形体においてさえ、ふかい純潔をあらわすものであった。なぜなら純潔こそ芸術家の意志であり、スタイルであったからだ。あらゆる古代のエロティックな作品の創造に、卑猥な思考がはたらいていたとは到底信じられぬ。モアブ人の《バアル・ペオル》像にせよ、インドのシバ神の男根像にせよ、メキシコ美術の象徴物にせよ、ウェヌス、バッコス、メルキュールの神殿の装飾物にせよ、それらは何よりもまず、地上の穢れを無効にするための手段であったのだ。」(『エロティシズムの歴史』)

同じことをサント・ブウヴは、「謹厳ぶりはワイセツまでを含めて有害である。芸術は触れるものすべてを聖化し純化するものだ」と表現している。

これによっても分る通り、西欧では、ワイセツ妄想を捏造するのに古代民族の征服者としてのキリスト教が、主要なはたらきを示している。サドがあれほどキリスト教を攻撃した理由も、すべてここにある。もっとも、このキリスト教のワイセツ妄想も、政治的に堕落したキリスト教の俗流デマゴークがもっぱら流行せしめたモラルであって、初期キリスト教の溌溂たる精神は、かような厳格主義の立場をとらなかった。聖クリュソストモスは、社会の暗黒面の暴露こそ、最も神聖なモラリストの義務であると断じて、次のごとく述べている、「諸君が冷たい謹厳さの限界内にとじこもるならば、聴衆を動かすことはできまい。聴衆をはげしく感動させるためには、一切かくしごとをせずに赤裸々の事実をあばき出さねばならぬ」と。

このキリスト教の俗流哲学への転落、通俗モラルへの解体ぶりを、ソヴェトにおけるマルクス主義哲学の教条主義化をするどく論難するアンリ・ルフェーヴルの言葉によって置き換えてみるならば、次のごとくになる。すなわち、「かつて異教哲学を攻撃することによってみずからの精錬を始めたこの教説(キリスト教)は、政治や《国家》に奉仕するところの、形のととのった哲学となり神学となったのだ。こうして、存在するものの告発者、否定者であった教説が、存在するものの弁護者となったのだ。」（『哲学者の危機』）

存在するものとは、この場合、ワイセツ妄想であると思っていただきたい。魔女と同じく、妄想としてのみ存在するのがワイセツである。けだし、ワイセツ意識とは権力による道徳的疎外の一形態であり、現実への反動的アンガージュマン（参加）に直結するものである。物自体にはワイセツもヘチマもなく、人間の視線にさらされようとさらされまいと、ただしかじかの非限定的な現実があるだけのことにすぎない。その現実を、たとえばサルトルは「嘔吐」をもよおさせるような現実と見、カミュは「不条理」な現実と見、シュルレアリストは「無意識」の延長と見、検察官は「ワイセツ」な現実と解釈する。しかし、少なくともひとりの人間にとって、現実がふたつも三つもあるわけはない。通俗モラルをふりかざす検察官にとって、ワイセツ的現実は唯一の現実であるべきである。つまり、ワイセツとは現実を切り売りすることを得さしめるような部分的なものでなく、総体的なものであるべきだ、というのである。

「非難すべき行為という観念は、困難なものである」とニーチェが言っている、「生起する一切のものは、ひとつとしてそれ自体として非難すべきものではあり得ない。何となれば、ひとがそれを持ちたくなかったと願うことはできなかったのであるから。また、あらゆるものが一切のものと絡み合っているゆえに、何事かを排除することは一切を排除することであるのだから。あるひとつの行為をもって非難すべき行為というのは、世界全体を非難することである。」（『権力への意志』）

袖の下本がワイセツならば、芸術作品もワイセツである。芸術作品がワイセツでないならば、袖の下本もワイセツではない。フォルベルクやフックスのようなすぐれた著者の手になる性科学書をひもとけば、いわゆる芸術作品も、ポルノグラフィも、糞便文学《スカトロジイ》も、人類学も、土俗学も、決して区別して扱われてはいないことを知るだろう。すべては普遍的なエロティシズムの視点から同等にあつかわれる。ポルノグラフィを断罪するために、芸術という神聖犯すべからざる概念を持ち出すのは本末転倒であり、権力主義的な思考である。エロティシズムは根柢において情熱にではなく感覚にもとづくがゆえに、エロティシズムに位階制度《イエラルシイ》はなく、レオナルドからヘンリー・ミラーまで、ルキアーノスから西鶴まで、コナラックの浮彫りからロダンまで、『古事記』から『アナンガ・ランガ』まで、すべては時代と風土を超えて同列に並ぶ権利を有する。

サルトルが「嘔吐」的現実を踏み台にして社会へアンガージェするように、当然、検察官も「ワイセツ」的現実認識から社会的行動を触発されるにちがいない。その限りでは、わたしたちの現実認識と正反対であるとはいえ、支配者の論理として発禁処分はまことに筋が通っていると申さねばなるまい。すなわち、検察官は「国家」の哲学の代弁者である以上、存在するものの弁護者、ワイセツ妄想の弁護者とならざるを得ない必然性がある、というだけのことだ。

サドがフランス革命の前夜に徹底的な無神論をとなえ、モラルの基盤をことごとく覆し、王制と教権制を二つながら、弾劾し、あらゆる《ワイセツ》的現実を赤裸々に描写しつくしたことも、以上述べたごときコンテキストにおいてとらえられねばならないのは言うまでもあるまい。ルフェーヴルにならって言えば、サドはワイセツの告発者、否定者として終始したのである。かくてサドが描いたものは、石川淳氏の言葉をかりれば、「必ず倫理的に無法でなくてはならない陽根の運動」である。貶下的な意味を一切もたない普遍的なエロティシズムである。

ところで、ワイセツとは権力による道徳的疎外の一形態であり、その存在自体が否定されるべきものである、といったような議論をぶてば、かならず、次のような反問を受けることを予期しなければなるまい。すなわち、しからば美と醜、善と悪のごとき相対的概念もまた、ワイセツと同様、否定さるべき美学的もしくは道徳的疎外の一形態ではなかろうか、といった反問である。

むろん、ワイセツのみを観念的に否定し去り、善や美を後生大事に温存するがごときはバカげている。芸術家が、芸術不要の一点、美学の体系の崩壊する一点を遠望しつつ創造活動に従事するのは、今日ではむしろ常識の部類に属するだろう。芸術の自己否定的傾向は十八世紀のサドにはじまり、ロマン派に受けつがれ、二十世紀芸術の顕著な特質となった。私見によれば、オスカー・ワイルドとアルフレッド・ジャリが近代において、この傾向に拍車をかけた。芸術の不要になる無限の未来の領域から、逆に現在の疎外の現実を眺めるといった、この目くるめくすばやいヴィジョンの往復運動を一瞬のうちに成就するのでない限り、今日の芸術家の創造活動が一歩たりとも前進するものとは思われぬ。かくて認識と行動が未来の任意の一点でまさに一致するとき、「美は痙攣的なものになるか、さもなければ存在しなくなるだろう」とアンドレ・ブルトンはいみじくも言った。

わたしたちは、この芸術の領域における自明の理を、単にモラルの領域に移すことによって、いとも容易にワイセツ否定の端緒をつかむことを得るであろう。だまされてはいけない、ワイセッなどという「妄想」を存在させてはいけないのである。人間性を全的に容認し、一切の抑圧を解放するとき、ワイセツ概念はおのずから消え去ることを知るべきなのである。

少々気負った言い方を許していただけば、あたかも幸徳秋水が明治政府の裁判官に向って、「政府を倒すという考えはありません。政府を否認するのです」と述べたように——わたしたちにもまた、ワイセツの汚名から芸術作品を救うといったようなみみっちい考えはさらさらなく、ワイセツそのものを否認するという志向があるのみなのだ。すなわち、わたしたちの考えでは、この世で最もワイセツなものは権力なのである。このくらいの逆説は吐いてもよかろうと思うが、如何。

檻のなかのエロス

フランスのカストリ公爵夫人は、おミサのとき、「神よ、あんなに裸体彫刻のたくさん並んでいるルーヴル美術館をほろぼしたまえ」と、いつも祈っていたそうだ。また、ラ・ロシュフコオ公爵は、ルーヴル美術館の彫刻にイチジクの葉っぱを貼りつけるべきである、と進言して、ルイ十八世に断られたという話である。幸いなことに、これらの慎みぶかい公爵や公爵夫人は、インドの彫刻や、ポンペイの壁画や、エトルリアの美術品を知らなかった。もし彼らがこれらの古代民族のあからさまなエロティシズムを目のあたりにしていたら、憤激のあまり悶死したかもしれぬ。

古代美術や東洋の原始美術は、わたしたちがエロティシズムの問題を論じる上に、重大なカギを提供してくれる。「インド半島の美術は巨大な交合の集まりでしかない。バラモン教は、インドにある岩という岩を性の饗宴でいっぱいにしてしまった」とエリー・フォールが書いている。

このことは、最近日本で出た角川美術全集のインド編を見ても、なるほどと首肯されるだろう。

しかし、その時代に立ち返って考察してみると、いわゆる陽物崇拝的な美術は、今日わたしたちが考えているようなエロティックなものでは決してなかったのだ。こうした芸術品が生きていた時代のコンテキストは、二十世紀のわたしたちのコンテキストとは明らかに違っている。端的にいえば、これらの美術品に、当時のひとびとは宗教的な《神聖》の観念を与えていたのであって、もしわたしたちがこれらを《エロティック》と見るならば、それらは主観的な目で見た結果でしかないということになる。

芸術や愛は、本来エロティックなものではあり得ない。むしろこうした精神のはたらきは、エロティシズムの接木《つぎき》さるべき基盤というべきだろう。これらの観念がごっちゃになると、もうそこには芸術も愛もありはしない。サディストはグリュネワルトやビュッフェの痙攣的なタブロオを見て昂奮し、男色家はミケランジェロや聖セバスチアンの殉教図に随喜の涙をこぼし、肛門性欲者はデュヌス・カリピイジュ（尻を見せるヴィーナス）に讃歎の眼をそそぐ、という結果になる。わたしたちがインドの彫像をエロティックと感じるのも、多かれ少なかれ、このような芸術と愛（宗教）の観念を成り立たしめる社会的基盤の崩壊したところに生じる、後世人の主観的判断である。だが、これらの狭い主観的な視点は、エロティシズムの本質を追求する上には何の役にも立ちはしない。「芸術作品はつねに精神の行為である」とクローチェが言った。たしかにそうでなければなるまい。

周知のごとく、エロティシズムは、いかなる意味からも愛と同じものではない。エロティシズムとは何か。エロの高級なものがエロティシズムだという無邪気な意見もある。ともあれ、この点について、わたしが目にすることのできた諸家の見解を次に引用してみたいと思う。

ロベエル・デスノス――「エロティシズムとは、愛欲を喚起したり刺戟したり表現したり満足させたりするための、愛欲に関係のある一切のものの謂である。」（『エロティシズム』）

クロオド・エルサン――「エロティシズムという言葉には、この言葉の使用を困難かつ危険ならしめる曖昧性がある。これについて提出される問題を厳密に解明せんとすることは、最初から、原理の放棄と読者のあいまいな共謀とを生ぜしめる危険がある。」（『エロス的人間』）

ジョルジュ・バタイユ――「エロティシズムについては、それが死にまで高められた生の讃美であると言うことができる。適切にいえば、これは定義ではない。しかし、この公式が何よりもよくエロティシズムの意味を伝えているとわたしは考える。もし正確な定義が問題であるならば、エロティシズムをその特殊な一形態とする、生殖のための性行為からはじめるべきであろう。生殖のための性行為は有性動物と人間とに共通しているが、明らかに人間だけが、性行為からエロティックな行為をみちびき出した。すなわち、性行為とエロティックな行為とを区別するものは、生殖や子孫に対する配慮につながる自然目的とは関係のない、ある心理的な探求なのだ。」（『エロティシズム』）

ロオ・デュカ――「エロティシズムは、本質的に人工的な世界に到達するために愛を口実として利用する、もしくは愛の上に接木される、病的なヴァリエーションの全体をふくむものである。」（『エロティシズムの技術』）

最後に『シュルレアリスム辞典』は、はなはだ詩的な比喩でもって、「地下の豪奢な祭典」と定義している。

思いつくままに引用したが、この順序で読んだだけでも、エロティシズムというものの主観的、人工的性格、心理的性格が明瞭になるだろう。バタイユの哲学はフロイト説と文化人類学に多くを負っており、ロオ・デュカの簡潔な定義は、このバタイユのエロティシズムの死と生の逆説的側面を、明快な心理的メカニズムとして臨床的にとらえたにすぎない。

たしかに、エロティシズムがもし主観的なものであるならば、いかに常軌を逸したエロティシズムであれ、それは愛の形態と見分けがたくなろう。クロオド・エルサンはこのことを言っている。したがって、ロオ・デュカのように、最初から愛の世界とエロティシズムの世界を区別するやり方は、賢明であろう。もちろん、ここで愛の概念を明らかにする課題は、依然として残っているが。……

ありていに言って、エロティシズムの公準《ポスチュラト》（カント哲学の用語である！）は、ごく簡単なものだ。すなわち、女の表現は一般に男を惹きつけ、男の表現は、きわめて少ない度合においてであるが、やはり女を惹きつける、ということである。ときに画家のモデルが描きたい欲望を起すように、女が女にエロティシズムの発動を誘われる場合もある。男の場合には、このメカニズムは非常に少ない。

「神秘的なのは、つねに異性のエロティシズムである」とアンドレ・マルロオが言っている。

全世界が万人の手の届く範囲にあるこの公準のまわりを回転しているさまは、まさにひとつの偉観と称すべきであろう。エロス的世界の引力の法則！

万人に通じる女のセックス・アッピールをさまざまに様式化し物神化したポスターや、映画や、写真や、ダイレクト・メールなどによって、電気洗濯機が売られ、真空掃除器が売られ……ボール・ペン、石鹸、八ミリ・カメラ、自動車が売られ……ブラジャー、胃腸薬、計算器、強精剤、ミシン、小説が売られ、テレビが売られ、ベッドが売られる。テレビ・ドラマだって、おんなじである。産業資本主義的ブルジョア文明社会のなかに包含されている以上。……そしてこの社会が、エロティシズムの公準によって動いている以上。……

しかし、このように製造されたエロティシズム、商品化したエロティシズムが、徐々にその魅力を拡散し、稀薄になってゆくことも事実である。今日街頭やマスコミに氾濫した女の裸体のさまざまな造型的表現、あるいは女の服装の露出化の傾向が、青少年の性犯罪を増加させるという、はなはだ底の浅い俗論を、この際、はっきりさせておく必要があろう。薄められたエロティシズムの遍在は、性的無力を招くものである。犯罪はその無力感の反動であって、無力感をつくり出したものが、直接に犯罪の責任を負う必要はあるまい。すべてが商品化した世界では、犯罪が芸術的無償の行為の代用をするという奇妙な事態もあっていいはずだろう。本当の芸術は、無倫理、無償をもって理想とするからだ。

たとえば芸術にあらわれたエロティシズムも、商品化した芸術では、その偉大な性格を失わないわけには行かない。サドからヴェルレエヌを通ってジャン・ジュネにいたるフランス文学のエロティシズムの正系は、見世物でも商品でもなく、肉欲と錯乱によって絶対に到達せんと欲する精神の昇華の探求でしかなかった。いったい、ヘンリー・ミラーは商品としての規格に合わせて『セクサス』を書いたのだろうか。絶対に映画化されない小説ばかり書きつづけている作家が何人いるだろうか。また、そういう作品を映画化しようと考える映画作家が、はたしているものか。「スクリーンへの愛は物質でも精神でもなく、二つのあいだの何ものかだ。つまり、快楽と嘔気にまで高まる肉感であり、最も堪えがたい嫌悪にまで高まる感傷である。一方では、物質の厚顔無恥が明白になり、他方では、水割り牛乳のように味のない青味をおびた白いものが問題なのだ。映画はつねにぼんやりした《感覚》を愛として利用する。精神的な愛が問題であるのか、それとも情熱的、肉欲的な愛が問題であるのか、ひとはもう知ることができない。そしてこうしたことが、心に漠然たる不快を与えるのだ」とトーマス・マンは映画への不信を述べているが、この「漠然たる不快」は、現代世界をおおう微温的エロティシズムにそっくり当てはまる表現である。いわば、スクリーンと現実とは手を取り合って、人間の白痴化を促進しつつ、どちらがどちらとも判別のつかぬ浸透現象を起しているのであろう。そして、テレビがこれに一枚加われば、もはや何をか言わんやである。

わたしはことさらペシミスティックな言辞を弄する傾向があるかもしれないが、それはわたしが、表現メディアによる芸術の進歩というものをほとんど信用していないからである。もちろん、わたしも映画を見たりテレビを見たりする。ちょうど探偵小説を読んだりモダン・ジャズを聴いたりするのと同じように。しかし、表現メディアが新しかろうと古かろうと、それはわたしには全く関係ないことである。

「視聴覚文化が活字文化を追放するのが、現代文化の方向だという珍説は、さすがに、資本主義が戦前の数倍にふくれあがった戦後にして、はじめて可能であった。その理由は、かんたんで、芸術表現のメディアを、芸術表現の性格と錯覚している論者たちは、生産力の増大とテクノロジイの発達にともなう芸術表現のメディアの高度化を、あたかも芸術表現そのものの問題のように取り扱うため、必然的に文化の性格を、メディアの性格によって腑わけせざるを得ないのである。」（吉本隆明『文学的表現について』）

昨日、土方巽の暗黒舞踊リサイタルが終ってから、三島由紀夫氏と次のような会話をした。「技術の進歩が総体的な人間概念を変えることがあり得ると思いますか」とわたしが訊くと、三島氏は「そんなことは絶対ないと思う。少なくとも人間が肉体の外へ一ミリ（！）でも出られない限り、心霊学のエクトプラズマみたいに流通自在にならない限り、人間概念は百万年後も今もおんなじだ」と答えた。わたしもそれに賛意を表した。肉体屋を自称する土方氏が同意見であったことはもちろんである。

人間が肉体のなかに永遠に閉じこめられているということは、エロティシズムの有効性を永遠に保証することである。技術の進歩なんて、チャチなものである。マス・メディアなんて、取るに足りないものである。グーテンベルヒが印刷術を発明してから、思想はそれまでの手写本による狭いコミュニケーションの範囲を脱して、広大な普及の時代に入った、という定説がある。それはそうにちがいない。だが、現在、ホメーロスとダンテとウパニシャッドとシェークスピアとヴォルテエルとを、同じ世界文学全集のなかに並べて入れるわたしたちの感覚は、表現メディアなんかとっくに無視している。同じ何らかの方法で、将来、このなかにルネ・クレールとジョン・フォードとイオネスコとを入れることができたとしたって、ちっともおどろきはしないだろう。

前にわたしは、「テレビ・ショー」と題された星新一氏のショート・ショートをおもしろく読んだ記憶がある。放射能のせいか、宇宙線の変化のせいか、未知のウィルスのせいか、すっかり性欲がなくなってしまった子供たちのために、人類の未来を心配して、テレビが政府提供のストリップ・ショー番組を見せる。しかし子供たちはちっとも昂奮しない、親たちはため息をもらす、といった皮肉なモチーフであった。

星氏のアイディアをわたしは高く買うが、よく考えてみると、これはどうやら問題が逆であることに気がつく。わたしたちは清教徒の世界に住んでいるのではない。エロ・ショーまがいのテレビ番組には事欠かない現状である。もしこういう状態で、何百年か後、ある日、突如として子供たちの性欲が失われたとすれば、唯一の救済策は、テレビその他マスコミから一切のエロ番組、エロ記事を追放することでなければなるまい。微温的なエロティシズムの氾濫は、あたかも放射能の塵のように、人類の性欲を阻害してきたにちがいないからである。

もちろん、これはショート・ショート的なフィクションの発想に立った上での考察である。人類のエロティシズムが、そう簡単に変化するはずがないことは、人間が肉体の檻に閉じこめられているという不変の事実と対応している。

神聖受胎あるいはペシミストの精神

ジョゼフ・テュルメルの『教義の歴史』によると、アレクサンドレイアの代表的な教父哲学者オリゲネスは、「一般に女陰が開かれるのは分娩のためにあらず、媾合のためであるが、イエス・キリストの母親の女陰に限って、分娩のために初めて開かれた」と述べている。なるほど、聖書の奇蹟を信ずる限り、これはきわめて合理的な解釈にちがいない。それが現代人の目に一個の妄誕としてしか映らないにせよ、私はむしろその合理性に感歎するだろう。これにくらべれば、リヨンの司教イレネの次のごとき意見、「純潔な神はみずから純潔に造り給うた純潔な女陰を純潔に開かれた」――などは、ちょっと瀆神的なシュルレアリストの詩か何かを思わせる、嗤うべき純潔な（?）ソフィストに堕していると称すべきか。さらにまた、聖アンブロジウスの卓抜なる意見を引用すれば、「聖母には腹門というものがあったから、女陰が塞がっていたにもかかわらず、キリストは支障なく体外に出ることができた。この腹門は予言者の言う通り、キリストの通過する以前にも以後にも、決して開かれたことがない」と、こんな調子である。是が非でも聖書に明記された純潔を必要とするために、現世における人間誕生に伴う汚辱と、苦痛と、穢れた血の存在を合理的に抹消し去ろうとする筆法は、何やらん、かの有名な無葛藤理論を彷彿させるものがありはしないか。

神聖受胎に関するいささか馬鹿馬鹿しい論争は、かくて中世から十九世紀にいたるまで蜒々とつづけられ、マリアの無原罪懐胎がようやく公認されたのは一八五四年、次いで聖母昇天のドグマが公認されたのは二十世紀も中葉、ヒロシマに最初の原爆が投下されてから五年後、あたかも朝鮮戦線が風雲急を告げている真最中であった。

むろん、今日では、誰もこんなことには注意を払わない。注意を払わないということは、要するに興味がないということだ。夢想のうちに胚胎した教説は喜劇に終った。少なくともそれが一個の精緻な観念論的決定論と化するにおよんで、しかりであった。合理化されればされるほど、専門化すればするほど、それは一片のプロパガンダに無限に接近する。今日、よしんば信仰をいだいているひとにせよ、ロオマ法王の御託宣に噴き出さないでいられるひとはまずあるまい。誰が見ても明らかに、それはひとつの政治的行為であって、それ以上の何ものでもなく、神学とも哲学ともまったく無縁のものだ。もとよりプロパガンダが存在を主張する世界において、教会がその主要な実践活動をプロパガンダに置くのは、それ自体怪しむには足りなかろう。聖パウロの昔から、アンチオキア教会には頑強なイデオローグがひとりならずいたのである。が、当時のイデオロギーは、存在するものの告発者としてのイデオローグであり、神聖受胎は固定したドグマにあらず、異教哲学を攻撃することによってますます磨きをかけられるべき深い叡知をあらわす観念であった。否定者としての教説は、いかなる政治にも国家にも身を売ってはいなかった。少なくとも、そうあるべきものとしてそれは要求された。……

神聖受胎は何の象徴であろうか。私は何も、ここで日本人に馴染みの薄いテオロギアの歴史の勉強をはじめようというのではない。ただ、哲学はその発端に必ず一個の妄誕を擁し、これを徐々に合理化して行く過程に、死の体系として完結する必然の運命をもつものとすれば、あながちこの神聖受胎も、中世スコラ哲学のみの専売特許ではなかろうと思っているだけだ。一方で、烈々たる二十世紀の神秘主義的精神ジョルジュ・バタイユが「政治的経験から独立した一哲学を構成することが今日不可能であるのは申すまでもない」と断言すれば、他方で、真正マルクス主義者を自称するアンリ・ルフェーヴルも、「必然的に体系的なものでありながら、哲学はもはや、みずから体系であろうと望むことができない。体系である限り、それは政治をふくんでおり政治体系を包含しなければならない。したがって、それは国家の哲学となり、国家哲学となる傾向をもっている」と、ほとんど口を揃えたかのごとく断言している現状なのである。

とすれば、聖書と『資本論』のアナロジイはしばらく措くとしても、朝鮮戦争のただなかに公布された時代錯誤な聖母昇天のドグマが、ルフェーヴルのいわゆる「死滅しつつ存続している」公認唯物弁証法および国家の等価物であることは（単に時代錯誤のアナロジイとしてなら）認めてもかまわないだろう。

バタイユにとっても事情は変らない。彼によれば、まず「哲学は綜合作用の意味において、人間の可能事の総和」であるべきである。それは空想かもしれないが、一応そのように定立する。しかし哲学は、専門化された仕事すなわち労働である限りは、強烈な感動の瞬間を排除する。なぜなら労働は理性と、抑圧と、禁止を機軸とした人間存在の形態であればこそ、自由なエロスの運動を必然的に排除するものであるからだ。したがって、哲学は人間の「可能事の総和」ではあり得ないという反定立が今度は逆にみちびき出される。つまり哲学は哲学でありつづけるためには、単に知識の総和にすぎないものとなるか、さもなければ「自己自身を愚弄する哲学の否定」とならざるを得ない。ここに、哲学の存在そのもののジレンマと二律背反があるわけで、もし哲学が労働と禁止の基盤（これが政治あるいは国家の対応物である）から侵犯の基盤に移るならば、「哲学はもはや哲学ではなくして、哲学の愚弄とならなければならない。すなわち、哲学は解消する」――といったような意味で、バタイユの見解は、ルフェーヴルの結論とまさに一致するのである。

もっともルフェーヴルによれば、エロスの自由な運動であるべき侵犯（すなわち遊び）に対立する禁止（すなわち労働）は、経済的疎外という概念において捉えられる。細分化した分業の中での、その分業による疎外、人間による人間の搾取による疎外、等々……しかし、いずれにせよ、両者が禁止や生産性のイデオロギーに対するに、自由な抗議や、遊びや、侵犯や、根本的批判の精神やを提起しつつ、窮極的に国家と哲学（体系）の死を宣告する方向を志していることに変りはないであろう。だから、「哲学が哲学の頂点に近づくのは、原点の批評に基づいた否認においてであり、存在の頂点がその全貌をあらわすのは、労働によって意識の発展の上に築きあげられた思想が、労働に従属できないことを知りつつ、ついに労働を超えるにいたる侵犯の運動のうちにおいてである」というバタイユの思想の最も根本的なテーゼは、明らかにコミュニケーションへの絶望をふくんだ暗黒の体験にわれわれを誘うものであるとはいえ、疎外解除という、不可能のなかの可能、存在のなかの一点に賭けられた熾烈な体験の熱望において、革命的ロマンティシズムと表裏一体をなすものと見て差支えあるまい。

おお 蒼ざめたる神性よ
限りなき虚栄の工場にて
製造されたる虚無よ

ところで、神聖受胎はどこへ行ったか。問うまでもなかろう。私はこの妄誕が、あらゆる神学のみならず、あらゆる形而上学説のなかで、ある本質的な役割を果していることを理解するのに困難をおぼえない。……哲学史や思想史の表通りをざっと見渡しただけでも、いたるところで、理念が自然に食い荒らされ、原理が現実に圧しつぶされ、儀式がスキャンダルに掻き乱され……絶対の孤塔がトランプの城のように崩れ、相対の流れがみるみる絨氈のように捲き返るのに、私たちは気づかざるを得ないだろう。アンドレ・ブルトンのいわゆる「崇高な哲学的愚劣事」は枚挙にいとまがなく、ソフィストはあたかもパルチザンのように、相対性のかげにつねに身をひそめている。それでもなおかつ、哲学者が「可能事の総和」をひとつの体系のうちに秩序立てようと企てるや、その合理化の儀式の果てに神聖受胎は必ずあらわれるのだ。たとえば、絶対理念の神聖受胎であるところの、ヘーゲルにおける法治国家を見るがいい。

儀式と書いたが、まさに哲学は儀式に似て、スキャンダルを怖れるのである。マリアの女陰を弁明しようとした中世神学者の伝統にきわめて忠実だ。たとえば、「合理的なものは現実的である」――これは、直接的なもの、気まぐれなもの、躍動するものに異端の烙印を押す専門家の思想であろう。専門家は感動しない。専門化とは、効果を計算するところから生まれるもので、効果の追求はみずからに不足を感じる者の行為であろう。イデオロギーであって、叡知ではないというのは、こういう意味からだ。バタイユの言う通り、「そこにあるのは無力の告白であり、必然性への卑屈な服従」なのである。

哲学は汚ないものを芥箱に投げ棄てるように、自己の内部に発生した異物や不潔物を自動的に排出する傾向がある。それら不潔物は誤謬の根源なのだ。「われわれは糞と尿のあいだから生まれた」という聖アウグスティヌスの苦々しい実存的告白も、決して生命の創造や、エロティシズムや、死に結びついた激しい感情を認可する積極的な契機とはならず、却って神の秩序のなかに整然と繰り込まれた将棋の駒のごとき中庸な人間性、いや、むしろ卑小な人間性を認識させるよすがとしかならない。神の秩序は絶対精神の秩序であってもよいし、唯物弁証法の秩序と置き変えてもよい。マルクスが捉えようとした、人間の現実のなかでの人間自身は、決してこのような神聖な秩序を必要としないであろう。

「人間の小宇宙には動物の感覚と、植物の魂と、天使の知性および精神が集まっている」とルネサンスの暁にピコ・デルラ・ミランドラは言ったが、哲学における人間性の表現には、つねに極端なもの、卑猥なもの、スキャンダラスなものが遠ざけられ、天上界の批判がきびしく地上界の批判を禁圧する。かくて、天使のセックスが永遠に論議の的となり、神聖受胎のマリアは、いつしか中世の刑具である残忍な「鉄のマリア」に似てくるであろう。……これが哲学の体系——完結した、凍りついた、規律にみちた、生産性を謳歌する、身分証明書つきの、極端な人間性とは無縁な、素人を軽蔑する、デカダンスの理由と倫理的危機を認めない、コンプレックスを解放しない、エロティシズムを追放する——一切の閉ざされた哲学の、死滅に向かう必然のすがたなのだ。

スキャンダルは具体的現実を暴露するがゆえに、この官僚制度の認識体系から弾劾され、はじき出される運命をみる。悪鬼と魔女が跳梁する暗黒の中世社会と、秘儀的な哲学に基づいたエロティックなユートピアの世界をまざまざと描き出したスキャンダラスな画家ヒエロニムス・ボッシュは、宗教審問が追及するある秘密結社のメンバーであった。労働をエロティックな快楽に変形するという、大胆な社会革命の青写真を提供し、十八世紀唯物論者の迷妄を完膚なきまでに批判したスキャンダラスな弁証法的精神シャルル・フーリエは、伝統的な思想からは軽蔑と冷笑をしか受けなかった。

さて、スキャンダルとは何か。それは存在のスキャンダラスな性格をあばき、告発することである。すなわち、スキャンダラスなものが在って、その上でスキャンダルは起る。こういう論理だ。さらに言えば、すでにスキャンダラスな状態から、特定のひとびとがスキャンダルを抽出するのである。顔のない、声のない、不定形な、幼虫のようなスキャンダルが、存在のスキャンダラスな秩序の下層にひしめいている。哲学においてもしかり。それは抑圧されているにもかかわらず、潜在性の熱病のごとくアクティヴな力をもつであろう。たとえばサディズムのように。いかなるスキャンダルも起らないような時代は、歴史的段階では、虚偽の支配が絶対的であった時代としか思われず、まだ顕在の形になっていないスキャンダルを顕在せしめるのは、あらゆる文化の領域におけるアヴァンギャルディスト（おお、擦り減った言葉だ）の名誉ではないか。

もし永続するスキャンダルというものが考えられるとすれば、それこそ最も革命的な力であろう。永遠のドレフュス事件、永遠のエルナニ事件、永遠のヴォルテエル、永遠のサド……

スキャンダルはまた時代の支配的なコンプレックスの発掘である、と言うこともできる。二十世紀の心的な能力は、サディズムとマゾヒズム、総括してホモセクシュアルの魔に対する隠微な闘争によって際立っているのである。ヘルベルト・マルクーゼの指摘の通り、エロスとタナトス（死）は手を携えて衰弱した貧血症の文明に復讐を企てる。ヒトラーは明らかにマゾヒストであった。スターリンは？……だが、こうした詮議立ては大して意味がないだろう。キリストからレーニンまで、ソクラテスからジョルダノ・ブルーノまで、煽動政治家的熱弁家のすべては神経症患者だったと言っている心理学者もある。ともあれ、二十世紀の集団的自我は、単にひとりのヒトラー、ひとりのスターリンに限らず、一国民、一階級のすべてを被害妄想のグループ的行動に駆り立て得るのだ。

とはいえ、フロイト理論の閉ざされた円環、サド＝マゾヒズム的弁証法の体系が、その怖るべき呪縛の力を失う歴史的時点があるにちがいないと私は思う。もとより、これはフロイトの価値を否定することには少しもならない。むしろ私は、ヘーゲル的な円環の外に打ち建てられたフロイトの体系こそ、経済的疎外とリビドーの関係を最もあらわに呈示するものだと考える。フロイトそのものが一つの衝撃的なスキャンダルなのだ。もっとも、苦痛と権力に対する讃美を最初に導き出したのはニイチェであり、さらに古くはサドであった。これらのペシミストたちを私は「生物学主義の英雄」と呼ぶことにしている。

「楽天主義者はすこぶる安易に革命的激怒から最も奇怪な社会平和論に転向するものだ」とジョルジュ・ソレルが『暴力論』のなかで、ペシミストを弁護しているのを見られるがいい。「ペシミズムはこれに反して、通常われわれに呈示されるその漫画とは全然ちがったものである。それは世界の理論というよりむしろ却って行為の哲学である。それは……われわれの自然な弱点についての深い理解によって、狭義に条件づけられたものとしての解放への進軍の思想でもある。」……

幻影の神聖受胎から最も遠いものが、かかる崇高なペシミズムであり、言葉を換えれば、それはスキャンダルの精神である。

スリルの社会的効用についてあるいは偽強姦論

「現代のエモーション」とかいう、編集子苦心（苦しまぎれ？）の特集記事の、それぞれの項目にざっと目を走らせてみると、「笑い」「不安」「恐怖」「狂気」「驚愕」「憎悪」「痛み」「悲しみ」「エロティシズム」などと、すこぶる魅力に富んだテーマがずらりと並んでいるなかで――さて、わたしの担当は「スリル」の項目だと聞かされたとき、なにか貧乏クジを引いたような、索然たる気持になった。

「スリル」なんて、いちばんイメージとして力の弱い、モーローとした、味気ないテーマじゃありませんか。どうせ書くなら、せめて「恐怖」とか、あるいは「エロティシズム」とかいった、なまなましいイメージを呼び起すようなテーマをやらせてほしかったねえ。それに、そっちの方ならわたしの専門でもあり、あつかい慣れたジャンルでもあるのだから、所定枚数できっちりと、きわめてアクチュアリティとやらに富んだ、独創的な論理を展開することだって、いと簡単にできるんだがねえ。

——不平満々たる心の底で、そう考えたとき、ある悪意にみちたインスピレーションがわたしの頭に浮かんだ。そうだ、うまいことがあるぞ。「恐怖」と「エロティシズム」と「スリル」とを、それぞれ同等量だけカクテル・シェーカアのなかへぶちこんで、手品師の身ぶりよろしく振りまわし、氷片と一緒に掻きまぜてやれ。そうすれば、その結果ミックスされた、大そう刺戟の強烈なカクテルは、おそらく三十三・三三三……パーセントだけ「スリル」の成分をふくみつつ、きわめて語りにくい抽象的なエキスともいうべき感情を、より具体的なアマルガムの形式に定着し、かつ、これをイメージとして捉えやすくすることを可能たらしめるであろう。……そう考えたとたん、わたしの筆は軽々とはずみ出したのである。

では、「恐怖」と「エロティシズム」と「スリル」とをそれぞれ等分にふくんだ、この三位一体のアマルガムがあらわす具体的な感情の形式とは、なにか。申すまでもなく、「強姦」欲求である。およそ正常な男子たるもの、暴力によって女子の抵抗を無理無態に剝奪し、涙と哀訴と叫びとを「恐怖」の行使によって鎖圧し、その肉体の「エロティシズム」を思うさま自由にすることに(あるいは少なくとも、かかる場面を空想裡に描き出すことに)最高の「スリル」を感じない者があるであろうか。さよう、強姦こそ、男子に普遍的な「スリル」欲求の最高形態ではなかろうか。

江戸川乱歩によれば、「オクスフォード、ウェブスター、センチュリイなどの大型字典を引いてみた結果、スリルという他動詞には次のような意味があることが分った。(1)錐のような鋭いもので突き通すこと、(2)ものを震えさせること、(3)突き通すような感動をあたえること、身震いしたり、ドキドキしたり、身内がうずくような喜び、恐れ、悲しみなどの激情をあたえること、(4)槍など投げること、というのである。自動詞はこれから類推できるような意味をもっているし、名詞はこの動詞の転化したものである。つまり、そのもとをただせば、鋭器で突き通す、震動させるという具体的な動作であったのが、(3)のような抽象的な感情をあらわす言葉に転用されてきたものであろう。」(『スリルの説』より)

鋭器で突き通す、という生ま生ましいイメージにあふれた語源的な表現を、男性がペニスを行使する際のアナロジーと解すれば、スリルと強姦欲求とが人類の潜在意識の奥深いところで、微妙な係り合いをもっていることがただちに了解されるであろう。鋭器とは、まさにペニスそのものではないか。そう考えれば——いや、そう考えざるを得ないだろう——スリルから強姦まで一挙に突っ走ってしまったわたしの論理のカクテル的手品が、あながち牽強付会の説とばかりは言い切れないことも納得されるにちがいない。

さて、それでは「強姦」という具体的・即物的なイメージを唯一の手がかりとして、スリルの発生する普遍的な感情の基盤を哲学的に省察し、あわせて、その現代的な意義を究明してみるのが、残されたわたしの仕事である。出発点が独創的であるだけ、途中の論理も、結論も、およそ世上一般の常識的なスリル論議から大きく外れるだろうことは当然予想されるが、まあ、大目に見ていただきたい。むろん、どこかに強姦欲求などとは縁のない高尚な精神のひとがいて、以下の論述にたびたび出てくる「強姦」といういささか品のわるい言葉を、すべて何かもっと高級な芸術上の概念のアナロジーだろうと勝手に解釈なさる場合があったとしても、それはそれで一向に差支えないことを、蛇足として、あらかじめここに付け加えておく。

まず言葉の定義からはじめるならば、アンドレ・ブルトンとポオル・エリュアールの両人が編集した『シュルレアリスム辞典』のなかに、次のような注目すべき定義がある。すなわち「強姦、速度の愛」という簡単明瞭なやつだ。

この場合、愛とは、むろん「アムール」の謂であって、最も形而上的なプラトニックな衝動から、神秘的、肉体的、暴力的、変態的、ワイセツ的、その他もろもろの低劣な段階までをも含む、形式的差別のない性的衝動、すなわち、エロティシズムとほとんど変りない概念であること、申すまでもあるまい。そしてまた、速度とは、単位時間に通過する距離によって測られる、物体の運動の大きさを示す物理学用語であること、これまた申すまでもあるまい。さて、どこにスリルの介在する余地があるか。

まあ待ちたまえ、まず強姦の現象学的考察がすべてに優先しなければならない。

男が要求し、女が拒否する。これが強姦現象の成立する基本的な前提であろうか。そんなことは絶対にない。要求する男は、女の同意を要求するわけであろう。同意するか拒否するか、それは女の一存である。それは男が女の意志の従属下に立つことでもあろう。同意し、あるいは拒否することによって、女はもっぱら男の卑屈が彼女に得さしめる一種の社会的な特権を身におびる。こうして男は多くのばあい無意識に、文明の弁証法が促進せしめる屈従の地位に慣れ、あたかも貧窮者がパンを乞うごとく、セックスを要求することを恥辱とも思わなくなる。

要求は、多かれ少なかれ猶予を前提する。猶予の長短を決定するのは女、つねに女である。かかる性愛の形式は、『シュルレアリスム辞典』にならって言えば、「緩慢の愛」と呼ばれるべき性質のものであろう。いかにも女性の性欲曲線にふさわしい。

この法則をぶち破るのが強姦者であって、彼はおのれの欲望の実現を、こうした緩慢な、もっぱら男性を白痴化するのに役立つシステムに合致させることを好まない。要求し、懇願することをいさぎよしとしない。なぜなら、かりに同意を得るにせよ拒否を得るにせよ、この緩慢な手続が、ひとしく彼に砂のような屈辱を味わわせるであろうことは知れ切っているからだ。そこで、彼は「速度の愛」を実行する。ヤッチマエ！

おそらくスリルとは、あらゆる速度に伴う心理的な眩暈の感覚の反映であろう。（だが待て、スリルを論ずるのはまだ早いぞ。）

強姦者は、女に対する「速度の愛」の行使によって主体と客体との根源的流通を追求する。強姦者が肉の交渉において求めるのは、官能の満足でもなければ、オルガスムスそのものでもなく、つねに支配の意志の見かけをおびた自己の絶望的な探索である。彼にとって、暴力は社会の目をごまかすための不在証明にすぎない。暴力よりも絶望の方が、実は社会にとってもっと危険だからである。そうではないか？

より正確にいえば、強姦者のもとに見出される、一見したところ支配の意志と見紛う精神の緊張は、じつは主体と客体（要求する男と拒否する女）との宿命的な分離を止揚し、両者が渾然一体となった地点にみずから高まろうとする、あの謹厳なD・H・ロレンスの努力にも比すべき、絶望的な試みとして理解され得るのだ。宿命的と言ったが、これは社会的と言いなおしてもよい。社会によって男性的存在に課せられた条件は、悲しいかな、あくまで要求することである。すなわち、話をつけること、コミュニケーションすることである。これが「緩慢の愛」と呼ばれるべき性質のものであることは、前に述べた。

社会は刻々と女性化する。これはほとんど宿命的な文明の発展法則である。(ああ、「コミュニケーション」のお好きな社会科学者たち、「話し合い」のお好きな進歩的文化人たち、君たちのヒゲは何と薄く、君たちの肉体は何とぶよぶよ脂肪にみちていることか!)

さて、主体と客体との垣を取りのぞかんとする強姦者の絶望的な試みは、世界の事物に美しい秩序を与える道徳の主権をことごとく否定し、より高次の段階で、まったく新しい様相のもとに、事物の本質的な組み変えを行う。このとき、女はすでに拒否する主体でもなければ、同意する客体でもなく、本質的な女、すなわち「娼婦」的存在となる。男はすでに要求する主体でもなければ、許可を得る客体でもなく、本質的な男、すなわち「強姦者」的存在となる。肉の行為における、強姦というひとつの革命的な「速度」が惹起するヴィジョンは、かような社会的、道徳的、人間学的秩序の激変を伴うヴィジョンである。

さらにまた、この主体と客体とのざらざらした対立を破壊した強姦者の意識、エネルギーの犯罪的集中によって均等化され、滑らかにされ、磨き立てられた意識は、強姦者自身の男性的な力がそこに反映する曇りなき鏡のごときものとなるであろう。破壊された意識、このふしぎな鏡をのぞきこむことこそ、強姦者の最終目的でなければならない。そこには、矛盾対立を止揚された男の完全な要求と完全な命令、女の完全な同意と完全な服従が、見事に形象化し、さながら廃墟にかかった一条の虹のごとくに、ぴったり重なり合ったひとつの虚像として反映しているはずである。何というスリルであろう！

意識の廃墟――これがスリルの発生する基盤である、とわたしは断言しよう。どうやらようやく、スリルに話題をもどす時がきたようだ。

空無化された意識に反響する宇宙のリズム――これがおそらく、スリルという言葉本来の、あの錐のような鋭いもので突き通す感じをあたえる原因となるのであろう。また、さきほどわたしは鏡の比喩を使ったが――透明な意識の鏡をのぞきこみ、そこにみずからの生命の反映、力の反映を見出した時の昂揚感、あるいは逆に、意識の鏡にみずからの無力の反映を見出した時の眩暈感――これが主体に快い激動を与えるスリルである、と言ってもよかろう。

したがって、スリルとは、江戸川乱歩の言うように、快と苦の二方向があるとはいえ、いずれもが自己の意識を空っぽにし、そこに侵入するものが自己自身の力にまれ、外界の圧倒的な自然にまれ（この場合には主として苦痛のスリル、恐怖のスリルとなる）、すべてそれらのリズムを忠実に主体の側に伝える心的作用そのものだ、と結論することができよう。

こころみに諸君、数えあげてみたまえ。「速度の愛」を行使する強姦者のスリルは言わずもがな、流血の死闘にますますエキサイトするボクシングのスリル、ドラム・ソロの連打に沸き立つジャズのスリル、拳銃の発射音に息をのむギャング映画のスリル、ぐんぐん上る速度計の針を横目でにらみながら右に左にハンドルを切る自動車のスリル、鼻の先で勝負を決する競馬のスリル、財布をはたき着物を脱ぐまでやめられないギャンブルのスリル、二死満塁の走者を一掃する痛烈なホーマーのスリル、綱渡りの綱をふみはずすサーカスのスリル、ナイヤガラの滝を樽に入ってころがり落ちるアメリカの無鉄砲のスリル、東京タワーのてっぺんから下界をのぞく高所恐怖のスリル、一本のロープに命を託するロック・クライミングのスリル――その他まだまだ数え立てればきりがないが、すべてこれ、空無化された主体の意識の廃墟に反響するあらあらしい宇宙のリズム、自然のリズムそのものと称して差支えないのである。

文明が女性化し、文化が危機に瀕するとき、わたしたちはスリルを求める。わたしたちの男性的原理を実現するすべのないほど社会的疎外が進行するとき、ひとびとはスリルを求める。愛という言葉をさらに拡大解釈すれば、スリルとは「速度の愛」である、と簡単に定義することも可能であろう。それはまた、社会全体を霧のように浸している「緩慢の愛」へのアンチテーゼであり、男性的原理への束の間の復帰であり、自然のリズムへの合一の欲求であり、失われた神話のレミニッセンスであって、その極端な欲求の出どころは、やはり多かれ少なかれ、近代人の魂のなかの死、すなわち絶望の底からという以外には考えられないのだ。

要するに、この文明の弁証法と相関的な現象は、それが道徳的・法律的禁止の線をかすめることによって成立する一種のプロテストの性格をおびるという意味において、また、それが人間の全的解放の無意識的な媒介物として、あらゆる文明（資本主義的文明も社会主義的文明も）の抑圧を破壊する方向にはたらきかけるという意味において、とにもかくにも、ひとつの社会的な効用をみずから主張し得るはずであろう。ゆめゆめスリルを低級なエモーションと軽蔑したもうな。

ワカリマシタカ？

国語改革はエセ進歩主義である

『ヒッチコック・マガジン』から国語問題について書けといわれて、いささか面くらわない人間が世の中にいるだろうか。さよう、正直いって、わたしはいささか面くらった。

また、『ヒッチコック・マガジン』編集長中原弓彦が十八世紀英文学の権威であり、かつ国語改革の断乎たる反対者であることを聞き知って、ちょっと意外な感じに打たれない人間がいるだろうか。さよう、わたしもまた、ちょっと意外な感じに打たれた。

さらに、雑誌『現代芸術』の座談会「日本語」に出席している五人の進歩的文学者が、揃いも揃って、国語表音化の方向に意見の一致をみ、自民党政府によって進められている国語改革に原理的に賛同している事実を知って、いささか複雑な感慨を呼び起されない人間がいるだろうか。さよう、わたし自身、いささか複雑な感慨を呼び起された。

どうやら何かが狂っているのだ。わたしがわたしなりの視点に立って、ひとつ、解決のためのメドを与えよう。ただし、わたしが書くからには、内容は多少高級難解にならざるをえない。まあ、わたしに書かせたのが運のツキと、あきらめていただきたい。

まず声を大にして強調しておかねばならないことは、国語改革賛成が革命勢力のイデオロギーにもとづくものであり、反対が保守反動勢力のイデオロギーにもとづくものであるという、俗流的見解をぶちこわせ、ということだ。

わたしにいわせれば、国語改革および表音化のイデオロギーは、現在の日本では、高度資本主義社会固有の能率性に基礎をおいた生産性の哲学と結びつくものであって、革命の思想、体制変革の思想とは何ら関係がない。中国の文字改革も、体制化へ向かう革命後の社会の政策であって、その限りでは、テクノロジーのおそるべき発達を示した戦後日本の独占資本体制下における生産性の哲学と相似をあらわすものである。大岡昇平のいうとおり、「中国共産党は、ビラや綱領を漢字で書きながら、革命を達成し、蔣介石を台湾へ追払った」のだ。

そもそも言語には、言語本来の表現である意味の伝達という、普遍的な面（表現メディアとしての面）のほかに、思想そのもの、文化そのものを形成する特殊な創造としての面があって、この二つをごっちゃにするとき、民主化の方向＝国語改革（表音化）＝革命といったような、じつに安直きわまりない形式的進歩主義者の公式が生まれるのだ。かの有名な魯迅の公式もそれ以外のものではなかった。

簡単にいえば、言語は道具としての側面をもつと同時に、目的としての側面をもつものであって、これが表現世界を芸術として自立させ、このような作業を強いられる特殊人として芸術家を生み出す要因になるのだ。言語の二重性は文学者をして、人民としての自己と芸術家としての自己とに分裂させるモメントにもなろう。しかし、だからといって、人民として国語改革に賛成し、文学者として国語改革に反対するなどということがあり得るとすれば、こんなバカげたことはあるまい。

芸術家の自己分裂は、受け手としての人民の側のある種の制約とともに、階級社会に必然的に起る疎外の一形態であって、これは芸術家か人民か、どちらか一方の側に立てばよい、というような簡単な公式であらわされるものではない。むしろ、この二つの対立を生み出す要因を社会的基盤において解消する（弁証法的にいえば止揚する）ような方向にはたらきかけるのが、目的としての言語（すなわち文化）にかかわるすべての者の任務でなければなるまい。

疎外された社会での、かかる言語の特殊な社会的性格を無視して、ただ国語の表音化を促進すれば言語が民主化（大衆化）されるだろうとか、国語改革に反対するやつは貴族主義的で保守反動であるとか、いい気な考えを述べることは、バカバカしい俗論だとしか言いようがない。

国語は文化そのものであるから、大衆のものであることはもちろんだが、ある確立された社会体制固有のイデオロギーに奉仕し、かつ文化の連続を破壊するような方向にはたらく改革が進歩的であり大衆的であるとは、義理にもいえまい。これは、文学の領域における社会主義リアリズムの公式とよく似た、時代おくれの妄想である。

ここでスターリンの説などひっぱり出せばびっくり仰天する向きもあろうが、インチキ進歩主義者の頭を冷やしてやるために、この一種独特の言語学者に御登場を願ってみよう。

「言語材料から自由な、ハダカの思想は存在しない。言語は思想の直接的現実態である（マルクス）。ただ観念論者だけが言語の自然材とむすびついていない思惟について、言語なしの思惟について語ることができるのだ」「言語における語の変化や文章における語の結合が、現行の文法にしたがってではなく、全然べつの文法にしたがって行われるようなことが、いったい誰に必要であろうか。革命にとって、言語におけるこのような変革がどんな益になるというのか。歴史は一般に、そうする特別な必要がなければ何か本質的なことをすることはない」

この論の限りでは、スターリンに文句をつける筋は少しもない。わたしたちの思惟の肉体にひとしい言語の変化は、経済体制の変革のように爆発的・飛躍的に起らねばならぬ理由はぜんぜんないのだ。言葉には血が通っている。言語の暴力的改革は、文化の一時的な死であろう。

保守主義者を自認する福田恆存が、国語審議会に楯つくことによって、官僚の権力と対立する立場をみずから選んでいるのに、一方、進歩主義者を自認するカナモジ論者松坂忠則は、カナタイプ製造の資本家と結託して、みずからそれと気づかずに、独占ブルジョアジーの経営学や生産力理論に貢献している現状である。何という皮肉だろう。

ナチスが行ったような優生学的結婚の強制は、国民の体質を改善するだろうし、強力な国家的エネルギーを生み出す源になるかもしれぬ。しかしそれは、やはり生産性の哲学に裏打ちされた全体主義国家の哲学としてしか、存在理由をもち得ないだろう。あくまで人民の哲学ではない。

国語改革も、わたしは本質においてこれと同じ基盤にあるものだと考えている。

わたしは保守主義者でなく、急進主義者《ラディカリスト》をもってみずから任じているが、それだからこそ、欺瞞的な改革には絶対反対である。

生産性の倫理をぶちこわせ

当り前な話であるが、はたらくことよりも遊ぶことの方がよいにきまっている。献身や犠牲よりも、自己実現や享楽の方がよいにきまっている。「よい」というのは、あいまいな言い方かもしれない。むろん、この場合、倫理的に価値があるということではない。正しく言えば、人間の根源的欲求により近く、生活形態として、社会学的に価値がある、ということである。

にもかかわらず、私たちが生活のなかであくせくはたらき、時と場合によっては、献身的・犠牲的行動に走ることさえあるのは、つねに必ず、それがある一段高次の目的に奉仕し、ある一段高次の原理を実現させることをめざしているからであって、この目的、この原理が、じつは人間の根源的欲求のより近くにある、と私たちに思われるからにほかならない。じつに当り前な話である。

仕事はとっても苦しいが
流れる汗に未来をこめて

という歌の文句がある。もしこの「仕事」が、単に日常生活における規則的労働の連鎖を意味しているとすれば、この歌は立身出世主義の歌と解するよりほかに解釈のしようがあるまい。もちろん立身出世主義も、ひとつの実利主義的価値をめざすところの個人倫理にはちがいない。しかし、そうではなくて、この歌の文句の「仕事」は、どうやら一段高次の社会学的目的に奉仕するところの、革命的闘争の過程における「仕事」を意味しているもののごとくである。少なくとも私にはそのように思われる。はたして、その次に

明るい社会を築くこと

という文句がつづく。なるほど、こうなると、一見、論理的に不都合なところはないかのようだ。しかし、本当にそうか。

第二節になると、こんな文句が出てくる。

甘い望みや夢でなく
今の今をより美しく

つらぬき通して生きること

ここで、またしても視点が微妙に狂ってくるのに私たちは気づかざるを得ないだろう。現在の一瞬一瞬を最高の充実感をもって生きなければならぬ、という教説は、べつだん革命的でも何でもなく、むしろ、ある一定の社会的身分制度の枠の内部から生活上の最高の満足を引き出そうという、きわめて古典的な倫理学説に似ているであろう。いや、それどころか、解釈のしようによっては、この教説は、現在の苦労に耐え、苦労に耐えること自体をそのまま生活上の幸福に変えようという、個人の自由な自我実現を完全に滅却した、マゾヒスティックな労働讃美の教説にさえ近づくであろう。古代のエピクテートスのごとく、強制収容所の労働のさなかでも、自分を自由と感じることは誰にも可能なのである。

あるいは、皮肉に解釈して、この歌は賃金ひきあげ闘争における日和見主義の歌でもあろうか。それなら、「甘い望みや夢でなく」という、妥協を正当化する言葉が生きてくる。しかし、すでにマルクスが、「賃金をひきあげさせようとする労働者の努力は、百中九十九までは、与えられた労働の価値を維持するための努力にすぎない」と明快に割り切っているごとく、労働者は「明るい社会を築くこと」を本気で望むなら、「《公正な一日分の労働に対して公正な一日分の賃金》という保守的なスローガンの代りに、彼らの旗印の上に、《賃金制度の廃止》という革命的なスローガンを書き記すべき」なのだ。ごく単純な論理として、そうなるではないか。そして歌というものは、単純な論理を骨子としていなければならないものだ。

労働者があくまで労働にいそしむ労働者にとどまっていなければならないという、階級秩序温存の原理は、ブルジョアのテーゼであり、労働者にとって本質的な経済原理とは、労働者が労働の苦痛に絶望し、労働者が労働を拒否すること、すなわち、端的に言って、ストライキの原理であろう。単純な論理から言って、どうしてもそうなる。「汝の部署を放棄せよ」という古い革命歌のあったことを思い出すがよい。あるいは、労働の苦痛を切々と訴えるハリー・ベラフォンテの悲痛な声を思い出すがよい。「バナナ・ボート」の歌詞のあいまには、バナナをかつぐ荷役労働者の重々しい呻き声が聞える。「しあわせの歌」より、こっちの方がよっぽど本物だ。

プロレタリアートがおのれの生活状態を廃棄しようと望むとき、彼の意識は政治的になる。つまり、革命者とは対自存在（意識的存在）としてのプロレタリアである。単に「今の今をより美しく生きる」決意だけでは、彼の意識は革命的でも政治的でもなく、即自的に倫理的であるにすぎない。そして、このように即自的に倫理的な教説こそ、支配階級にとって最も好都合な観念論的教説であることは申すまでもあるまい。それは即自的であることにおいて、教育勅語とほとんど変らないのである。

マルクスにおける社会主義や共産主義を、社会や共同体に対する個人の献身として規定する過ちが、おそらく最も卑俗な形で、このような愚にもつかぬ歌の文句を生み出すのだ。じつは労働讃美のイデオロギーこそ、人間疎外を合理化する最も反動的な教説であることに、もうそろそろ気がついてもよいのではないか。

もう一度引用するが、

流れる汗に未来をこめて
明るい社会を築くこと

これは危険な、あえて言えば陰険なスローガンである。アンリ・ルフェーヴルも言うごとく、「マルクスとエンゲルスは、生産の道具の社会化や集団化を、個人を解放するための手段として以外に考えたことは決してなかった。彼らは社会主義を、そしてさらに強く共産主義を、個人的なものの上にのしかかるもろもろの疎外の終焉として、そして個人の潜在性の実現として、構想した」(『総和と余剰』)のである。

社会が個人に奉仕する状態こそ、理想主義者マルクスの見た望ましい窮極的な社会の状態であったはずで、個人が社会に奉仕するという状態は、権力の媒介なしにはあり得ない疎外された社会状態であろう。

「明るい社会を築く」ために汗を流してはたらくことは、もっぱら革命的闘争の過程における、個人の倫理的価値の実現にかかわる問題であって、それ以外ではあり得ない。汗を流ししあわせ(?)の状態がただちに「明るい社会」と同化されてはならないし、いわんや、未来の「明るい社会」が私たちに汗を流すことを要求するとあっては、本末顚倒もはなはだしいと言わねばなるまい。未来は私たちに何も要求しはしないのだ。

「われわれにとって共産主義は、招来せらるべき状態でもなければ、現実が志向すべき理想でもない。われわれにとってそれは、現状を廃絶しようとする現実の運動である」(『ドイツ・イデオロギー』)というマルクスの、本来の意味におけるリアリスティックな言葉を、もう一度吟味してみる必要があろう。

＊

たしかに、マルクス自身の言う通り、「労働はすべての富の源泉ではない。自然は労働と同じ程度に使用価値の源泉であり、労働自体は人間の労働力というひとつの自然力の発現にすぎない」(『ゴータ綱領批判』)にちがいない。マルクスは労働の疎外について述べたが、前記の見解から、労働自体が人間の自由な活動の自己疎外形態であり、却って消費の原理こそ、この疎外を批評し克服する唯一のモメントであるという、登り坂にあった十九世紀ブルジョア社会の生産性イデオロギーから完全にふっ切れた結論までは、あと一歩であった。

生産物にあくまで従属し、生産性の原理から絶対に離れられないのが労働である。労働は、つねに生産の効果という点から計られた自然力(あるいは肉体力)のコントロールの上に成り立つ社会的行為であって、本来暴力的な、あるいは気まぐれな自然の活動は、この労働という実利主義的見地に立つ理性的禁止の枠を通過することによって、自己自身の過剰な潜在的価値を実現する機会を失い、その生産物に奉仕するという、限定された目的にのみ従わねばならない卑小な地位に転落する。それは、文明の衰弱という事実と同義であり、また主知主義ないし理性万能主義の貧困という事実と、やはり同義であろう。

たとえば、その上で私が字を書くために用いる、原稿用紙をおくのに便利な台は、必ずしも「机」と呼ばれる必要はなく、「道具a」であっても、「物質X」であっても構わない。事実、私は公園のベンチの上でラヴ・レターを書くこともできるし、平べったい石の上で借金の申込み状を書くこともできよう。少なくとも人類の幸福の名において、机が「机」である必要はまったくない。しかるに、机がどうしても「机」と呼ばれなければならないとき、自然の非限定的な活動の価値は、おのれ自身の無限の多様性を離れて、そのひとつの外化としての生産物、すなわち「机」に転移したのである。命名は生産の始まりであり、また同時に疎外の始まりでもある。「物質X」から「道具a」へ、「道具a」から「机」へと進化するにつれて、自然の活動の自己疎外過程は急上昇に高まる。これが生産性社会の一般的な運動である。

かくてマルクスの言う通り、「個人と、生産力および個人自身の存在とのあいだに、いまなお介在している唯一の結びつきである労働は、自己活動としての外観をすっかり喪失しており、辛うじて末細りの命脈を保っているにすぎない」(『ドイツ・イデオロギー』)といった状態になる。

(ちなみに、シュレルアリストの「オブジェ」と呼ばれる作品は、資本制社会のただなかに存在を主張する生産のための道具を、本来の無目的な物体、いかなる生活的必要からも離れた物体に還元することによって、いわば、その疎外された美しさを回復しようとする試みであろう。生活の用途に供される道具のみによって無駄なく取り囲まれている私たちの生産社会は、却って、道具を使用することに慣れた人間の日常的期待を残酷に裏切るような「オブジェ」に、新しい美の標識を見出したのであり、道具に固有な目的性のいつわりは、いかなる実用的目的からも解放された、この「オブジェ」の顕現によって、白日のもとにあばかれたのである。）

＊

ここで、マルクスのいわゆる「人間対人間の最も自然的な関係」である性的活動の考察から、生産と消費の問題を解明する手がかりをつかんでみたいと思う。

マルクスは男女の性関係を「自然的な類的関係」と称しているが、これは実存主義的用語をもってすれば、即自的であると同時に対自的な人間相互の関係、ということになろう。ところで、図式的に言って生産とは主体の客体化であり、消費とは客体の主体化であるとすれば、エロティシズムの運動として眺められた人間の性行為とは、そもそも主体と客体のいかなる相互規定の上に理解されるべき自然の活動であろうか。

「生産の本源的な諸条件（あるいは同じことだが、男女両性の自然的過程によってその数のふえて行く人間の再生産。なぜなら、この再生産は、一方では主体による客体の占取としてあらわれるが、他方では同じく、主体的目的のもとでの客体の形成、主体的目的への客体の従属として、すなわち主体的行動の成果への、またその保持物への、客体の転化としてあらわれるからである）は、それ自身、元来生産されたものではあり得ない――すなわち生産の結果ではあり得ない。」（マルクス『史学小論集』）

マルクスにとって、自然が歴史の下位に属する予備条件にすぎないことは、ヘーゲルの場合と同断である。自然は人間の歴史的活動を制約する地理的・風土的状況におけるがごとき、あるいは人間による人間の再生産におけるがごとき、その活動の予備条件でしかないのだ。したがって、史的唯物論の「物質的なるもの」とは、自然などではなくて、人間によるそれの獲得であり、マルクスが人間の物質的生活条件というとき、それは労働および生産の歴史的諸条件を指しているのである。本来の自然的（即自的）状態にある自然は、マルクスの目には、まだ人間の側の獲得による人間的世界の歴史的生産にはほとんど係りがないかのような、価値の低いものでしかない。

それでも「人間が自然によって生きるということは、とりも直さず自然が人間の身体であり、人間は死ぬまいとすれば、自然によって絶えまのない前進をつづけなければならない」（『経済学・哲学草稿』）と若きマルクスは言う。

死ぬまいとすれば？　しかし現実には、人間は一瞬一瞬、好むと好まざるとにかかわらず、「自然によって生きている」限りにおいて、死と衰滅を経験してはいないだろうか。生きることは――より正確に言えば、自然のエロス的形式において生きることは、絶えまのない生の消費を意味しはしないだろうか。

この生産と消費の関係について、ふたたびマルクスを引用すれば、「消費は直接にまた生産でもある。それは、自然において諸要素および化学諸元素の消費が植物の生産であるのと、同じである。たとえば、消費の一形態なる食物の摂取において、人間が彼自身の身体を生産することは、明らかである。……しかしながら（と経済学者はいう）消費と同一なこの生産は、第一の生産によって生産された生産物の破壊から生じる第二の生産である。第一の生産においては生産者が物に化せられ、第二の生産においては、彼によって作られた物が人に化せられる。だから、この消費的生産は――生産と消費との直接的統一であるが――本来の生産とは本質的に異なるものである。」（『経済学批判序説』）

このように、消費をも生産の概念に還元し、生産をもって歴史的社会の第一原理と見なす考え方は、マルクス主義の体系が資本の運動の記述を根幹としている以上、必然的であろう。マルクスにとって、人間は歴史以外の何ものでもない。『ドイツ・イデオロギー』の第一部で、「われわれは唯一の学問、歴史の学問しか知らない」と彼は簡単明瞭にその確信を述べた。むろん、歴史といっても、経済の歴史、生産手段の歴史である。「われわれは」とマルクスは書いている、「人間を意識によって、宗教によって、その他何によってでも、動物から区別することができる。けれども人間自身は、食料を生産しはじめるや否や、みずからを動物から区別しはじめる。食料を生産することによって人間は、間接にではあるが、自己の物質的生命自体を生産するのである」と。

しかし、人間を人間たらしめるものは生産および労働であると同時に、また社会の本質をなす生産につねに敵対するような、ある反生産的な力の発現ではあるまいか。社会はつねに、生産の効果という点から見た、自然に対する人間の規則的・実利主義的な力の統制によって発展しながらも、そのなかに、生産を支えている労働の概念とはいちじるしく背反するような、あえて言えば純粋消費的・暴力的な反社会性の契機をふくんでいるのではあるまいか。そしてそれこそ、あらゆる芸術衝動をふくめたエロティシズムの原理であり、消費の価値がふかく人間の実存と相渉るところではなかろうか。……

動物から人間への移り変りについて、ジョルジュ・バタイユは次のごとく述べる。

「要するに、人間は労働によって動物と区別される。それと並行して、禁止の名のもとに知られる束縛をみずからに課したのだ。これらの禁止は本質的に――そして明らかに――死者に対する態度に基づくものであった。そしておそらく同時に――あるいは同じ頃に――それらは性行為にも関連を有したにちがいない。」

「労働が、死の前での態度を決定する反作用を論理的に惹起せしめたのであるから、性欲を調整し制限する禁止も、やはり死に対する反動であり、基本的な人間行動の全体――労働や死の意識や抑制された性欲や――が、同じ遠い時代にまで遡っていると考えるのは正当である。」

「労働の形跡は旧石器時代前期にあらわれ、われわれが知る限りの最古の埋葬は、旧石器時代中期に遡る。たしかに、現在の計算によれば、何十万年もつづく時代が問題なのである。これらの際限もない幾十世紀が、人間が最初の動物性から離脱した脱皮期に当るのだ。人間は労働しながら、自分たちが死ぬべきものであることを理解しながら、また、羞恥心を知らない性欲から羞恥心を知った性欲に移行しながら、動物性を脱したのであり、エロティシズムはそこから生じたのだ。」（『エロティシズム』）

*

たしかに、「これまでの革命のすべてを通じて、いつも、人間活動の様式自体は手をふれられないままで、人間活動の配分方法を変えること、つまり労働の配分様式をあらためることだけが問題とせられたのに反し、共産主義革命は、これまでの人間活動の様式自体に対して叛旗をひるがえすものであり、労働を廃絶し、階級による階級の支配そのものをすっかり消滅させる」(『ドイツ・イデオロギー』)ことを志向するものではあろう。ともあれマルクス主義は、その体系の中心に「資本論」が置かれるごとく、生産の原理が一方的に支配権を確立した資本主義社会を直接の対象としているから、そのアプローチの方法が、つねに労働＝生産＝社会といった、いわば歴史のポジティヴな面にのみ限定され、かつ、これらの概念に絶対者の地位を賦与するかのごとき印象さえあたえる。が、ありていに言って、もしマルクスの理念における共産主義が、「これまでの人間活動の様式自体に対して叛旗をひるがえす」態のものであるならば、それはマルクス自身も言う通り、資本主義的文明のなかでの「存在と本質との、対象化と自己活動との、自由と必然とのあいだの抗争の真の解決」をもたらすものでなければならず、すなわち、生産と消費との主導権争いも、ここに弁証法的に止揚されるはずなのだ。換言すれば、マルクスは現存する労働の諸条件を、真に自由な社会におけるそれらの否定を目的として、考察しているのである。それはそれでよろしい。

とはいえ、もしここで、現存する諸条件のもとにおいて（実存哲学の用語をもってすれば「世界‐内‐存在」として）生産に固有な価値を先験的に認めるとひとしく、純粋消費にも固有な価値を認めることをあえてしないならば、未来の共産主義社会においてあらゆる疎外を解除された人間の人間的内容なるものは、もっぱらその普遍的本質が絶えまなく前進する欲求の主体たることにのみ在るという、よしんばそれが反資本主義的な形式の人間活動であるにせよ、生産性の原理の一方的な徹底化としてしか捉えることができまい。私たちは、世界の外に消費の主体を認めることはできないからだ。そして、消費の契機をふくまない生産性社会は、技術や生産物や、それらを管理する官僚機構に人間が奉仕することを余儀なくされる、非人間的な社会となるであろうことは明らかである。

「あらゆる自己活動から完全に閉め出された現代のプロレタリアにしてはじめて、もはや局限されない完全な意味での自己活動、すなわち、生産力の総体を獲得することを達成し得る」とマルクスは言うが、しかし、技術と生産力の進歩を、このような直線的・無限上昇的なパースペクティヴによってのみ捉えるやり方は、物質的繁栄を追求することに汲々としていた十九世紀ブルジョアジーの卑俗な信仰、楽天的な進歩の神話とほとんど相似であり、ここに、たとえばソレル（あるいは最近ではカミュ）などの鋭く指摘するごとく、進歩の幻影に憑かれた本質的にブルジョア・イデオローグたるマルクスの、避けがたい限界も出てくるのではないか。

「現存社会においては、つまり個人的交換を基礎とする産業においては、かくも多くの貧困の源泉である生産の無政府こそ、同時に一切の進歩の源泉でもあるのである。……無政府なしの進歩を欲するか。そうだとすれば、生産諸力を保持するため、個人的交換を放棄せよ」(『哲学の貧困』)――しかし、生産力はそれ自身において財宝であり得るか。技術文明の進歩は、それ自身において信仰に値するか。これが問題である。

(たとえば、技術文明の将来に信を置くことは、そのまま原子爆弾の存在を容認することだと私は思う。原子爆弾は、進歩する技術の必然的産物だからである。原爆実験に反対するひともしないひとも、この文明の二律背反によくよく思いをいたしてみる必要があろう。かつて中世紀に、魔女が火刑に処されると、その灰をふくんだ空気を呼吸することを極度に怖れたひとびとがあった。かつて火薬の発明は、近代国家の誕生と封建制の打破にひと役買った。etc.)

マルクスは、前記の見解に示されるごとく、ブルジョアジーが無意識に担っている革命的役割をつねに鼓舞したし、労働の資本主義的様式がまぎれもなく進歩的な性格をもっているということを、しばしば強調した。マルクスにとって、資本主義は悲惨の源泉であると同時に、それ自身においていて歴史的権利となるところの、進歩の源泉でもあったのだ。しかし、ヘルベルト・マルクーゼによれば、「階級社会における進歩は、幸福と自由とが増すことを意味しないのである。労働の疎外された形態が廃止されるまでは、すべての進歩は、多かれ少なかれ技術的なものにとどまり、一層合理的な生産方法や、人間と自然との一層合理的な支配を意味するにすぎないであろう。」(『理性と革命』)

＊

かくて、労働＝生産＝社会のアプローチから、遊び＝消費＝反社会のアプローチをみちびき出すべき積極的理由は、むしろマルクス自身の体系のネガティヴとして、マルクス自身には手をふれられないままに、私たちの前に残されている、と考えることができるであろう。もともと遊びであり、消費の原理の凝縮された形である芸術に関する理論が、従来、マルクス主義の弱い環とされていたことも、偶然ではないのである。

生産の原理による歴史へのアプローチは、いわば世界の、客観性の権利要求である。言葉を変えれば、生産性は存在の側にあるものであって、解放のための因子とはなり得るが、それ自身存在のイデオロギー（マルクスにとっては市民社会のイデオロギー）を否定する超越の運動を生み出すことはできない。それが単純に目的として取りあげられるときには、全体の哲学、国家の哲学として、ややもすると個人の潜在性の実現を阻む有害なものとなる傾向がある。（あらゆるボナパルティズム、またとくにスターリン主義を見よ。）

これに反して、消費の原理による歴史へのアプローチは、個人の、主体性の権利要求であり、存在する秩序へ絶えざる否認要求を投げかけることを得さしめる、超越の運動をまさに正当化するであろう。自己自身の労働者としての客観性を否定することなしに、プロレタリアートが主体性を獲得することはできない。サルトルがいみじくも言ったように、「実際、価値とはいまだ存在していないものの呼びかけでなくて何であろうか。」

マルクスは自然を生産的歴史の下位に置いたが、消費の哲学は、むしろ人間をひとつの自然物であるとする見方から、積極的な意義を引き出すであろう。それはあらゆる特権的状態から、人間を共通の類概念、すなわち自然のなかに引きずり込むはたらきをする。このとき、人間主義を標榜するのはプロレタリアでなくて、必ずや特権階級であろう。ひとたび自然の原理に立てば、あらゆる権力は人間にとって偶有的な状態にすぎない。技術さえ、それが社会と生産性を代表する限りにおいては、ひとつの特権的な状態としてあらわれるであろうから、消費の哲学はこれをしも警戒する。生産性の哲学が存在の権利要求と、前時代からの遺産相続に終始することによって、ともすれば永遠の権力主義とテルミドオルの反復におちいる危険があるのに対し、消費の哲学は、その本来の自然主義が、逆に権利という概念そのものを破壊し、人間に何ら特別の尊厳をも認めることを拒否する。つまり、みずからを自然物と知る人間は、じつは特権階級によってつくられ、特権階級によって与えられたにすぎないアプリオリの制度や道徳を、決して信じたりはしないのだ。

「口の利けるある動物が言った、《人間性とは、少なくともわれわれ動物が陥っていないひとつの先入見である》と。」（ニーチェ『曙光』）

このニーチェのパラドックスが意味するのは、技術や機械文明に対する楽天的な信仰が人間を卑小化するとき、自然と生命力をあらわす動物性の方が、労働によって規定される人間性よりも、むしろ超越のための有効な契機となるだろう、ということである。

III

恐怖の詩情

わたしは英語が不得手だから『ニューヨーカー』などは読まないけれども、フランスのシュルレアリスム（超現実主義）の雑誌、たとえば『ビザール』あたりで、よくビアスとか、サキとか、コリアとか、あるいはエドワード・リヤなどといった一昔前のアングロ・サクソン系の短篇作家が紹介されているのを見かけることがあって、この傾向を面白く思っている。

それらの作品には、きまって幾らかのユーモアと、残酷趣味と、ナンセンスへの嗜好が見てとれるのだが――わたしが面白いと思うのは、このユーモア・残酷・ナンセンスの三位一体が、フランスの合理主義的伝統への反逆ともいうべきシュルレアリスムの金科玉条であるとともに、またそれが英語国民の本能的に発達させた探偵小説と、アメリカのジャーナリズムの要請から生まれた短篇小説のあるもののなかに、何年来ひそかに、ちゃんと存在していた要素でもあるということだ。おそらく、こうしたフランス文学の一部のミステリー的志向は、ようやく最近ダールや、エリンや、ボーモントの翻訳などを通じて、いささか行きづまりを感じさせていた推理小説全般の、合理主義の壁を打ちやぶる試みがなされはじめた日本の場合と、一脈通じるものがあるにちがいない。

簡単に言ってしまえば、漠然たる恐怖は同時にもっとも強烈な詩情を生み出すという、エドガー・ポオ以来の鉄則があって、これが雑誌ジャーナリズムの制約から生じた短篇（あるいはショート・ショート）という形式のうちに、いきいきと再生したのである。つまり、長篇推理小説では、いかに恐怖の種を作中にばらまいても、最後には理性が勝利するという結末を読者が先刻承知なので、瞬間的な戦慄の魅惑にひたり、しかもその余韻をゆっくり味わうという、多分にシニックな現代人の知的な楽しみには欠けるところがあるのだ。知性とはそもそも限界のない残酷なものだから。

この二律背反を解決するのが短篇で、そこでは、恐怖は探偵小説特有の法則によって条件づけられる必要がない。つまり、わたしたちが本格長篇を読むとき決して忘れない理性の監視と、精神の安全弁とを、無原則的な短篇の場合には、すっかり棄て去るのである。

しかし、ここで注意しておきたいのは、これらの短篇にきらりと妖しく光る宝石のような感銘は、詩に似ているが、あくまで巧緻なニセモノの詩でしかないということだ。もっとも詩人肌が目立つジョン・コリアにしてさえそうである。とまれ現代人は、本物の宝石よりもアーティフィシャルな人造ダイヤの悪意と精巧を好むので、一概にこのニセモノの詩情を非難する気はないけれど。

前にわたしがある書評欄で、たとえばブラッドベリの短篇などに「近代ニヒリズムの教理問答めいた偽善」を感じると書いたのも、この意味であって、ニヒリズムはこの派の作家のすべてに共通している。だから彼らの組み立てる世界は、ポオのような完全な小宇宙の創造ではなく、仕上げは丹念でありながら、いつもどこか意識的に小さな穴をあけたままにしてある宇宙、その穴から、しらじらと現実の風の吹きこむにまかせた、薄ら寒い、シニカルな、投げやりな世界の模造品なのである。丹念で、しかも投げやりというのは矛盾するようだが、この場合、投げやりとは、モラルとの対決ないし人性探求が全く見られない、という意味だと解していただきたい。偽善なる所以であり、ニセモノたる所以である。

ニセモノであるということは、同時にそれが一個の犯罪に似ている、ということでもある。犯罪を描くのではなくて、作品そのものが一個の無動機な犯罪に近づく、という意味で、これほど推理小説への痛烈な皮肉はなかろう。すでにダールやエリンとおなじみになった読者は、このことをいやというほど感じさせられたはずである。

中世の禁欲的な修道院から生まれたラテン語に delectatio morosa という言葉があって、「陰惨な快楽」というほどの意味であるが、どうやらこれらの異色作家たちは、二十世紀の物質文明のさなかで、慎しやかに「陰惨な快楽」に耽っているもののごとくである。アメリカは新しい中世社会だ、と誰かが言っていたのを思い出す。

前衛とスキャンダル

芸術家は、禁欲主義と懐疑主義の縄で自己をがんじがらめに縛りあげておく必要があるけれど、時あって、この縄をぷっつり断ち切ることを余儀なくされる瞬間があることを、また知らねばなるまい。そのような瞬間を、テロリズムと呼ぼうと、スキャンダルと呼ぼうと、それは世間様の勝手である。

創造の喜びをもって破壊すること、破壊のニヒリズムをもって創造すること、いずれにせよ、ここ以外に芸術家が世間様となまなましい交渉をもつ時間空間はないだろう。

前衛芸術家はバビロンの「架空庭園」にいる。ここはフィクショナルな時間空間であって、警察などの介入する権利はもとよりない。しかし、ここで初めて世間様は、孤独な芸術家のスキャンダラスな強烈なアッパー・カットをくらって、鼻血を出したりぶっ倒れたりする幸福を享受するのだから、芸術にとってこれほど現実的な風土はないともいえる。

そしてまた、芸術家がアクチュアリティに関与する最も理想主義的な手段が、このテロリズム、このスキャンダルであろう。ここに実現される現実以外の現実は、すべてふやけた、生ぬるい、ぐにゃぐにゃした現実で、そんなものは最大限芸術の風土から追放した方がよいにきまっているのだ。

芸術に社会性や歴史性を取り入れることが問題なのではなく、芸術にとって永遠の問題は、テロリズム、すなわち否定の機能によって芸術自体が歴史になることであろう。芸術的スキャンダルとは、現実的行動とのアナロジーにおいて、あたかも革命の最中、群衆を集めて広場で執行される国王の処刑のようなものだ。

作家はスキャンダルのなかで自己を認識する。スキャンダルのたえない前衛芸術とは、悲劇の様式をもった永久革命に似ている。それが言葉の矛盾だというなら、そもそも芸術の歴史とは矛盾の上に立った虚妄のパースペクティヴだということを知るがよい。

孤独とは権力である、と聖侯爵が言った。これは現代では芸術家にのみ許された、高貴な響きをもつパラドックスである。

仮面について

——現代ミステリー映画論——

一口にミステリーといっても、外国映画の世界では、グレアム・グリーンやジョルジュ・シメノンの推理原作物から、暗黒街のアクション・ドラマ、ヒッチコックやクルーゾオの暗黒映画《フィルム・ノワール》、さらにはフランケンシュタイン、ドラキュラ、せむし男、アマゾンの半魚人、ゴーレムなどの怪物映画にいたるまで、まことに多彩であるが、およそ怪奇映画、恐怖映画と名のつくものは、わたしはたいてい欠かさず見ることにしている。子供だましの駄作も多いが、なかなか見応えのある傑作にもぶつかる。ことに近年ではテレンス・フィッシャー監督のものがよろしい。クリストファー・リー、ピーター・カッシングなどといった名優陣を揃えて、絢爛たるゴシック絵巻、いささかあくどい中世の亡霊や伝説をまざまざと再現するのに、この監督ほど腕達者なひとはいない。ドラキュラ物にせよ、フランケンシュタイン物にせよ、みなこの監督の見事な職人芸の賜物で、ここ数年、色彩的にもぐっと成長した。

こんなことを書くと、威勢のよいヌーヴェル・ヴァーグのお兄さん連中から、なんだお前さんの趣味はずいぶん古色蒼然たるものだね、と嗤われそうな気もするが、必ずしも嗤われるいわれはないのである。なるほど、ドラキュラは盛夏興行向きの娯楽映画にはちがいない。しかし、黄金時代のドイツ表現派やシュルレアリスム前衛映画から最近のヌーヴェル・ヴァーグにいたるまで、このゴシック趣味というやつは、ちらちら見え隠れしながらずっとひとつの二十世紀的底流をつくってもいるのである。たとえば、カメラ万年筆説の名匠アレクサンダー・アストリュック監督の『恋ざんげ』にも、今を時めく奇才ルイ・マル監督の『恋人たち』にも、つい昨秋公開されたジョルジュ・フランジュ監督の『顔のない眼』にも、わたしは最新のカメラ技術と結びついた、明らかなゴシック趣味の現代的反映を見出して、ひそかに悦に入ったものである。

しからば、ゴシック趣味とはなにか。いまここで、芸術史的にこれを分析するのは読者諸子にもわずらわしいだろうし、わたし自身も面倒くさいから省略するけれど、要するに、ルネサンス的な合理主義や、リアリズムや、人間進歩の概念とは対蹠的な、神秘主義的風土に立つところの、暗い、非合理主義の伝統だと思えば間違いなかろう。

ゴシック・ロマンスの元祖といわれているのは、最近日本でも翻訳の出た十八世紀の作家マシュウ・グレゴリイ・ルイスの『マンク（破戒僧）』という、まことにすさまじい血みどろなサディズム小説だ。サディズムといえば、あの異様に官能的な死の臭いにみちた短篇映画『恋ざんげ』（バルベエ・ドオルヴィリイ原作）のタイトルに、サド侯爵の言葉が引用されているのも印象的だった。偶然とエロティシズムの讃歌ともいうべきルイ・マルの『恋人たち』は、やはり十八世紀の背徳作家ヴィヴァン・ドノンの小説の翻案である。さらに面白いことには、最近、岡田真吉さんから洩れ聞いたニュースによると、新進のロジェ・ヴァディム監督がサドの『ジュスチイヌ』を映画化すべく、目下、主演女優二人を探しているとのことである。こいつは実に愉快な話ではないか。

こういった風潮は、近ごろ流行の「黒いムード」やテロリズムの擡頭とも結びついて、大がかりな十八世紀復活の徴を思わせるものがある。などというと、いかにも予言者めいて大げさだが、しかし、ジーグフリード・クラカウエルが『カリガリ博士』をナチズム勃興の前ぶれだったと断定したのは、あまりにも有名ではないか。『ジュスチイヌ』は、はたして何の前ぶれとなるであろう。うかつなことをいうと、ファシストと間違えられそうな危険があるからやめておくが、だいたい、サルトルやカミュや、ジャン・ジュネや、コリン・ウィルソンや、フランソワズ・サガンのような戦後派作家の精神にも、どちらかといえば十八世紀の暗黒小説の伝統が色濃く流れているので、ようやく後半にさしかかった二十世紀のような過渡期の時代には、このような人間性のもっとも極端なグロテスクな発現に、否応なく作家の実存倫理的探求の目が向うのであろう、とだけいっておく。

政治面でも、道徳面でも、二十世紀後半は新たな実験の時代、賭けの時代である。実験がそれ自身目的と化して、人間性の疎外された迷宮に入り込むと、そこに怪しいミステリーの効果が生ずる。ゆめゆめミステリーを馬鹿にしたもうな。人類とともに古いミステリーや恐怖を馬鹿にするのは、もっとも因襲的な精神である。人間の社会的疎外が労働や経済原則に由来するとすれば、人間の「ミステリー的疎外」（!）は死や、愛欲や、恐怖や、苦痛や、サディズムや、裏切りや、陰謀や、権力意思などから由来しているので、このことは、十九世紀的ブルジョア・イデオローグの尻っぽをくっつけた、マルクスなんぞの遠く理解におよばない深層心理上の事実である。いうならば、マルクスさんでも御存知あるめえ……てなものである。べつだんマルクスを嘲弄するわけではないけれど、芸術の原理論がマルクス主義哲学の弱い環であるのと同様、このミステリーの原理論も、客観的現実から主観的現実へのダイナミックな飛躍がなければ、おそらくは解けないだろうというまでの話である。――まあしかし、あんまり問題を抽象的に発展させることは止めにして、ミステリー映画の範囲内で、話を進めることにしよう。

「スクリーンが観客の眼や脳髄に、やけどのような強い印象を与えることは、めったにない。しかし、シネマの本質的な方向が魔術に近づくようになれば、メリエスや、ムルナウ（『吸血鬼ノスフェラチュ』）や、すべてのドイツ表現派や、ジョゼフ・フォン・スタンバークや、アベル・ガンスや、オーソン・ウェルズや、多かれ少なかれ商業化されたキング・コングや透明人間のような映画まで、傑作として際立たせられることになろう」といっているのは、シュルレアリスムの理論家アンドレ・ブルトンである。この説は、芸術が必然的に非芸術（あるいは魔術）に向かい、美は痙攣的なものになるだろうというシュルレアリスムの弁証法の上に立って眺めると、たちまち生き生きとした魅力をあらわすはずである。

つまり、政治が政治の原則を踏み外すこと（社会革命）によって、政治そのものを克服し、社会的・政治的疎外の産物にすぎない国家の形態を廃棄しなければならないように、芸術も芸術の原則を踏み外し、まっしぐらに非芸術（魔術）の方向に向かうことによって、人間疎外の産物にすぎない芸術の王国を否認すべきであるという、客観性と主観性との両々相俟った、まことに革命的な理論がこれなのであって、怪奇映画や恐怖映画や、痙攣的な美をあらわす広い意味でのミステリー映画こそ、かかる運動を積極的に推し進める主要な力になるだろうというのが、ブルトン先生のいわんとするところでもあったわけだ。前にわたしが、ゴシック趣味が時代錯誤でも何でもないといったのは、やはりこのような意味からであったわけである。

非芸術――この言葉から、わたしはひとつの作品を思い出す。海を越えて日本へ飛んで、中川信夫の新東宝作品『地獄』である。罪を犯した人間が八大地獄に堕ちて、皮剝ぎの刑やら、針の山やら、血の池やら、ありとあらゆる責苦を受けるという、まことに単純な筋立てをもった、このグロテスクきわまりないゲテモノ映画も、もしかしたら、芸術の歴史的発展のパースペクティヴのうちに、果敢な非芸術の前衛としての革命的地位を占めることになるかもしれないのだ。まあ、わたしとしては、芸術の滅亡について断言することは、差し控えておくけれども、魔術芸術の将来については、ある確信をもっている。中川の『地獄』も、前作『東海道四谷怪談』と同様、日本人の仏教的無常観と因果の思想をあくどく戯画化した、ずいぶんショッキングな映画で、珍重するに足るものであった。

非芸術の芸術とは、いわばグロテスクや悪趣味のなかに、美の再生のための魔術的なヴァイタリティを積極的に追求する方法で、その方法自体がアクチュアリティのための保証となるような、すこぶる危険な点をもっている。かつて前衛舞踊家の土方巽が、らんらんたる偏執狂的な目でわたしを見すえながら、にこりともせず、じつは今度、創価学会のおばあさんを大勢あつめて、彼女たちをヌードにして、ストッキングをはかせて、第一生命ホールの舞台いっぱいにライン・ダンスを繰りひろげてみたいのです、と洩らしたとき、わたしはその着想の非凡さに、思わず口からパイプを取り落し、ウーンと唸ってしまった。『マクベス』の妖婆とストリップ・ティーズの弁証法的統一を、いったい、今までどんな芸術家が着想し得たか。悪趣味という、このどうしようもない強力なアクチュアリティの前に立たされたとき、アンチ・ロマンも、アンチ・テアトルも、いかに観念過剰の子供だましのように見えることか。いや、わたしはべつだんふざけているのではない。

ふざけているのではないが、またしても脱線したようであるから、話題をミステリー映画にもどすとして——さて、ゴシック趣味が、それでもまだ古典的だとおっしゃる向きがあるならば、これにやや悪趣味をプラスした、グラン・ギニョル趣味という都合のよい言葉のあることを指摘しておこう。この派の代表的な現役作家は、『悪魔のような女』のアンリ・ジョルジュ・クルーゾオであるが、最近、ヒッチコックがやはりショック専門の『サイコ』をひっさげて、恐怖映画の密室的領域にずかずかと割り込んできたのは御同慶の至りである。しかし、往年の『白い恐怖』なんかで、変ちきりんなサルバドオル・ダリの玩具みたいなセットを使ったところにも、すでにこの巨匠の多分にソフィスティケートされたグラン・ギニョル趣味はあらわれていたと見るべきだろう。

グラン・ギニョルとは、前世紀末パリの浅草みたいなモンマルトルに創立された恐怖芝居の小屋で、まあ日本でいえば、やや因果物めかした鶴屋南北とか、血みどろな芳年の無残絵とかの傾向であろう。もっとも、因果物の陰湿さは同時にユーモアでもあり詩でもあるのだが、ヨーロッパでは残酷が必ず論理化されていて、観客の妥協を許さず、きびしく乾いている。

クルーゾオの映画がよい例で、一度でも『密告』や『恐怖の報酬』や『悪魔のような女』や『スパイ』をごらんになった方はよくお解りと思うが、観客はサディズムの論理でがんじがらめにされ、おそろしく肩がはり、心理的緊張でくたくたに疲れてしまう。『四谷怪談』や『番町皿屋敷』がどんなに怖いといっても、ドラマの途中で必ず笑いだしたくなるような余裕というか、愛嬌というか、いわば息抜きがあって、観客が自分の観客としての立場を思いだして、安心するように、親切な作者あるいは演出家が骨を折ってくれているのである。どうも日本人は、体質的に持続や論理に弱いようであり、サディズムとは、論理に執着する精神それ自体ではないか、という気がしてくるほどだ。

——子供の時分、浅草の花屋敷というところへ連れていかれて、周囲のけばけばしい賑やかさにもかかわらず、なんともいえない陰惨な気分を味わわせられた記憶があり、じらい、場末のお祭の見世物小屋の絵看板の前に立つと、いつもきまって、そのときの記憶を追体験させられ、もうそれだけで、わたしは胸のあたりが泉鏡花流にいえば「キヤキヤして」きて、足早に通り過ぎてしまうほどの弱虫だが、この追体験だけは、ひとつのノスタルジックな詩となって、きわめて日本的な恐怖の前駆的衝動を形づくるものとなっているらしい。近頃は医学映画に席を譲ったかたちだが、よく昔は、方々で移動式衛生展覧会というものが催されて、善良なる市民の猟奇的心情と恐怖心を煽り立てていたものである。肱マクラで横になった蠟人形のオイランが股をひらいて、けばけばしい裾をまくると、むごたらしい第四性病の糜爛した陰部が覗き見られる仕掛になっている。大正末期には、有田ドラッグという薬屋が全国に店をもち、そのショーウィンドオに、生ま生ましい蠟細工の皮膚病人形を飾っていた。江戸川乱歩の『白昼夢』という短篇に、この蠟人形が登場する。――いつも安っぽい快楽のお膳立てと結びついた日本の庶民の恐怖は、何とみじめったらしく、生活の貧困がそのままにじみ出ていることであるか。

ロンドンの有名な蠟人形館は「マダム・タッソオ」といい、パリのはグレヴァン博物館と呼ばれる。古い大都市は、犯罪や悪徳の伝統を詩にまで高める機能をもっているらしい。とはいえ、グレヴァン博物館の活人形の大部分が、どこかしらキリスト受難劇にさえ通じる厳密な論理の骨格をそなえた、血なまぐさいフランス大革命のエピソオドから想を得ているのを知るとき、わたしはやはりヨーロッパと日本との、ほとんど埋めることのできない懸隔に憮然として思いを致さないわけにはいかない。なるほど、日本にも拷問や磔や火あぶりのイメージと結びついた島原の乱、百姓一揆、佐倉宗五郎の伝統があり、これらは不本意ながら、猟奇雑誌やブラック・ミュゼアム（犯罪博物館）の薄暗い資料室をにぎわすには足りよう。しかし、やはりどこか窮乏した生活に直結したみじめったらしさが前面にあらわれていて、あのむしろ生活の次元を離れたところから始まる、インヒューマンな論理の追求がなされていない点、両者のあいだには決定的な違いがあるように思われる。

同じことは、犯罪者個人についてもいえるので、たとえば中世のジル・ド・レエ元帥とか、十八世紀のサド侯爵とか、十九世紀末の切り裂きジャックとか、二十世紀のキュルテンとかいった、宗教的・形而上的執念に憑かれた犯罪者が日本にはいない。石川五右衛門は滑稽だし、高橋お伝はばかばかしい。……博物館マダム・タッソオの地下室には、死刑宣告後十二年間ねばり強い闘争で生きぬき、数々の著作をし、ついに昨年五月二日サン・クェンティン刑務所で処刑されたカリル・チェスマンの、ガス室における、革ヒモで椅子にしばられた姿が、実物大の蠟人形となって、もうすでにちゃんと展示されているそうである。犯罪は精神錯乱の十字軍であり、死の巡礼への誘いであるという、この獄窓の自由思想家カリル・チェスマンをわたしは二十世紀最大の哲学的犯罪者、死刑廃止運動の殉教者のひとりと呼ぶことに躊躇しない。こういう犯罪者が日本にてんからいないのは、映画のためにもまことに残念だ。

なぜなら、切り裂きジャックも、「デュッセルドルフの吸血鬼」という異名で知られたキュルテンも、ドイツ表現派によってつとに映画化されており、とくに後者は名匠フリッツ・ラングの手になって、映画史の一頁に書き込まれる光栄をさえ受けているという、見逃し得ない事実があるからである。ジョルジュ・サドゥールによると、ラングはこのサディスト大量虐殺者をあつかった作品を、最初『殺人者は我々のあいだにいる』と名づけようとしたが、当時、大統領選挙で勝利を予想されていたヒトラーに対する遠慮から、このタイトルをやめて、『M』としたらしい。それはともかく、第二次大戦の前夜に、怪奇と犯罪とグラン・ギニョル趣味に思うさま没頭し、意識的にか無意識的にか、混乱した無秩序を描いたドイツ表現派は、サドゥールによれば、「何かしら宿命的な怪物のように思われた」のである。

ところで、ごく最近、明らかにドイツ表現派の流れをくむものと思われる、フォトジェニックな鋭角的な描写をふんだんに盛り込んだ、恐怖映画の小傑作があらわれて、かかる傾向を待望していたわたしを狂喜させた。ジョルジュ・フランジュの『顔のない眼』である。グラン・ギニョル趣味に形而上学の背骨が一本ずばりと通っていて、したたか感心させられた。おそらく言葉の真の意味におけるミステリー、グロテスクの最高の哲学、恐怖映画の最高の詩情が、この作品に流れていると見たのは、わたしのひが目だったろうか。この映画が一般に批評家のあいだで、あるいは大衆のあいだで、どういう風に受け取られたかは寡聞にして知らないが、たとえば某大新聞の批評欄に、グロテスクのみをねらった煽動映画だとか、後味がわるいとか、れいれいしく書かれているのを見て、わたしはじつのところ、啞然としたものであった。

何をかくそう、わたしはこの映画のいたるところに痙攣的な美を感じ、フィルムが終るまで、終始一貫、仮面のもつ妖しい魅力に金縛りになっていたのである。

いささか表現過剰を許していただけば、わたしはこの映画を見て以来、自分の恋人に仮面をかぶせ、仮面の女が家の中を歩きまわる戦慄的な魅惑の雰囲気に、頭から足の先までどっぷり浸ってみたいような誘惑にかられた。按ずるに、シュルレアリスト出身といわれるジョルジュ・フランジュ監督は、仮面の美というものを十分に意識し、家のなかで階段を上ったり下りたり、動物を愛撫したり、短刀を振りかざしたりする仮面の女の、あの天使のような美を巨細に描きたいばっかりに、あんな手のこんだ映画を撮ったのではなかったか。

仮面とは、すなわち人間性を遮断するものである。生に対する死、文明に対する沈黙の原理をあらわす魔術的な小道具である。疎外の現実そのものが仮面によって象徴されるのは、エドガー・ポオ以来、永きにわたって維持されてきたミステリー芸術のパラドキシカルな秘儀である。呪うべき機械文明、交通事故で顔面をぐちゃぐちゃにされた少女は、仮面の魔力によって、人間性を脱却し、天使性に接近する。それが証拠に、仮面をかぶった彼女が地下室の金網のなかの、実験用の犬たちと無心にたわむれ、犬たちの鼻づらに接吻する、あの感動的な人獣交歓《ベスチアリテ》の場面、また映画の最後に、彼女が鳥籠から放した鳥を腕にとまらせて、いずこともなく夜の森のなかに消えていく、あの神秘的な場面を思い出してみるがよい。天使の愛は普遍的である。それは特定の対象のないエロティックの自己運動として、動物にも、樹木にも、岩石にもひとしく及ぼされる底のものである。

　彼女が人間性を疎外されているという証拠は、宿命的な顔面の醜い変容もさることながら、恋人を電話口まで呼び出すものの、その声を聴くばかりで、みずからは何の応答をも発することができないという、あの悲痛な物語の設定によって象徴的にあらわされる。コミュニケーションは遮断されているのである。仮面の原理が沈黙であるというのは、この意味からだ。

　仮面が彼女の人間的現実、恋人や、父の博士や、博士の助手やのいる人間的現実を忌避させ、徐々に、天使的現実にいざなって行くのである。仮面の力によって、彼女はしらずしらず、みずから人間的現実を拋棄することを選ぶ。最初いやいやながらかぶっていた仮面は、ついに彼女の皮膚とひとしいものになる。すでにして、彼女は植皮手術を欲しない。博士の犠牲者となりかけた知らない娘を逃がしてやり、博士の忠実な助手を刺すのだが、この殺人こそ、彼女が人間的現実から天使的現実へ飛躍するモメントになるのである。絶望が歓喜に変容する決定的瞬間、それを彼女は仮面において生きるのだ。殺人によって、彼女は完全に天使の属性を獲得する。さればこそ、物語の論理的必然によって、彼女はどうしても鳥籠の鳥を放ち、腕に鳥をとまらせなければならないのである。

娘の放った実験用の犬たちに食い荒らされ、血だらけになって悶絶する博士の悲劇は、疎外の現実を一歩も離れることができず、既成秩序の枠内で、科学という愚かな武器を盲目的に信頼して、人間性の総体を回復しようとしたヒューマニストの、あわれむべき破綻であり、正当な断罪であるように思われる。植皮手術を選ぶか、仮面を選ぶか。——この映画は、科学があらわすブルジョア・ヒューマニズムに対するアンチテーゼとしての、仮面を選んだ一少女の物語であるように思われる。

彼女が博士の実験用の犬を一匹残らず解放するのは、決してある映画評論家のいうように、彼女が狂気になったからではない。あたかも監獄を脱出した暴徒を思わせる犬たちの群が、なぜ少女に危害を加えずに、博士ひとりを追いかけまわして、寄ってたかって嚙み殺すまでの残虐をほしいままにしたのか。この答えもまた、すこぶる明瞭であり、簡単である。犬たちは、仮面をかぶった人間が人間という階級の離脱者、普遍的な無名の愛の同志であることを本能的に知っていたのだ。

シュルレアリスム思想の根柢にひそむ愛の普遍化、エロティシズムの原始的流通、サディズム、汎性欲主義などは、このように、あらゆる固定した体制的思考に衝撃を与え、思考のドグマを否定しつつ、より高次の段階（天使の世界あるいはユートピア）へ飛躍せんとする傾向を示すもので、それは、『顔のない眼』のような一見ミステリー娯楽映画にしか見えない作品のうちにも、ゴシック趣味やグラン・ギニョル趣味の高度に洗練された詩として、脈々と息づいているのである。ミステリーとは、本来そのようなものであるべきであって、わたしがこのエッセイの冒頭から、手を変え品を変えして述べてきたことも、ここに要約されるのである。

「好色」と「エロティシズム」
——西鶴と西欧文学——

わが国の江戸文学における「好色」の概念にあてはまるヨーロッパ語を強いて求めるとすれば、わたしは「リベルティナージュ」libertinage というフランス語が最も適しているのではなかろうか、と思う。リトレの小辞典によれば、リベルティナージュとは「宗教的信条を拒否する精神の放縦」ということになるが、もともときびしい一神教的風土と縁のない日本では、この定義の前の方の部分はほとんど意味をなさないであろう。むしろ「宗教的信条を拒否する」態度が、そのまま「好色」に通じるというところに、ヨーロッパのエロティシズムの秘密があると見た方が、はるかに解りがよさそうである。

詩人ロベエル・デスノスが、「リベルティナージュとは愛欲における精神および品性の自由の謂である」と定義したのも、同じ意味からであったにちがいない。つまり、精神および品性が愛欲において自由を獲得するためには、超越的な絶対者、神との対決が、優に何世紀にもわたる神学もしくは道徳の課題として、課されていなければならなかったのだ。

サドからボオドレエル、ヴェルレエヌを通ってジャン・ジュネにいたる西欧のエロティシズムの主流は、したがって、移り行く世態人情を目でとらえるといったたぐいの風俗絵巻のジャンルにはなく、むしろ肉欲と狂乱によって絶対に到達することを欲する精神の、昇華の追求のうちにあった。つまり、エロティシズムは何よりもまず詩のなかにあった。

「ヨーロッパにはひとつの偉大な姦淫の神話がある。『トリスタンとイズー』の物語だ」と言ったのはドニ・ド・ルージュモンであるが、多かれ少なかれヨーロッパのエロティシズムが、この中世のトリスタン神話と共通な、ひとつの基本的な色調によって染め出されているのは明らかである。それは何かといえば、キリスト教的な「アガペー」と対比された「エロス」そのものの機能と称しても差支えない、限りなき欲望のそれであって、死と愛の実現を同一視する傾向もまた、この神話の基盤から生ずるのである。

さらにまた、愛の実現に対して懐疑的あるいは絶望的な近代の心情は、トリスタン神話からドン・ジュアン伝説を派生せしめる。これこそ限りなき欲望の不毛性そのものだ。ドン・ジュアンとは、いわばトリスタンのアンチテーゼであり、中世の騎士道精神の二つの特性、純潔と優雅に対して、放埒と好色（すなわちリベルティナージュ）という、近世の典型的な二つの性格を刻みつけられて、エロティシズムの歴史の舞台に登場してきた精力的なヒーローである。だから一般にこうした性格の持主を、リベルティナージュの持主、すなわち「リベルタン」と称する。

さて、わたしたちはたとえば西鶴の『一代男』世之介のうちに、このドン・ジュアンの近代的性格を発見することができるであろうか。リベルタンの独立的性格を発見することができるであろうか。

ある点まではできるといえるし、ある点以上はできないと答えねばなるまい。むろん、西鶴物以上にヨーロッパ近世のエロティシズムの概念に近づいた作品が、日本では絶無であることをここに記しておいても無駄ではあるまい。

つまるところ、いかなる意味においても「愛」の形而上学的概念と直接には結びつかないエロティシズムの、近代的な不毛性の上に、ルネサンス以後のヨーロッパのすべての市民文学が成立しているのだとすれば、西鶴なり春水なりのわが国の江戸時代の好色文学にヨーロッパ文学を比較するためには、まず詩の部分をはぎ取って、その近代のエロティシズムの純粋に肉体的（客観的）な機能の面に限って、考察を進めなければならない、そうしなければ議論は一歩もはかどらない――という点を、あらかじめ強調しておきたかったのである。元来わたしは比較文学を好まない。比較文学の作業には、もともと文化の基盤を無視した、こういった無理な恣意的な抽象が不可避であろうからだ。

繰り返していえば、エロティシズムは、西欧的な「愛」の直接の表現ではなく、この愛を核として、その上に人工的に構築される病的・遊戯的なヴァリエーションの全体を含むものであればこそ、この人工的に構築されたエロティシズムの客観的な面のみが地方性や風土性をまぬかれて、辛くも文学の比較を可能ならしめる。すなわち、エロティシズムは詩を遠ざかり、技術に近づき、科学に近づくから、世界共通の言語ともなり得るので、たとえばドン・ジュアン、カサノヴァ、ラクロの誘惑術、ピエトロ・アレティノの性交体位の研究、サドの倒錯症の完全な分類などは、近代精神に特有なエロティシズムの客観的・技術的な面の極端な拡大化なのである。それはオヴィディウスの『アルス・アマトリア』や『カーマ・スートラ』の前近代性とは厳密に区別されねばならない性質のものだ。

処女作の『一代男』において、少なくとも外面的にはドン・ジュアン的人物の終りなき好色遍歴を描き、第二作の『二代男』において、前作に盛り切れなかった遊里関係の説話をさらに補足し、また『五人女』において、事実に拠った市井の男女の恋愛事件を取りあげ、『一代女』において、あらゆる売笑婦的な職業を転々としたあげく淪落の淵に沈んだ無名の女性を描き、さらに武家物や町人物に転じる前に、武士の念友関係や仏家、芝居者の衆道をあつかった『男色大鑑』さえ書いた西鶴の文学的志向には、たしかに、それまでの遊里文学の低いモラリズムを超え、エロティシズムをもって人生全般を包括せんとする、ある自主的な綜合への意欲が見られるであろう。もしこれを「エンサイクロペジア・エロティィカ」への意志と見るならば、わたしたちはまず西鶴を単なる風俗作家として以上に評価することが必要だろう。「一つの世界を作り上げようとする意志の欠乏から来る破綻を含んだ」（阿部次郎）本質的な短篇作家としてよりも、エロティシズムをいわば主体的に陶冶することによって初めて作家たり得た、すぐれた近代精神の具現者を彼のうちに見なければなるまい。

世之介の一生が長篇小説としての統一や一貫性に欠け、エピソオド的で、ひとつの世界の発展として実現されていないのは、勃興期の市民小説として当然であり、セルバンテスもル・サージュも、グリンメルスハウゼンも、この例に洩れない。それよりも、始めがあって終りがない直線的な、無限の可能性をはらませつつ結末をぶった切ったような、主人公の無邪気な自信にみちた欲望の持続が、何よりも世之介の一代記を一種の言語道断なエロスの文学たらしめていて、少なくともこの面では世界に類例がないことを認めよう。

「エロスの弁証法は、性的魅力のもつリズムとはまったく無関係な何かしらを人生に導入することとなる。もはや鎮まることのない欲望は、もはや何ものによっても満たされない」とルージュモンは正しく指摘しているが、女護ケ島へと船出するまでの世之介の人生にも、すでに性的魅力のもつリズムとは無関係な何かしらが存在しているのをわたしたちは知る。そしてこの精神的な陰茎強直症《プリアピズム》、この徹底的に陽性な、一切の衰弱を知らぬかに見える「好色」のリズムは、全巻の最後の「好色丸」に積まれたガルガンチュア風な「床の責道具」の羅例にいたって、まったく空想的な領域に飛躍する。

　さて台所には、生舟に鯲をはなち、牛房、薯蕷、卵を、いけさせ、櫓床の下には、地黄丸五十壺、女喜丹弐十箱、りんの玉三百五十、阿蘭陀糸七千すぢ、生海鼠輪六百懸、水牛の姿二千五百、錫の姿三千五百、革の姿八百、枕絵弐百札、伊勢物がたり弐百部、犢鼻褌百筋、のべ鼻紙九百丸、まだ忘れたと、丁子の油を弐百樽、山椒薬を四百袋、ゑのこづちの根を千本、水銀、綿実、唐がらしの粉、牛膠百斤、其外、色々／＼……

フォルベルクの浩翰な『古代愛欲論』によって、媚薬や性具がすでにギリシアから存在していたのをわたしたちは知るが、張形の効用を最も好んで論じたのは、近世初期のフランス作家ブラントオムである。愛欲の行為におけるメカニックなものの使用は、人間的自然であるところのセックスを主体の意志に従属せしめんとする、これもまた、近世のリベルタン的心情と別のものではない。西鶴を生むのに遊女評判記や、藤本箕山の『色道大鏡』などといったエロティシズムの通俗啓蒙書が母胎となったように、ブラントオムの背後にも、ルネサンス的遊蕩風俗の落し子というべきアントニオ・ベッカデルリの『ヘルマフロディトゥス』とか、シニバルドゥスの『ゲネアントロペイア』とかいった通俗性愛指南書があったことを知っておいても無駄ではあるまい。

前にわたしが「好色」の概念にフランス語の「リベルティナージュ」をことさら当てたのも、この欲望主体の自由な、アナーキイな、限界を知らぬ運動をそこに想定したからで、単に愛欲にふけるというプリミティヴな個人の状態（その意味では「エロティック」とほとんど変りない）を意味する従来の好色概念は、本質的に近代的な西鶴の浮世草子によって、より高次の段階にアウフヘーベンされたと見るべきだろう。「リベルタンはルネサンス的無秩序と近代個人主義の過渡的存在である」とロオ・デュカが言っているが、アナーキイな室町文化を武家のルネサンスに見立てれば、近世前期の上方町人の代弁者である西鶴も、ちょうどこれと似た立場にあったはずだ。

たとえばフランス革命の渦中において、貴族に生まれながらブルジョアジーの代弁者となったマルキ・ド・サドが、その愛欲を通じた反抗の哲学の極致にサディズムを見出したように、初期資本主義時代の自由都市大坂の代表的文化人であった西鶴は、当時の二大悪所と称せられた遊里と芝居小屋の生活から汲んだ文学理念の極致に、中世の仏教的な生哲学や、儒教的なモラリズムを拒否する精神の自由を見出したのである。宗教的信条を拒否する精神の放縦、すなわちリベルティナージュは、かくて主体的にはダンディズムというポーズをとる。サディズムには神を媒介とした強烈な絶対主義の裏打ちがあるが、ダンディズムの美意識には、そのような絶対主義を野暮と見なす実践哲学のデリカシイがある。キリスト教の純粋な野蛮さと、東洋の世間智の繊細さの相違であろう。

さて、ダンディズムが最も高められて表現されるのは衆道のうちにである。誓紙を交わし、指を切り、爪をはぐ心意気などがそれである。さればこそ、西鶴の詩的頂点は『男色大鑑』だという、三島由紀夫氏の見解の生まれる理由もあるのであろう。すでに『五人女』の最後の巻五が、おまん源五兵衛の説話をあつかいながら、実質的には「衆道は両手に散る花」の、もう一歩で秋成風のネクロフィリア（屍姦症）に傾きそうな、凄艶なヴァンピリズム（死霊信仰）的美の讃歌になっているのは暗示的である。

たしかに、『一代男』の作者は陽性であり、一切の衰弱を知らぬかに見える。が、だまされてはいけない。あたかも町人のダンディズムが愛欲の領域において、ついに死のうちに理想を見出す武士の衆道の詩におのずから高まるように、ポジティヴなエロスの無限の放散的な運動も、その対極をなすネガティヴなエロスの集約的な運動によって相殺されねばならない。サドが『美徳の不幸』の後に『悪徳の栄え』を書いたように、西鶴は『一代男』の後に『一代女』を書かねばならなかった。これが西も東も変らぬ、エロティック文学の物理学である。

『一代女』は、無限の彼方にあって、しかもわたしたちの日々の生を侵蝕する死、この死の認識から逆に出発するエロスの仮象的な運動を忠実になぞった物語である。『一代男』とまったく逆の地点から出発しながら、その軌跡は、ほとんど前者と相似をあらわす。

ただ単にこの物語を、人生の否定面のみを描いた、悲惨な女の生涯の記録として見、そこに作者の好色のいましめを読みとるだけでは十分ではあるまい。いわんや『一代男』から『一代女』までのあいだに、西鶴の人生観・色道観の深化のあとを読むといった風な平面的な文学の捉えかたが、はなはだしい俗論でしかないのは申すまでもなかろう。西鶴のみならず、小説家はそう簡単に進歩したり退歩したりするものではない。ただ自分の位置を変えるだけである。物理学というのはその意味だ。

したがって、『一代男』を豪放な楽天的物語とし、『一代女』をペシミスティックな暗い物語とする見かたにも、一概に首肯しかねるものがある。懺悔話の悲劇調はアリバイにすぎない。『一代女』の結語、「よし〳〵是も、懺悔に身の曇り晴れて、心の月の清く、春の夜の慰みん。我は一代女なれば、何をか隠して、益なしと。胸の蓮華ひらけて、しぼむまでの、身の事。たとへ、流れを立てたればとて、心は濁りぬべきや」を読めば、女主人公のアタラクシアともいうべき心境は明瞭となるであろうし、『一代男』の結語、「譬ば、腎虚して、そこの土と成べき事、たまたま、一代男に生れての、それこそ願ひの道なれ」と比較して、そこにほとんど何の径庭もないことを読者は知るであろう。

世之介の一代記に示された、行き着くところのない無際限の愛欲は、仏教的なユートピアというべき死の領土から逆に眺めても、やはり強固なアタラクシアとしてしか作者の意識には反映せず、そのことを作者は、おそらく『一代男』を書く前から知っていたにちがいないのだ。それは観念の物理学の予定調和ともいうべきものだ。

いや風坊主に、身をまかせて、昼夜、間もなく、首尾して。後には、おもしろさもやみ、おかしさも絶へて。次第にをとろへ、姿やせけるも、長老は、更に用捨もなく。死んだらば、手前にて、土葬と思ふ顔つき、をそろし。なれば、それも悪くからず、待夜参りの、ふけるを待ちかね、灰よせの曙も、別れと思へば、しばしも、うたてき。末々は、淋しさ忘れて、最前は、耳塞ぎし、鉦、女鉢の音も。聞き馴れて、慰む態となれり。人焼く煙も、鼻に入らず、無常の重る程、お寺の仕合せを嬉しく。（巻二の三）

このあたり、あたかもサドのジュスチイヌの述懐を聞く思いがする。

また冷酷な現実主義的性格の女主人公を示す例として、すぐれて効果的な描写は、巻四の三「屋敷琢渋皮」の最後のパラグラフである。

新橋の小宿に入りて、何事も御座らぬかと、いへば、あれさまの、かはゆがりやつた、こちのお亀が、冬年、二三日わづらふて、死んだが、おばば〳〵と、そなたの事を、息引き取るまで云ふたと、泣き出す。まだ男心を、しつた子ではなし、まゝで御座る。をれは、そんな事は、たま〳〵の隙に、聞きにはきませぬ。先度逢ふた、歩行の人より、若い男は御ざらぬか。

このあたり、女主人公の爽快なドライぶりはサドのジュリエットを彷彿とさせる。

西鶴のいかにも元禄期の新興大坂ブルジョアジーらしいエネルギー崇拝は、かくて奇妙にも、「思ひ出るときはの山の岩つゝじ、いはねばこそあれ恋しき物」といった、愛欲における人間の絶対的孤独を承認することによって得られる、あの武士の衆道のストイシズムにみちびかれる。この孤独は、エネルギーを爆発寸前まで蓄積する行動家の衛生学、あるいは経済学だ。西鶴が好色物に初期の数年ではやくも見切りをつけ、その後は武家物や町人物に筆を転じた次第も、偶然ではなかろう。

同じ頃（といっても二十年ほど後だが）、九州の佐賀城外には、「命を捨つるが衆道の至極なり。さなければ恥になるなり」、あるいは「恋の至極は忍恋と見立て候。逢うてからは恋のたけが低し。一生忍んで思ひ死する事こそ恋の本意なれ」と説いていた『葉隠』の口述者、隠士山本常朝がいた。没落階級のストイシズムと、新興階級のエピキュリアニズムとが、この二人の代弁者において奇妙な思想の一致点を見る。

西鶴は武士ではなかったが、無意識のうちにこそあれ、武士の純化された倫理に最高の詩情を発見していたことは疑いないように思われる。「野郎翫ひは、ちり懸る花のもとに、狼が寝て居るごとし」とは、『一代男』のなかの言葉だが、『本朝若風俗』（『男色大鑑』）の前半四巻には、「嬲ころする袖の雪」風のサド＝マゾヒズムからはじまって、過失致死、手討、敵討、切腹、殉死までのあらゆる封建主義美学の系列がさりげなく描きつくされている。「男色ほど美なる翫ひはなし」と言いつつ、西鶴はいかにも近世自由思想家（リベルタン）らしい無道徳（アナーキイ）の立場から、封建主義の倫理的衰弱のうちに最もはげしい光輝を示すエロティシズムの、極北的世界を嘆賞しているかのごとくだ。情熱やエネルギーの法則を知悉していた彼は、かかるエロティシズムの秘密を、『一代男』や『二代女』を書いた後に、独自の項目であげつらわずにはいられなかったのであろう。

この絶対的境地にまできて、はじめて日本のエロティシズムが歴史的・風土的に限定された「好色」の範囲を完全に脱け出し、普遍的な悲劇と詩の性格をおびるのは、そもそもエロティシズムの形而上学が必然に死の深淵から養分を汲むものであるからにちがいない。たとえば『男色大鑑』中のいくつかの秀作は、プルタルコスの語る古代ギリシアの戦士の物語か、ニーベルンゲン・リードの格調を思わせて、まことに美しい死の幻視のデッサンを示しているように思われる。最高のエロティシズムとは、死を幻視する術のことだ、とわたしは考えている。だからそれは、芸術表現として、必然に反社会的契機を内包して育てて行かなければならない。またそれこそ、つねに芸術の拠って立つ原理でもあろう。

一方、「好色」とは、ややもすると凝視しなければならない死を避け、恐怖を笑い、その他共同体的慣習で糊塗することによって成立する、低次の、約束化されたエロティシズムの形式ではなかろうか。とすれば、それは社会的生活感情の原理にべったり密着している。いったい、抵抗のないエロティシズム、生活技術としてのエロティシズムに、わたしたちはどんな価値を置いたらよいのであろう。そんなものが、かりに芸術作品のなかに紛れこんでいたからといって、これを芸術上の問題として、ことごとしく論じ立てる必要がどこにあろう。

査証のない惑星

「三月二十一日。春、暖かい太陽、もう十日も前からスミレが顔を出し、農夫は葡萄園を行ったり来たりしている。昨日は夜中まで妻とともに、ボルドオからの『ワルキューレ』を聴いた。二年の兵役。ドイツの再軍備。新しい終局戦争の準備。農夫はしずかに葡萄の樹を刈り、並んだ株のあいだの畝溝に肥料をほどこす。すべて平穏無事だ。」

まことに抒情的な筆致であって、こんな自然詩人のような文章が、最近ハーヴァード大学トロツキー文庫から初めて公表された、レオン・トロツキーの一九三五年における「日記」のなかの一節だと知ったら、ひとはおどろくにちがいない。

当時、トロツキーはフランスにいた。ドイツの社会民主党もイギリスの労働党も受け入れることを拒んだ、「この査証のない惑星」、この亡命者トロツキーに、はじめて期限つきの滞在許可を与えたのは、そのころ右翼と左翼の激浪のあいだに揉まれつづけていた第三共和国政府であった。以来、一九三五年二月七日から、ノルウェー移住後の九月八日まで「日記」はおよそ半年余にわたって続くのである。

私には前から予感があって、二十世紀後半は、トロツキーとヒトラーの亡霊に悩まされねばならないのではないか、という気がする。これは予感というより妄想のたぐいであるが、いずれにせよ、手を汚した思想は手を汚したことのために、手を汚さなかった思想は手を汚さなかったことのために、少なくとも五十年百年くらいは悩まねばならないのではなかろうか、という気がするのである。

まさに二十世紀前半の最も尖鋭な歴史的事件として、秩序の側から告発され、否認され、圧し殺され、虚無と暗黒のうちに蔽い隠されたエネルギーそのものが、来たるべき世紀の後半を重苦しく支配するのではないか、といった予感が私にはある。復讐と隔世遺伝の小さな波。ひとりのトロツキーが、ひとりのヒトラーが死んだということは比喩なのであって、ちょうどサルトルが、尨大な『ジャン・ジュネ論』のいちばん最後に、「諸君はブハーリンたるか、それともジャン・ジュネたるか、いずれかを選ばざるを得ない」と言ったのも、この意味からであろうと思われる。

もっとも、ここで私はサルトルのように道徳論をやるつもりでもなければ、一方と他方にトロツキーとヒトラーとを対置させているわけでもないので、この「ニヒリズムの革命家」(ラウシュニング)については、いずれ稿をあらためて書くことにしよう。

一九二九年にロシアを追放され、一九四〇年にメキシコで殺害されるまで、トロツキーはトルコのプリンキポ島、フランスのバルビゾン、イゼール、ノルウェーと安住の地を求めて十年間、文字通り「査証のない惑星」の後半生を送った。《La Planète sans Visa》この警抜なアダ名の由来は、『わが生涯』の最後の章に、彼自身の筆で皮肉に述べられている。彼がフランスを追放されたとき、アンドレ・ブルトン一派のシュルレアリストが発表した抗議文にも、やはり「査証のない惑星」という題がつけられた。

私はトロツキーの「日記」のなかに、当時数多くばらまかれていたとおぼしいシュルレアリストの、トロツキー擁護のための政治パンフレットの名前が一度くらい出てきはしないかと、目を皿のようにして調べてみたが、残念ながら、このレーニンの旧友は、パリにおけるプチ・ブル急進主義者たちの前衛芸術組織にはほとんど関心がないようであった。

トロツキーが読んでいた文学書といえば、日記に出てきた限り、A・トルストイ、フェージン、Y・イリン、ヴィクトル・マルグリット、レオン・フラピエ、マルセル・プレヴォ、エドガー・ウォーレスなどといった、いささか古めかしい小説のたぐいである。そのほかプルースト、P・ルイス、モオリアック、ブールジェなどの名前が引用されている。

おもしろいのは、彼がF・ヴィッテルスの「フロイト論」を読んでいたことと、オスロの郊外に移ってから、英語の勉強のために、エドガー・ポオを原語で読んでいたことだ。このエピソオドは無邪気なシュルレアリストを狂喜させるに足りよう。

ブルトン、ロジェ・カイヨワ、ルネ・シャール、エリュアール、モオリス・エーヌ（サド研究家）、イヴ・タンギイ以下十四人のシュルレアリストが署名している「トロツキー国外追放反対の抗議書」は、次のような調子ではじまる。すなわち、「とくべつ危険な無頼漢、数え切れないほどの悪事の張本人、常習犯罪マニア、宿なしの放浪者、人類の汚点、これらが数日前から、大新聞によって描き出されたレオン・トロッキーの肖像である。一年前フランスに居住を許された彼は、いま突如として追放令をたたきつけられた……」

そして最後に、「われわれはレーニンの旧友、ブレスト・リトウスクの平和の調印者、資本主義世界の同盟に抗してプロレタリアに権力を保持せしめた赤軍の組織者、そしてまた、明晰かつ高貴かつ華麗なる多くの文章の作者たるトロッキーに、その困難な歩みの新たな途上から、挨拶を送る」という言葉で、抗議書は終っている。

ふたたび「日記」にもどろう。あたかも時代は、「共産主義の亡霊におびえたフランス・ブルジョアジーが、腐って行くのと時を同じくして、プロレタリアートがスターリンによって骨抜きにされて行く」(アルフレッド・ロズマー)過程にあった。フランス以外の政治面でも、トロッキーは一九三三年におけるヒトラーの権力奪取と、ドイツの左翼諸政党の破産とに深刻な衝撃を受けていた。一九三四年には、パリに右翼の大デモンストレーションが起り、またソヴェトでは、血なまぐさい一連のモスクワ裁判に先立つセルゲイ・キーロフの暗殺があった。つまり、こうしてドイツ、フランス、ロシアで同時に起った政治的反動の激浪が、トロッキーの思想を急上昇に発展させるので、その徴候はすでに「日記」にもありありと見てとれる。第三インターの内部で共産主義運動を変革して行こうという当初の希望は、かくて徐々に、クレムリン官僚とファシズムに対抗する新たな第四インターの設立、という方向にパースペクティヴを切り開いて行くのである。

しかし、こういう基本的な関心は、もっぱら他の著作活動（同時期に書かれた「第四インター宣言」「フランスはどこへ行く」「ボナパルティズムの問題」等）に注がれていたので、この日記では、故国に残してきた家族の安否や、ロシアにおける政治的生涯の生ま生ましい回想や、新聞にあらわれた時事的な問題の批評や、妻に対する気づかいや、文学作品についての断想などが、おびただしい新聞の切抜きとともに、その主要な部分を占めている。ここには彼の知識人としての孤独が、あらわに顔を出す。エドマンド・ウィルソンによれば、「トロツキーは歴史と自己とを同一化している」そうであるが、果してどんなものであろう。アト・ランダムに引用してみよう。

「三月九日。モオリアックという、私の知らないフランス作家が、最近こんなことを言った、『ソヴェトがトルストイやドストエフスキーの高さにある新しい小説を生み出したとき、われわれはソヴェトを認めるだろう』と。モオリアックは、おそらく、生産関係に基礎づけられた唯物論的・マルクス主義的基準に対するに、観念論的・芸術的基準を置こうとしたのだ。そして事実、そこに反駁すべき点はないのである。……（中略）……

新しい偉大な芸術がまだ生まれないということは、きわめて当然な事実なのだ。騒ぎ立てることはない。むしろ憂慮すべきは、官僚主義の注文により、新しい芸術の厭わしい偽造が生まれることだ。ソヴェト・ボナパルティズムの矛盾、虚偽、蒙昧は、それが芸術に対して至上命令を下そうとするとき、芸術的創造の可能性を排除する。どんな形であれ芸術的創造の第一条件は、シンセリティである。老練なエンジニヤはいやいやながらでもタービンを作れるだろうが、このタービンは必ずや一級品ではないだろう。」

「三月二十三日。ラジオでコンセェル・パドルー演奏の英雄交響曲を聴く。偉大な音楽を聴いているときのN（ナターシャ夫人）が、私にはうらやましい。魂と肉体のあらゆる気孔から聴いているようだ。Nは音楽家ではないが、それ以上の何者かだ。性質がそっくり音楽的なのだ。彼女の苦痛のなかには、めったにない喜びにおけると同様、あらゆる感情を気高くする深い憂愁がつねにひそんでいる。日々の些細な政治問題にも、彼女は興味を示さないことはないが、いつもそれを全体の展望に結びつけはしない。けれども政治が深刻になり、総体的な反応を要求するようになると、Nはきまって、その内心の音楽から正しい調子を探り出す。同様に、他人に対する判断にしても、彼女は個人的心理の角度からではなく、革命的角度からする。小さな人間的欠点には極端に寛大だけれども、俗物趣味、下品、卑劣さなどは、決して彼女の目から逃れない。」

「三月二十七日。これぱっかりはどんな薬草も効き目がない、とエンゲルスが、死と老年について書いている。誕生から墓にいたる冷厳な円弧の上に、あらゆる人生の事件と経験が排列されているのだ。この円弧こそ人生の基礎なのだ。もしこの弧がなければ、老年もなかろうが、青春もまたないだろう。結局青春があれほど美しいのは、老年と死があるからなのだ。……こんな考えになったのは、たぶん、ラジオがワグナーの『神々の黄昏』を放送したからだろう。」

「五月十六日。今日、私は脳髄過程の決定論と、論理の法則に従う思考の自律性との相互関係について、少しばかり書いてみた。私の哲学的関心は数年来大きくなりつつあるが、遺憾ながら、私の知識はあまりにも貧弱だ。それに、大きな仕事をするためには、残された時間があまりにも少ない……Nにお茶を持って行ってやらなければ……」(註・病弱のナターシャ夫人はこの日、三十八度の熱を出して寝ているのである。トロツキー自身も病気勝ちである。)

知性の血痕
——ブルトンとトロツキー——

一九三八年、第二次世界大戦勃発の前年、アンドレ・ブルトンは講演を依頼されてメキシコにおもむき、トロツキーおよび画家のディエゴ・リヴェラと共同して、「独立革命芸術のために」という宣言を発表した。このため、当時スターリニズムに接近していた超現実主義運動の年来の同志ポール・エリュアールとも不和になったが、ブルトンにしてみれば、あのモスクワ裁判、スペイン戦争、人民戦線の頃から一貫して、スターリンの反動的政策に反対の立場をとりつづけていたのである。

スペイン戦争の当時を回想して、ブルトンは次のように書いている、「闘争は最初のうちは、決して蒙昧主義と圧制の、力と力のあいだに限定されたものではなかった。すべては人間をいわば本然の状態に自立させるための、解放の意志ともいうべきものであった。スペインおよびカタロニアのプロレタリアートに対して、スターリニズムがまだ爪を立てる余裕をもっていなかった頃は、状況はすばらしく明らかだった。わたしたちはＦＡＩ（国際アナーキスト連盟）やＰＯＵＭ（マルクス主義統一労働党）の勝利に心おきなく拍手することもできたし、近代の偉大な革命の三番目の革命、テルミドオルを知らない最初の革命を完成させる機会を、今日か明日かと期待することもできた。こうした幻想、こうした希望を、スターリン主義者たちの干渉がどのように打ち砕いてしまったかは、ひとびとのよく知るところである。」（『対話集』一九五二）

スペイン内乱におけるアナーキストの活躍ぶりは、さきごろ翻訳されたＶ・リャーズの好著『スペイン革命の教えるもの』によっても知ることができるが、彼らはこの内乱をファシズム対民主主義の闘争、すなわち人民戦線擁護のスローガンとしてではなく、その唱える自由共産主義（リベルテール）のための革命の一過程として、ダイナミックな壮大なパースペクティヴのもとに把握していた。ブルトンが拍手を送ったのは、ブルジョア政党との奇怪な癒着現象を示す共産党の人民戦線戦術とはまったく異質的な、このような「人間をいわば本然の状態に自立させるための、解放の意志」に対してだったのである。

一九三六年のモスクワ裁判に際しては、シュルレアリストたちは「モスクワ裁判の真実」という集会をひらいて、そこでアンドレ・ブルトンが不当な判決を弾劾する宣言書を読みあげたのであるが、この集会をひらくについては、当時国外の友人たちの強力な釈放運動に助けられて、ようやくロシアの監獄から脱出し、後にブルトンと親交を結んだ左翼反対派の闘士ヴィクトル・セルジュの援助があったと伝えられる。セルジュの『一革命家の回想』は最近わが国でも一部翻訳されたが、ひとりセルジュのみならず、このような国際的な革命的ロマンティケルの多くが、シュルレアリストと深い交渉をもっていたという事実は、もっと知られてよいことではなかろうか。一九五〇年スターリン体制下のプラーグで反革命裁判の結果、死刑になったチェコのザヴィス・カランドゥラをはじめ、ユーゴのチトー元帥の閣僚にも、修正主義者の烙印を押された元シュルレアリストは大勢いるはずである。

さて、さきにも述べたごとく、こうした戦乱を間近にひかえた緊迫した政治情勢のうちに、ブルトンのメキシコ訪問が計画され、彼の「生涯の最大の渇望のひとつが実現された」わけであるが、以下ブルトン自身の言葉を引いて、この二十世紀のもっとも尖鋭な文学運動の推進者であった狷介不羈な詩人と、彼が好意を寄せる流亡の身の革命家とのあいだの、歴史的な会見の模様をお伝えしてみたいと思う。

「この会見は、わたしの方から頼み込むまでもなかった」とブルトンは言っている、「メキシコへ着くとすぐ、わたしのために宿を貸してくれた画家のディエゴ・リヴェラが、何はともあれ会見できるようにと、てきぱき事を運んでくれたのだ。それにトロツキーも、わたしが何度となく彼のために弁護の筆をとったことを知っていて、わたしに会いたい意向をもらしていた。彼が査証もなしに世界をさまよっていたころ、メキシコに安住の家を見つけてやり、大統領カルデナスによろしく取りはからってくれるよう頼んだのも、リヴェラだった。そのとき以来、トロツキーはリヴェラの家の客人であったが、別の一軒の家に、妻と、秘書と、護衛の男と一緒に住んでいた。暗殺計画は必至と見られていたから、この家は二つの警備所に両側を守られ、いつも五、六人の武装した男がそこに詰めていて、すべての車を停めては調べていた。わたしがフランス帰国後、国際労働者党（トロツキスト党）の会合で行った演説は、当時『第四インターナショナル』誌に再録されたが、その演説のなかに、わたしはトロツキーとの最初の会見で受けた印象を述べたつもりである。もっとも、その会合では、彼の知的素質の非凡さについては力説せず、もっぱら彼の人間味について述べたものだった。」

「トロツキーとわたしたちのような、人間的素養の極端に違ったひとたちが、毎日のように交際していて、そこに少しも言い争いの種が生じないなどとは、考えられないことである。もちろん尊敬してはいたし、できるだけ衝突を少なくしようと気を配ってもいたが、わたしたちは二人とも、彼にはまったく無縁であった芸術家気質とでもいうものを見せつけないわけには行きかねた。あれほど芸術家の深い共感を呼び起した男が、芸術上の問題について、自分自身はしごく平凡な理解しかもっていなかったということ、これこそ、この男の運命のなかでいちばんふしぎな謎であろう。わたしたちのひとりがプレ・コロンビアンの壺をいつまでも撫でまわしていると、彼は露骨に困ったような顔をみせた。またある晩、わたしたちがトロツキーを前にして、思わず大声を出して、無階級社会がひとたび確立したら、ふたたび血みどろな闘争の原因、つまり経済以外の別の原因が、必ず生じるだろうと議論していると、彼は非難するような視線をリヴェラに向けるのだった。といっても、それはわたしたちの和やかな交際を傷つけない程度の、ほんの束の間の意見の食い違いにすぎなかった。」

「他人の考え方、感じ方に彼ほど熱心に注意をはらう人物を、わたしは知らない。可能な限りの理論家であり、おのれの理論の実現の道具たらんとみずから欲した、彼のごとき人物が、自然との接触を決して失っていなかったということにわたしは感心する。わたしたちは一緒に魚釣りをしたものである。また彼は、よくシベリアの狼狩りの思い出をいきいきと話してくれたものである。彼の絶大な個人的魅力の本質をなすものが何であるかについては、わたしは知らない。いうまでもなくそこには、一九〇五年および一九一七年における彼の役割がもたらした威信と、さらに『わが生涯』『ロシア革命史』のような著作にあらわれた卓れた知的才能とが、大きな部分を占めていたにちがいない。これほど傲然たる眼ざしで相手を見るひとをわたしは知らないし、これほど迫害に対して泰然自若たる態度を持していたひとも、わたしは知らない。この当時、迫害は彼の子供たちや、彼の同志たちの身にも及んでいたし、さらにそれだけで済むものでないことも、彼自身よく承知していたのである。が、彼はそのことを冗談にまぎらせて言うだけだった……」

「一九三九年の戦争とその結果が、この人物の面貌から暗黒のヴェールを取り除いたことは、否定すべくもない。むろん、新しい世代に属するひとびとは、永いあいだ最も高い革命的潜勢力を秘めていたトロツキーという、この名前のなかに、電気のように流れていたものを、すでに感じなくなっているだろう。けれども、この名前は、わたしのような者にとっては、この名前を消すために手段を選ばなかった一体制に身売りすることを決定的に妨げる動機となり得るのだ。シュルレアリスムにおいてよく使われるロオトレアモンの警句に、『すべての海水も知性の血痕を洗い落すほど十分ではなかった』というのがある。しかし、この言葉を単に比喩的に解するだけではもはや済まない場合があるのだ。」(『対話集』)

引用はこの辺でやめよう。ともかく、こうしてブルトンとトロツキーとは、政治に奉仕しない自由な芸術の独立性を守るということに関して、完全に意見が一致し、「独立革命芸術のために」という宣言書が二人の手によって起草された。トロツキーが宣言書に名前をつらねなかったのは、戦術的理由のためで、実際にはリヴェラはまったく起草に参与しなかったそうである。したがって、以下に引用する宣言書の断片は、マルクス主義とフロイト理論との綜合の意図がそこに読みとれるとはいえ、当時のトロツキーおよびブルトンのいつわらざる芸術観、政治観だと思って差支えなかろう。

「共産主義革命は芸術を怖れない。というのは、崩壊する資本主義社会内部における芸術家という職業の成立過程について追求してみると、この職業の決定が、人間と人間に敵対する社会形式とのあいだの衝突の結果としてのみ、理解され得ることを知るからである。この唯一の局面が、克服すべき意識の度合に応じて、芸術家をして共産主義革命の好意ある同盟者たらしめる。このような場合に発生する、精神分析が明らかにした昇華のメカニズムは、首尾一貫した自我と抑圧された要素とのあいだの、断絶した平衡を回復する目的をもっている。この回復は、現在の堪えがたい現実や、外部世界の権力に抗して立ちあがる自我の理想のために行われるが、一方、現実や世界が万人に共通であり、つねに生成において開花する運命をもっていることも当然である。精神の解放の要求は、その自然の流れを追って行きさえすれば、この最初の必要、すなわち人間解放の要求に解消され、融合されるであろう。」（『シュルレアリスム文献集』より）

十八世紀の暗黒小説

『十八世紀フランス文学』の著者V・L・ソオニエは、マルキ・ド・サド、コデルロス・ド・ラクロ、それにもうひとり、レチフ・ド・ラ・ブルトンヌを加えて、「破廉恥三人組」という、はなはだおだやかならぬ呼び名を創始した。

十八世紀はもともと日本のフランス文学研究の盲点であって、ラクロの『危険な関係』の完訳がはじめて出版されたのは終戦後二年目の一九四七年、クレビヨン・フィスの『ソファ』が一九四八年、レチフの『ムッシュ・ニコラ』の抄訳が一九五二年、サドの『ジュスチイヌ』が四年前の一九五六年、そしてディドロの『運命論者ジャック』は、現在わたしが執筆している最中、すなわち一九六〇年三月のことなのである。もちろんその他にも、たとえばシャンフォールの『箴言』とか、ヴォルネの『廃墟』とか、ダルル・ド・モンチニイの『賢女テレーズ』とか、現代によみがえってしかるべきかくれた作品は多々あるので、今後この方面はまだまだ開拓される必要のあることを痛感せずにはいられない。

　クレビヨン・フィスの『セクストラヴァガンツァ』の翻訳に付された渡辺一夫氏の序文によれば、「十八世紀のフランス文学は、ヴォルテール、ルッソー、モンテスキュー、ディドロなどという巨大な名前によって代表される場合には、だいたい思想文学ポレミック文学の色彩が濃厚であります。いわゆる littérature engagée の例が沢山に見られます。ところが、これとならんで、コデルロス・ド・ラクロやレチフ・ド・ラ・ブルトンヌとか、小クレビヨンとかいう人々の作品は、十八世紀流の艶笑文学好色文学の範疇には入れられながらも、またそうした面も十分に持っているのですが、奇妙に純粋文学的なところを持っています。ヴォルテールやルッソーの作品は、十八世紀という時代に条件づけられた、きわめて人間的な課題を提出しますが、コデルロス・ド・ラクロ、ド・ラ・ブルトンヌや、小クレビヨンなどは、十八世紀のある社会圏内における生まなままの人間の心理や意識の深い翳をわれわれに示してくれると考えます。前者をイデオロジークとすれば、後者はきわめてレアリストであります。前者を真剣な苦悶の文学とすれば、後者は marivaudage intellectuel というダンディスムの境地を持っている人間検証の文学であります。いずれに人間性が捕えられているか、それは別問題でありましょうが、少なくともあの狂瀾時代の十八世紀の表玄関や座敷を前者とすれば、茶の間や台所や便所は後者によって表わされるだろうと思います。」

　これはまことに簡にして要を得た、見事な十八世紀文学思潮の見取図であるが、さらに、これに蛇足をつけくわえさせていただければ、こうした明暗の対立、すなわちルネサンスに端を発する合理主義的・主知主義的・進歩主義的思想の流れと、中世紀を通じてつちかわれた非合理主義的・蒙昧主義的・悪魔主義的思想の流れとは、かならずしも単に十八世紀という激動の時代にのみ条件づけられた対立ではなく、およそあらゆる転換期の文学の普遍的な対立をなす契機であって、ともすれば、前者が重んじられ後者が軽んじられる傾向を生じるのは当然であるとしても、両者の連関なしに文学の歴史をながめることは不可能であり、かつナンセンスであろうということだ。もとよりサドやラクロのうちにも理性の信仰はあるが、その理性たるや、時代の機械論者や啓蒙哲学者らの素朴な自然認識の裏側に、かえって何ものにも還元され得ない無秩序や悪の要素を読みとる底の理性だったのである。さように、いわゆる「十八世紀の表玄関」のみをあげつらうことは片手落ちであり、現代のごとき主知主義的文学の行きづまって見える時代においては、むしろこの「台所や便所」をこそ新たな光のもとに見なおす必要がある。ここでサドとラクロを取りあげるのも、その意味からにほかならず、わたしたちはこのふたりの理性の実験家、西欧文学思潮における「暗黒の系譜」の代表者のうちに、あるいはロオマン・カトリックの現世的支配にたいするマニ教的な反抗や、時代の自然讃美の風潮にたいする悪魔的な嘲笑や、旧体《アンシャン・レジーム》制と美徳の確乎たる結合にたいする抜きがたい侮蔑や、その他もろもろの有形無形な徴候を読みとることを得るであろう。「好色本はフランス大革命を解釈し説明するものだ」というボオドレエルの一語は、いわゆる「反体制」の文学、ヴォルテエルやルソオの「参加の文学」をして顔色なからしむる底の、痛烈なパラドックスをふくんでいたのである。

＊

ドナチアン・アルフォンス・フランソワ・ド・サド侯爵は一七四〇年生まれであり、ピエール・アンブロワズ・フランソワ・コデルロス・ド・ラクロは一七四一年生まれである。二人とも十八世紀中葉に生をうけ、百科全書家《アンシクロペジスト》の唯物論と啓蒙思想の洗礼を真向から受け、カトリック的な道徳律に対する根づよい懐疑をいだいて、人生のなかばに大革命に逢着した。くりかえしていうが、フランス大革命と切っても切れない関係にあるのがサドおよびラクロの文学活動である。動乱期の「文学は革命の鏡に自分を映し、そのなかで自分を証明する」（モオリス・ブランショ）のである。サドはジャン・ジャックとラ・メトリの悪い後継者であり、ラクロはヴォルテエルとエルヴェシウスの不肖の弟子である。あるいはまた、サドは神なき中世を演出した本能主義の僧侶であり、ラクロは肉体なきルネサンスを代行した情念のマキァヴェルリである、ともいうことができよう。

サドは青年時代を南仏プロヴァンスで送った。祖先はおそらくイタリア系であろうと推定される。ルイ王室と関係のふかい大貴族で、父方の家系にはペトラルカの愛人として名高いラウラがいた。サド家には古くからペトラルカ崇拝と、吟遊詩人《トルバドウル》風の文芸趣味と、人文主義的雰囲気が濃厚であったにちがいない。

一方、ラクロは北仏の小都会アミアンに生まれた。その名が示すとおり、祖先はおそらくスペイン系であろう。小貴族の分限で、サドほど門地の高い家に育ったわけではなかった。しかしふたりとも、若年から軍隊生活の経験をつんだ点では軌を一にしていて、サドが騎兵連隊士官としてはじめて七年戦役に参加したのは一七五六年十六歳のときであり、ラクロが砲兵少尉としてフランス各地を転々とすることになったのは、一七六〇年十九歳のときからである。もっともサドは結婚後、軍職の方はおろそかにし、快楽の探求と著述に生きがいを見出すが、ラクロは最後まで職業軍人として権謀術数を忘れられなかった、現実のひとである。

ラクロが一七六九年から七五年まで、南仏グルノオブルに足かけ七年間も駐屯していたころ、サドはやはり南仏プロヴァンスのラ・コストを中心として、有名な「アルキュエイユの鞭打事件」や「マルセイユのボンボン事件」などを相ついでひき起していた。この一世をさわがせたスキャンダルは当然ラクロの耳にも伝わっていたはずである。グルノオブルからプロヴァンス州まではわずかな距離であるし、その上、サド自身しばしば官憲の目をのがれて、このドオフィネ州の首都へ足をのばしていたのだ。ラクロはグルノオブルで、後に小説に活写すべき社交生活と女性心理をつとに学んだといわれるが、サドもまた、この山間の美しい町をとりわけ好んだと信ずべき節がある。しかし『危険な関係』がグルノオブルで書かれたというスタンダールの記述は、おそらく訛伝であろう。

一七七八年、マルセイユ事件の裁判で死刑の宣告を受けたサドは、三十八歳の身で、三度目のヴァンセンヌ護送の憂目にあった。その後十数年、あの運命的な大革命の勃発まで、ヴァンセンヌからバスチイユへ、さらにバスチイユからシャラントンへと暗欝な獄中生活をつづけながら、かれは大作『ソドム百二十日あるいは淫蕩学校』（一七八五）、中篇『ジュスチイヌあるいは美徳の不幸』（一七八七）等を憑かれた者のごとく書きあげたのである。

一方ラクロは、サドがヴァンセンヌに送られた翌年、すなわち一七七九年に、北仏シャラント河口に遠からぬ大西洋中の孤島エックス島に派遣され、「垂直築城法」の考案者として名高いモンタランベエル元帥の麾下として、要塞工事の仕事にあたることになった。そしてこの殺風景な漁民の島で、一七八〇年から一年二カ月をついやして、ラクロは「ある社交界にて蒐集し他山の石として公にせる書簡集」という副題をもつ『危険な関係』を書きあげた。時に四十歳である。

サドが三十五歳で『ソドム百二十日』を書くまでに、すでに短篇『末期の対話』（一七八二）を試みていたように、ラクロも四十歳で『危険な関係』を仕上げる前に、『アルマナ・デ・ミューズ』誌に短詩を発表したり、喜歌劇の台本を物したりしてはいた。しかしそれらがいずれも取るにたりない凡作であったばかりか、『危険な関係』以後いくつかの政治論文（『女子の教育について』というのもある）を発表したきりで、小説の筆を断ち、文学的に沈黙したのにくらべて、サドの方は、革命後の自由な期間においても、改作長篇『美徳の不幸』（一七九一）、『閨房哲学』（一七九五）、『新ジュスチイヌ』およびその続篇『ジュリエット物語あるいは悪徳の栄え』（一七九七）その他戯曲・政治パンフレットのたぐいを次々に発表して、旺盛な創作意欲をみせる。サドには本質的に文人気質がしみついていて、その実践活動は何ひとつ見るべき実をあげなかったのに、ラクロの方はむしろ先天的な行動人として、文学的には沈黙した後も、たくみな処世術によって軍隊内での栄進をつづけたのである。

大革命の渦中、サドもラクロもジャコバン党員として政治活動に身を挺した事実は興味ぶかい。サドは有名な「九月の虐殺」の最中、革命委員会ピック地区の書記にえらばれ、『マラーの霊に捧ぐる演説』(一七九三)を書いたり、亡命者の国外逃亡を援助して「穏和主義者」の嫌疑を受けたり、自作の芝居の上演を「貴族的」という理由で干渉されたり、かつて自分を獄に投ずるに一役買った義父母モントルイユ夫妻の助命運動に奔走したり、財産を差押えられ、貧乏に窮して芝居小屋にやとわれたり……かつての貴族の身には考えられないほどのさまざまな困苦をなめた。それはひとつには市民サドの政治的な立ちまわりがきわめて拙劣だったからである。

これに反して、ラクロのマキァヴェリズムは水際立っていた。ジュール・ジャナンの言うように、ラクロの文学的生涯は『危険な関係』をもって終ったとはいえ、政治的野心は依然として燃えくすぶっていた。すでに一七八八年から、オルレアン公フィリップの側近として革命の陰謀に加担していたかれは、やがてバスチイユに火の手があがると、ジャコバン党に転じ、ロベスピエールと親交をむすび、「憲法の友」紙を発行して穏健な論陣を張った。その後さらに共和派に転身、二度ばかり投獄の憂目にあったが、からくも一命をまぬがれ、執政ボナパルトの知遇を得ると、砲兵師団長としてライン方面、ついで一八〇二年イタリア方面に転戦した。一本気なサドが匿名の諷刺パンフレット『ゾロエ』(一八〇〇)によってナポレオン一世の怒りを買った事実を考え合わせると、同じ時代の文学者として、このラクロの図ぶとい豹変ぶりには目ざましいものがある。

イタリア方面軍に参加すると、翌年ラクロはタレントで赤痢にかかって、その野心的な生涯をあえなく終えるが（享年六十二）、一方サドは一八〇一年ふたたび筆禍にあって、なお死ぬまで十三年半、苦悩の晩年に耐えつつ獄から獄を転々としなければならなかった。行動家の最期はまことに呆気なかったが、夢想家の死はなかなかやって来なかった。サドが孤独のうちにシャラントン精神病院で死んだのは一八一四年であるが（享年七十四）、すでにこのとき時代はまったく新しい歩みをつづけていたのであり、だれもこのかつての「怪物作家」（レチフ・ド・ラ・ブルトンヌの命名による）が、パリの近郊に余命を保っていようなどとは夢想だにしていなかったのである。

＊

ところで、いまも見てきた通り、これほど近い環境で、しかもほとんど同じ年代に、文学上の仕事と政治的活動をおこなったふたりの著名な人間同士が、たがいに相手を知らなかったとは考えられないことである。が、奇妙なことに、この間の消息はふたりの伝記的な資料および作品からは一切うかがい知ることをゆるされない。

たとえば、サドは短篇集『愛の罪』（一八〇〇）の巻頭に付した序文「小説論」のなかで、古代から十八世紀にいたる有名な文学者の総まくりをやっており、そのなかには同時代のクレビヨンも、ドラも、アベ・プレヴォも、マリヴォも、さらにサドと犬猿の仲にあったレチフの名さえ見えているが、当然このなかに入ってしかるべきベルナルダン・ド・サンピエールとラクロの名は

ついに一箇所も出て来ない。それが故意の黙殺であるかどうか、わたしたちには知る由もないが、

さて、ここに評伝家ジルベエル・ルリイの仮説を引用すれば、それは次のごとくである。

まず第一の仮説として、サドはラクロの天才的な才能を嫉視したあまり、ねたみの感情にかられて、『危険な関係』を自分のビブリオグラフィからわざと脱落させたのではなかろうか、というのである。次に第二の仮説としては、一七九四年三月から十月まで、サドとラクロはともにピクピュス療養所に収監されていたので、この幽囚の七カ月間、ふたりの囚人がおそかれ早かれ交際をむすばないわけはなく、またそうなれば激情的なサドのことであるから、(ヴァンセンヌにおけるミラボオ伯との場合のように)ふたりのあいだに喧嘩が起ることも当然考えられるわけである。で、もしそのような不和の種がふたりのあいだに蒔かれていたのだとすれば、六年後にサドは「小説論」を書くにあたって、ラクロの名と傑作『危険な関係』を意識的に無視することによって意趣がえしをしたということも考えられるであろう。——以上がジルベエル・ルリイのまことにうがったふたつの推測である。蛇足をつけ加えれば、サドは『危険な関係』の成功に匹敵するような成功を、自己の文学的生涯に一度も経験したことがなかったという。これも見のがすことのできない嫉妬の要因ではあろう。

それに、最近公表されたサドの『覚えがき』によれば、かれには書簡体小説を書く意図があったので、ますますこのルリイの嫉妬説は裏づけを得るわけである。

＊

十八世紀小説における「宿命的な女性の不幸」あるいは「迫害された美徳」というテーマは、まず英国作家リチャードソンの『クラリッサ・ハーロウ』（一七四七）によって先鞭をつけられた、というのが英国の批評家マリオ・プラーツ氏の意見である。実際、この書簡体形式の小説は海を越えてフランスにいたると、ディドロをして感動せしめ、同小説中の背徳漢ラヴレイスは、『危険な関係』におけるヴァルモン子爵の原型となった。以下、プラーツ氏の見解を借りて、少しく論旨を展開してみよう。

リチャードソンの見えすいた敬虔主義は、暗い官能的な小説の背景をおおいつくすにいたらず、正確な心理分析にのっとったその小説技法は、時代の放縦な官能主義と道徳とを和解させようという意識的な努力にもかかわらず、かえってそこに矛盾を避けることができなかった。すなわち、クラリッサはラヴレイスに誘惑されつつも、その姉に道徳の書物を送ってくれと手紙を書き、またラヴレイスはおのれの悪行を誇り、ことさら破廉恥漢をきどり、クラリッサに薬物をあたえてこれを蹂躙しつつも、彼女に対する愛ゆえに結婚しようと決意するのである。ディドロはラヴレイスのうちに「食人鬼の感情」と「野獣の叫び」を認めているが、作者が聞いたらおそらく心外千万とするだろう。

この意図と結果のあいだに横たわる矛盾は、しかし作者リチャードソンのリアリスティックなリチャードソンも本質的には本能主義の支持者だったので、よしんば清教徒風な道徳の名において態度の避けがたい帰結でもあったのだろう。当時支配的であった唯物論哲学の影響のもとに、リいかに説教しようと、もともと唯物論的な基準による道徳の評価しかできるわけのものではなかったのである。だからリチャードソンの道学者ぶりが、フランスにおける模倣者たちのあいだにいかように受けとられたかは、容易に想像されるところで、模倣者たちはこの「迫害された女性」というテーマのうちに、誇張された官能主義にたいするひとつの弁明を見つけ出さずにおかなかった。

この事情は、ディドロの『修道女』(一七六〇)を一読すれば明瞭である。これは実際に起った事件をもとにし、これにリチャードソンの図式をあてはめた小説であるが、克明に描かれた心理的・道徳的な一種の残酷小説であって、表向きは反教権主義のプロパガンダという性格をそなえているものの、実際には、後にサドの小説によってひろく世におこなわれることになった、作者の側のある種の主体的快楽、サディズムによって深く浸透されている。ディドロは女主人公のキリスト教的美徳をたえず強調しているが、それはあたかも肉体的拷問をよりいっそう残酷なものにするための添えもののようにしか受けとれない。まさに『ジュスチイヌ』の先駆というべきで、事実、ディドロはあのドルバック男爵の無神論哲学『自然の体系』(一七七〇)のもっとも有力な解説者のひとりだったのである。

道徳と宗教の専制主義に対するに、個人の幸福と快楽の至上権を主張して、唯物主義をその論理的帰着点にみちびき、自然の名において性的倒錯の合理化に道をひらいたのが、あの有名な

『自然の体系』である。「道徳観念とある種の肉体的行為とを結びつけることの不都合さ」を示すために書かれたというディドロの『ブーガンヴィル航海記補遺』(一七七七)によれば、タヒチ島の祝福されたひとびとは、姦淫、不倫、私通といったような概念を一切理解することができない。ところで、サドもまた、エロティックな幻想を合理化するために、プリニウスからビュフォンにいたる古今の旅行記や博物誌から尨大な事例をひいて、野蛮人の風俗習慣に関する一大リストをつくったのである。

『ダランベエルの夢』(一七六九)のなかで、ディドロは哲学者ダランベエルをして次のごとくいわせている、「人間は普通の結果にすぎず、畸形は稀有な結果にほかならない。どちらもひとしく自然であり、ひとしく遍在的・一般的秩序のなかに在る」と。これとまったく同じ筆法でサドは『ジュリエット』のなかで、歴史的性倒錯者ジル・ド・レエについて次のようにいっている、「こういう人物を馬鹿者どもは怪物と称する。しかり、世の常の風習、世の常の考え方からすれば、まさにしかりである。けれども自然の偉大な目から見れば、かれらは自然の意志に躍らされている人物にすぎない。自然の法則を実現するために、自然はこれらの人物に、おそろしい残忍な性格をあたえたのである」と。

＊

ディドロの『修道女』において辱しめられた美徳は、ラクロの小説においても、やはり幸福に到達することができない。『危険な関係』はルソオの『新エロイーズ』よりもさらに正当な権利をもって、フランスの『クラリッサ』と呼ばれ得るだろう。表面的には、しかしこの小説も、結末の部分における悪徳の懲罰という通俗モラルによって、厳格主義者の批評を辛くもまぬがれている。すなわちヴァルモンはラヴレイスとひとしく決闘で殺され、メルトイユ夫人は醜聞と訴訟沙汰で打撃を受けるばかりか、痘瘡で片目をうしない、肉体的にも醜くなる。「病気が彼女を裏がえしにした。いまは心がおもてへ出ている」(第百七十五信)というわけである。ラクロの巻末の註によると、さらに「メルトイユ夫人を不幸の極におとしいれ、完膚なきまでに打懲らした不吉な事件」があったのだそうであるが、本文ではただ夫人がオランダへ逐電したということだけしか書かれていない。結局、この書物の寓意は、一見したところ、「人間は自分の本当の幸福がわかったら、けっして法律や宗教の定める規を越えてそれを求めはしないでしょう」(第百七十一信)というロズモンド夫人の言葉のうちに圧縮されているかのように見える。しかし、はたしてその通りだろうか。

『危険な関係』の新しさは、にもかかわらず、物語の道徳的な面にあるのではなく、むしろこの書物の前半四分の三以上を通じて凱歌をあげる悪徳の分析にこそあるのである。このことは、当時からすでに具眼の士の見抜いていたところで、たとえばアレクサンドル・ド・チイーの書き残した『回想録』によれば、ラクロの小説において、美徳の側を代表する者はツールヴェル法院長夫人のみであり、「その他の部分はすべて罪の着想にすぎない。……大悪人そこのけのことをやり、さんざん母親を愚弄し、若い娘に不埒な手本を示す、あの無邪気なヴォランジュ嬢のごときは、作者の奸悪きわまる筆によって描き出された画中の、まさに画竜点睛といったところである。……一言にしていえば、この作品は第一級の頭脳、堕落した心、悪の天才から生まれた作品なのだ」ということになる。

ともあれ、『危険な関係』における悪の分析のいかに練達したものであるか、それが後世におよぼした影響のいかに甚大であるかについては、ボオドレエルの覚えがきを参照するがよい。ボオドレエルはヴァルモンの手紙のなかの一句――「わたしは夫人の礼拝する神からさえ敢えて夫人を奪ってみせよう」（第六信）――に注目して、「ヴァルモンは魔王《サタン》だ。神の競争者だ」と寸評をくわえている。また第二十二信における――「申し忘れましたが、わたしは抜目なくわたしの大願成就を神に祈ってくれるよう、あの善男善女どもに頼んでおきました」という一文を引用して、「ふてぶてしい洗練された無信仰」と書き添えている。

このように、ボオドレエルはヴァルモンの性格にある力点をおいて、いかにも『悪の華』の詩人らしい観点から、このフランスのラヴレイスともいうべき悪人の面貌を再構成しているのであるが、さてメルトイユ夫人にたいしては次の一句を引用している、すなわち、「醗酵していたのは頭だけでした。あたしは楽しむことを望まず、ただ知ることのみを欲しておりました。」（第八十一信）

このいかにもボオドレエル的な世界にぴったりした一句は、しかし、この言葉のもつ本来のコンテキストとは幾分ちがった意味合いのもとに、引用されていることを注意すべきであろう。というのは、詩人が強調しているこの「知ること」のなかにこそ、ボオドレエル本来の個人的悲劇が、横たわっていたからである。サルトルがボオドレエルの欲望における視姦症的・オナニスト的性格を指摘したのは、まだ記憶にあたらしい。頭脳の醱酵、これがボオドレエルの肉欲の形式であった。ロベエル・デスノスによれば、脳髄作用のエロティシズムこそ「あらゆるエロティシズムのうちで最も高められたもの」である。それは禁断されているからこそ、知らんがために、禁断の果実を欲望する欲望であって、神学者は精霊にたいする最高の罪をそこに見る。別の言葉でいえば、この頭脳的エロティシズムとは、観念こそもっとも猥褻なものだという思想で、反自然主義の極致といってもよい。かかる確信のもとにラクロの心理学は構築されたので、あの有名なボオドレエルの「氷のように灼く」という評言も、その背後に中世カトリック以来の神学ないし形而上学を秘め、その直前に「好色本はフランス革命を説明する」という一句をつけくわえて、はじめて論理の円環を完全に閉じるのである。つまり、この言葉には歴史的な重みがあるのであって、魔王《サタン》という言葉さえ、詩人は軽々に使ったわけではないのである。

＊

このような観点に立つとき、ラクロとサドの小説が、一見その心理学と形而上学のあいだにいかほど差があるように見えるにせよ、究極のところ、同じ一つの精神から発した楯の両面にすぎないものであることが、ただちに納得されるだろう。ボオドレエルは十八世紀の「慇懃小説」と、同時代の文学（ジョルジュ・サンドの文学）の精神とを対照させて、次のようにいっているが、この言葉は詩人のカトリック的精神のありようを見事に要約するものとして注目にあたいする。すなわち、「現実に悪魔主義が勝利した。魔王が無邪気になってしまった。みずからを知る悪は自らを知らぬ悪ほどに醜悪ではなく、治癒により近い。ジョルジュ・サンドはサドに劣る」と。たしかに、サドこそはジャン・ジャックの都合のよい倫理学説を根柢からひっくりかえした最初の人間である。サドにおいてはじめて、「万物は神の創造物であり善である」という思想が、「万物は魔王の創造物であり悪である」という思想に塗りかえられた。悪徳は自然の法則に合致するがゆえに、われわれは悪徳を実行せねばならぬ。自然は破壊を奨励する。悪事こそ宇宙をうごかす車輪である。かような思想は『ジュスチイヌ』においても『ジュリエット』においても、千篇一律の調子で何度となくくりかえされる。

ただ、ここでラクロの場合のように、主人公にからんだピカレスクな冒険譚の内容を云々する必要はほとんどあるまい。サドは破壊と侵犯の快楽をのぞいては、一切の心理的内容を作品世界から排除して、主人公を単なる物質で構成された不透明な雰囲気に迷いこませてしまうのだ。この雰囲気のなかでは、だから、主人公は破壊のエクスタシイを惹起するための単なる道具でしかなく、人物の性格は、いずれも似たり寄ったりな類型の域を出ることがない。神聖なエクスタシイを高めるために執拗に追求される手段が、いかに複雑多岐にわたろうと、サドの殺戮は要するに化学実験室の実験とほとんど異ならないのである。

むろん、拷問を成立せしめる可能な手段の組み合わせは、たちまちにして使いつくされてしまう。プルーストが『見出された時』のなかで指摘しているように、快楽や悪徳ほど限りのあるものはないからだ。いささか奇言を弄すれば、悪徳漢はつねに同じ悪徳のさまざまな組み合わせのなかで行動している、と言い得るかもしれない。かくて、あらゆる宗教的な意志の禁圧によって人間関係から追放された無限なるものの観念は、一種の宇宙的悪魔主義《サタニズム》のなかに最後の逃げ場を見出すことになる。「おれは自然を侮辱してやりたいのだ」とサドの一作中人物は苛立たしげにいう、「自然の意図を攪乱し、自然の歩みを阻害し、星の運行を止め、空間にただよう天体をくつがえし、自然に役立つものを破壊し、自然をそこなうものを庇護し、一言でいえば、自然の作品において自然を侮辱してやりたいのだ。」(『美徳の不幸』)

神と自然と人間をめぐる、サドの哲学のいわば「間接証明法」ともいうべき論理が、ここに透けて見えるはずである。「自然を侮辱し得ないということが、おれにとっては人間最大の苦痛である」とサド自身告白しているように、もしも自然の目的が破壊であって、いかなる破壊行為も自然を侵害することにならないとするならば、自然に対してくわえられ得る最高の侵害は、まさしく美徳の実践ではないだろうか。とすれば悪徳漢が自然の侮辱から引き出すサディスティックな侵犯の快楽は、まさしく神と自然に照らして、合法的かつ正当のものと称することができはしないか。サディズムの最高の歓喜は、明らかに宗教的な意味における自責と贖罪の歓喜でなければならない。サディズムとは転倒された神学である。ヘリオガバルス、ジル・ド・レエからボオドレエル、ドストエフスキイにいたる悪の系譜の抛物線は、かくて、つねにかならず同一の軌道を描くよりほかないのである。

クラリッサとツールヴェル夫人が心理の領域において苦難の道をたどっている間に、ジュスチイヌは肉体の領域において苦難を追いつつ、一連の化学実験と神学論争のテーマを提出した。一方は内面に向かい、他方は徹頭徹尾外面に向かった。サド的世界では心理学は完全にシャット・アウトされている。ジュスチイヌの死さえ気象学的事件なのである。『ジュリエット物語』の最後で、ノアルスイユは友達に向かって、「諸君、おそろしい嵐が起ってきた。この女を雷に任せようではないか。もし彼女が雷に撃たれなかったら、おれは改心することにするよ」という。サドがジュスチイヌを雷に撃たせたのは、自然が彼女の美徳を憎んでいることを示すためであった。ラクロがスタンダールに道をひらいたように、サドは十九世紀初頭のロマン派、なかんずくボオドレエルに絶大な遺産をのこすことになった。全十九世紀を通じて発展する世界的な反自然主義の大潮流は、つねにこの偉大な先駆者サドによって鼓舞されていた、といっても決して言いすぎではない。ただし、ロマン主義以後の作家たちは、倒錯の理論を洗練することによって、これを心理のプランに屈折させたのである。

サディズムの物理学の基礎にあるのは価値の転換の原理であるから、悪徳は積極的・肯定的な要素をあらわし、美徳は消極的・否定的な要求をあらわす。美徳はもっぱら侵犯されるべき禁止の状態として限定され、この限定においてのみ存在を主張することができる。ふつうの社会の道徳においても、克服すべきある種の障害、ある種の悪の存在が必要であるように、サディスティックな快楽においても、美徳の存在が絶対不可欠になってくる。クラリッサやツールヴェル夫人が聖女のような美徳の光輝で飾り立てられていたのも、それがラヴレイスやヴァルモンのために必要だからこそであった。しいたげるべき対象としてのジュスチイヌがいなければ、いかなるサディストの歓喜も起りえないのである。こういう次第で、十九世紀小説における「迫害された美女」という主題の成功は、リチャードソンをして『クラリッサ』を書かしめた皮相な動機よりもむしろ、サドをして一個の普遍的な「ジュスチイヌ」を創造せしめた深い動機により多く依存しているのである。

とはいえ、もしサディストが伝統的な宗教の基盤を離れるならば、かれは無尽蔵な快楽の源泉をみずから棄てることになるであろう。瀆聖こそサディストの快楽の最たるもので、これは信仰なしには得られないからである。ここにまたしても、ユイスマンスをして次のごとくいわしめた、おそろしい秘密がある。すなわち、「サディズムの力およびそれがあらわす魅力は、ひとが神に負っている敬心や祈りを魔王《サタン》に引き渡すという、あの禁断の享楽のうちにすべて存する。サディズムとはしたがって、カトリック教会の掟の違反であり、もっとも手ひどくキリストを嘲笑するために、キリストがもっとも憎んだ罪、祭祀の冒瀆や肉の饗宴などを犯すことによって、教会の掟を正反対に実行することですらある。……事実、サド侯爵がその名をのこしたこの症例は、教会と同様に古かった。それは単純な隔世遺伝現象によって、中世の淫靡な魔宴の習慣を復活させつつ、十八世紀に猖獗をきわめたのである。」(『さかしま』一八八四)

サドの作品には、十字架をふみにじったり、聖体のパンを精液で汚したり、快楽の犠牲者に聖母のすがたをさせたりするといった、いわゆる「黒ミサ」に類する儀式がしばしば見られる。しかし、ロオマン・カトリックにおけるミサの秘蹟の理論である化体説を信じることなくして、どうしてこんな子供だましの行為ができるのか。これに対するサドの返答は、いささか苦しげである。『ジュリエット』に出てくる唯物論者クレアウィルをして、サドは次のごとく言わせている、「ヨーロッパの四分の三の人間が、聖体のパンや十字架に、宗教的な観念を結びつけているわ。だからこそ、あたしはそれらを冒瀆するのが好きなのよ。世間一般の考えに石をぶつけてやるのが楽しいのよ。偏見を足でふみにじり、偏見を叩きつぶしてやることに、あたしの頭は夢中になってしまうのよ。」

サドがロオマン・カトリックの教権主義を憎悪していたことはたしかであるが、だからといって、サドを無神論者とするか否かは、軽々に断定をゆるさぬ難問である。表面的にみれば、サドのポレミックな意見はほとんどそのままフランス大革命の叫喚に符合するであろう。（事実、『閨房哲学』の一部はパリ・コンミューンのプロパガンダとして利用されている。）が、ひとたび、その暗い倨傲な精神の弁証法に目を向けると、そこにはいささかも予断をゆるさぬ厳格な中世紀以来のキリスト教的伝統、ダンテの地獄にも似た魔界めぐり、そしてさらに、ロオマン・カトリックの正統性の教義と異端糾問に抗して、たえず歴史の裏面に無視すべからざる力を行使してきた御堂騎士団や薔薇十字団の秘教主義的伝統が、底流となって渦巻いているのを見逃すわけにはいかない。ラクロにしても同断で、わたしたちはそのような背景から、十八世紀の暗黒小説の深い意味を理解するのである。けだし暗黒とは人間と世界の深淵であり、わたしたちはこの深淵をのぞき見るとき、その無限の奥深さに眩暈を覚えずにはいられないのである。

以上の小論を草するにあたっては、マリオ・プラーツ氏の名著『ロマン主義的苦悶』を参考とした。

銅版画の天使・加納光於

若いエッチャー加納光於の面貌は、アルブレヒト・デューラーの有名な「メレンコリア」と題された銅版画のなかの、羽の生えた天使によく似ている。この天使は、左手で頰杖をつき、右手でコンパスをもてあそび、砂時計をもれる「時」の流れに耳かたむけながら、壁にかかった方陣の謎を解こうとでもするかのごとくに、虚空の一点をじっと凝視している。方陣の謎は、おそらく若さが内包する宿命的な秘密、「時よ、とまれ!」の咒文でもあろう。ものみなが眠るなかで、天使は何かを待っている、たとえそれが永遠の期待にすぎないとしても……

「憂鬱」という題名にもかかわらず、この蒼古たるデューラーの画中にみなぎっているのは、確信された希望、と言ってわるければ、希望と見まがうほど晴朗無上な絶望の翳りではないだろうか。そして、加納光於の密室におけるきびしい操作も、何やらん、この天使によってあらわされた中世細密画家の孤独な決意に相通じるものがあるように思われる。そう思えば思うほど、たしかに、この天使は彼に似ているのだ。

そもそも、加納光於が植物界の探索から出発したということが、私にとっては決して偶然とは考えられない。なぜなら、ルーペを手にした少年植物学者は、つねに観察者であるというよりも、一個のミニアチュールについての思弁にふける形而上学者であることが実にしばしばだからだ。進化の歴史の遡行。化石の博物館。奇蹟の発芽。自由な転身。カタコンベの花。降りそそぐ胞子。騒然たる沈黙。ふくれあがる小宇宙と凝縮する大宇宙。これらが、ひとたびミニアチュールの世界に踏みこんだ想像力の、あらゆる現実的なダイメンション上の束縛をまぬかれた、想像力自体の自立的な運動の標識であって、それは同時に加納光於の先天的に体得した詩の標識でもあるのである。

加納光於の世界をミニアチュールの世界と呼ぶことには、不審の念をいだくひともあろうが、私はこの言葉を厳密な現象学的概念規定において用いているので、さように御了承ねがいたい。拡大鏡をのぞく人間は、世界をまったく新しい所与として認識する。日常的な世界をしめ出して、ふしぎなオブジェの前に新鮮な眼ざしを獲得する。植物学者のルーペは、再発見された少年時代の表象であり、ルーペを通して眺められたある極微の物体は、ひとつの世界をひらく「哲学の卵」「賢者の石」である。極微なものは必ず、ひとつの新しい世界、そのなかに極大なものの属性をふくむひとつの世界の、表象たり得るのだ。したがって、極大なものの属性をふくまないミニアチュールはあり得ない、と逆説的に結論することも可能であろう。

これを要するに、私の用いる概念におけるミニアチュールとは、想像力が自立するための秘密の間道、想像力をして惰眠をむさぼらしめることなく、つねに生動あらしめるべき魔法の鍵なのであって、この鍵は、なまなかの職人芸では絶対に手のとどかぬ場所に隠されているにちがいないのである。

むろん、極大と極小のイメージはかたみに干渉し、かたみに反響し合うだろう。ひとつの見慣れたイメージが宇宙的なダイメンションに膨張するとき、他の多くの物体は相関的にひとつの世界のミニアチュールとなる。かくて、たとえば加納光於の作品に即した場合、「王のイメージ」「風・予感」「谺」「微笑」「イプノス」「星とキルロイが濡れる」「慄える鹹水」などの系列は、世界の求心的な運動の結果、相対的に拡大されたイメージの系列であり、また「燐と花と」「焔と谺」「ロオトレアモンに」「紋章のある風景」「花・沈黙」などの連作は、逆に世界の遠心的な運動の結果、相対的に縮小された多数のイメージ群の系列であると言うことができる。技法上の差異はともかく、そこにイメージの本質的な差異を読みとることは誤りであろう。

疑うにはおよばない。詩人はつとに、極大と極小の観念が決して両立しがたいものではないことを示してくれているのである。ボオドレエルはゴヤのリトグラフに関して、「広々としたミニアチュール」(『審美渉猟』)という批評をくだしているし、アンドレ・ブルトンはその詩のなかで、「私は私の夢の微細なタチジャコウ草を摘む手をもっている」(『白髪のピストル』)と歌っている。

加納光於もまた、彼の夢の地質学の、微細な始祖鳥や三葉虫類を掘り起し、これを自由に拡大縮小させる詩人の手をもっているのであろう。

ある種の神経症患者は、細菌が自分の肉体器官を蝕んでいるのがはっきり見えると主張する。

この病人は、たぶん言葉の真の意味で、ヴィジオネエル（幻視者）であるにちがいない。冷たい暗黒星雲の襞のなかに数多の太陽がひそんでいるように、一握りの死んだ珪藻土のなかにも無数の単細胞生命がまどろんでいる。ヴィジオネエルの目にはこれが見える。とはいえ、これらの有機体の深い睡りを呼びさまし、鉱物・植物・動物といった越えがたいイエラルシーの境界線を爆発的に破壊するものは、何であろうか。

それこそ、愛である。

ちょうど空想的社会主義者が階級制度の完全に廃棄されたユートピアを描いてみせるように、想像力の自立的な運動は、植物界と動物界、有機物界と無機物界のあいだに設けられた冷たい禁止の一線を、融通自在に侵犯するのである。この自然発生的な侵犯、この奇蹟の浸透作用を、私は広義のエロティック、すなわち普遍的な、抽象的な、無差別の愛と名づける。場所もあろうに、こんなところで階級否定の精神を云々する私の独断ぶりを、ひとは嗤うであろうか。しかし——

しかし、加納光於のイメージの官能性に、ひとはもっと驚いてしかるべきである。それは最も高い抽象性によってきびしく限定されつつも、顕微鏡で眺めた細胞分裂、微生物の生殖の運動がそうであるように、最も色情的かつ官能的な雰囲気にみちみちている。それは時にサディスティックでさえある。痙攣し、顫動し、炸裂する愛の叫びが、白熱的な沈黙の構図のなかから響いてくるかのごとくである。

Larva という言葉がある。語源的には古代ロオマの魔術信仰における、幻影とか夢魔とかいう意味であり、生物学上の用語としては「幼虫・まだ形をなさざるもの」の意味である。加納光於の噴出するヴィジョンには、このイメージの幼虫が夢魔のように撒きちらされ、誇らかに躍動している。この幼虫は、ポエジーの系統発生や個体発生の断絶から、あらあらしく、狂暴に生まれ出た突然変異の子であり、ともすると、磨きあげられた銅板や亜鉛板といった、純潔な美しい金属の母による、処女受胎の子であるかもしれない。ここでもやはり、加納光於はヴィジョンの媒介者、天使に似ている。

あたかもエドガー・ポオが『マルジナリア』において述べたごとく、「その結果として生じた化合物は、一般に、化合させられたもの各自の美しさあるいは崇高さに比例して、美しく、あるいは崇高である。しかも自然の化学と精神の化学とのあいだの奇妙なアナロジーによって、しばしば二つの要素の結合が、もはや以前のいかなる要素の性質をも思い出させないような、まったく新しいひとつの産物を生み出すことがある。ゆえに想像力の範囲には限界がない。その材料は宇宙のいたるところにある」のである。

まさにその通り、エドガー・ポオの言う通りだ。この巨視的な、そして微視的なヴィジョンの化学作用、ポエジーを父とし、金属を母とした錬金術的な婚姻の様式が、すなわち作者において遍在する愛、汎神論的なエロティックの一元方程式なのだ。

翼のある、触角のある、繊毛のある、棘のある、骨片のある、鱗のある、年輪のある、襞のある、管のある……およそ想像し得るあらゆる形のセックスが、カタコンベに咲き乱れた花のように、あからさまに、あるいは消えなんばかり微かに、画面に定着されているのを諸君は見ないだろうか。

ロベエル・デスノスは、人間の愛欲における「過去と現在とのあいだのいかなる差異にも、羊歯《しだ》の愛と人間の愛との形式を分かつ断層より大きな断層はない」とシニカルに言ったが、この美しい憧憬的な汎性欲主義こそ、加納光於のアンジェリック（天使的）な、そしてまたどこか残酷な、希望と絶望の隣り合わせになった創作衝動の秘密であろう。

燔祭の舞踊家・土方巽

ロマオ皇帝カラカラは月宮殿への巡礼旅行の途次、立小便をしている最中、刺客に刺されて死んだ。日本の舞踊家土方巽は、立小便する男のうしろ姿に人間の危機の姿勢を発見する。二十世紀後半のしらじら明けに。

＊

ビザンチンの神学者は天使のセックスを決定するために、星澄める夜に果てしなく議論した。日本の舞踊家土方巽は、森羅万象にセックスを与えるために、晦冥の夜に果てしもなく作舞する。その苦行。

*

中世イタリアの専制君主はボオイ・ソプラノを維持するために、陽光燦たる真昼に少年の器官を切除した。日本の舞踊家土方巽は、ダンスに回春の奇蹟をもたらすために、もはや踊れなくなった作舞家の有毒の器官を切除する。しかも、フット・ライトの悲劇的な白昼に。

*

詩人形而上学者サアル・ジョゼファン・ペラダンは、ラテン的デカダンスの黄昏に、セックスの魔術的純一を実現する半陰半陽者《アンドロギヌス》を夢想した。日本の舞踊家土方巽は、ダンスの可能性を犯罪的虚構においてとらえるために、日常性を剝ぎ落したあとの新しい肉体概念としての半陰半陽者を創造する。

*

これが土方巽の作舞術のディアレクティックである。すべてのダンスは彼の体験であり、大地への燔祭である。舞台はないものと思うべし。

「鉄の処女」
——春日井建の歌——

夕焼けの血潮したたる空飛びて逃げまどふ難民のごとき鳩群
背きゆく君をかなしみて仰むけば不意の殺意に似て陽はそそぐ
若き手を大地につきて喘ぐとき弑逆の暗き眼は育ちたり

反抗が一貫性と統一の意志であれば、もし芸術家が拒否に徹底するならば、生きた猥雑な現実はすべてしりぞけられ、そこでできあがった作品がまったく形式的になるのは当然である。したがって現実嫌悪の資質をもって生まれた少年が、短歌という最も反時代的な形式に偏愛を見出し、三十一文字という古い定型の苦行的な酷使に、ほとばしるような暗い青春の詩情を注ぎこみ、そこで一種の倒錯したサディスティックな逸楽に酔うのは、あたかも拷問にかけられた若い肉体の痙攣が快楽のわななきと見分けがつかないのと同様であって、若さの特権ともいうべき手段と目的のとり違えが美しく実をむすんだのである。

春日井氏のもとにはたぶん最初から、多くの時間と言葉とをついやして、現実が直接あらわすものを多かれ少なかれそのまま表現する小説家の意志も、あるいはまた、彫刻家が大理石をきざむように、言葉に陰翳と量感を盛りこんで行く詩人の意志も、ふたつながら皆無だったのにちがいない。そういう努力がシジフォスの努力のように不毛に見えたのにちがいない。反抗と同意、肯定と否定とが密接につながっている創造という営為の、いちばん奥深いところからの運動の持続は、ほとんど完全な現実のシャット・アウトによってずたずたに寸断され、わずかに三十一文字の定型のなかに絶望的な避難所を見出し得た。

愛うすき脚は投げだせ薔薇の刺《とげ》ひしめくごとき絨毯なれば
掠奪婚を足首あつく恋ふ夜の寝棺に臥せるごときひとり寝
傷つけばなべて美し薔薇疹も打撲のあとのにぶき紫紺も

受苦の期待にふるえる春日井氏の若い魂にとって、優雅であるべき短歌とは、あの中世イタリアの刑具の一種である「鉄の処女」のごときものであろうか。この刑具は優雅な女人の貌をしているが、その貌の下で胴体が左右にひらかれるや、胸壁には内側に向って先端の尖った鉄の棘が何本となく生えているので、内部に閉じ籠められた罪人は苦痛に身悶えしなければならない。

……ところで、奇妙なことは、受苦のなかの幸福という観念が、私たちの現代という状況からひとつの新しい相貌を浮かびあがらせていることだ。

中世紀を遠くへだたった私たちの市民社会には、すでに君臣主従のあいだにおける生殺与奪権もなければ、民主主義がすべてに優先する戦後の今日にいたっては、学校における体罰や軍隊内の新兵いじめ、さらには家庭における親の制裁権や夫の権限も、ほとんど全く影をひそめている。かつては公衆の面前で誇らかに臣下や同輩の首を刎ねていた同じ人間が、現在ではナイト・クラブや酒場を鼠のようにみじめにうろついている。私たちが司法の手を借りて公然と拷問を科し得る人間は、無名の人間、すなわち反社会の烙印を押された人間のみである。かくて抑圧された苦痛への欲求は怖ろしい力で倍加し、戦争や内乱が一挙に焼きつくそうとするのは、ひとつの都市の住民のすべてである。寛容は文明にとって果して美徳であろうか。というのは、父親の優しさ、教師の寛大、恋人の寛容が、絨毯爆撃やナパーム弾や原子兵器の残虐によって皮肉にも支払われているのを現に私たちは見ているからである。あたかも世界に暴力の神秘な平衡作用が満ちわたっていて、私たちが表面的に失った、暴力に対する嗜好やその意味を、文明自体が埋め合わせしているかのごとくである。

このことをまざまざと私の目に見せてくれるのが、戦争を知らずに戦後に育ったひとりの少年歌人であったとしても、そのことによって私たちは驚かされてはならないと思う。

鳩を巻く蛇を大地に叩きつけ打ちつけ打たるるものなきわれか
膝つきて散らばる硝子ひろはむか酔漢の過失美しければ

太陽が欲しくて父を怒らせし日よりむなしきものばかり恋ふ

全地上の責任を一身に負おうとする焦燥こそ、少年期特有のものだ。同時に拳闘選手と、アフリカ探険家と、政治的雄弁家と、強盗犯人と、酔っぱらいと、インディアンと、ミッキー・マウスと、森の樹木と、海辺の岩とに化身したいと願うのが、少年の夢想だ。夢想はたわむれの慰みごとだろうか。大人にとってはそうだろう。が、少年にとっては明らかに事情がちがう。夢想のとき、少年は不安と欲望におののきながら世界を掌につかむのだ。

大人は決して他者になりたいなどという、無益な望みをいだくものではない。自己が自己自身に似ていることが、彼らの安心の第一の拠りどころである。しかし、何にまれ自分の愛する者に変身したいと望まない少年は、おそらくひとりもいないだろう。愛されたいと感じる以前の衝動では、愛する者になりたいという非現実的な衝動である。それは未成熟なエロティックの一形式でさえある。童話やお伽話が少年のエロティックな変身譚であることを知らぬ者は、不見識の譏りをまぬかれまい。春日井氏の短歌は、この少年の二十年間の短い歴史から、加害者と犠牲者とが鬼ごっこをしてたわむれているかのような、一連の暗黒小説を紡ぎ出した。もし彼が短歌以外の表現形式に頼っていたら、とてもこれだけ自由な青春の魂の、魂自体の論理の志向するところに全的に惑溺することは不可能だったろう。ここにとどまる限り、現実には一片の価値もないのだ。よしんば美が不正と釣合う危険があったにせよ、世界の総体的醜悪を認めるほど、少年の魂は正義に徹し切れるものではないのだ。かくて「鉄の処女」は彼にとって、いつ果てるともない夢想の工房であり、恐怖と魅惑の小さな隠れ家となるのである。

IV

発禁よ、こんにちは

――サドと私――

ある日の午後、目をさますと、枕もとに一通の電報が舞い落ちた。私の訳したサドの『悪徳の栄え』を出版した本屋さん、石井さんからの電報である。さっそく電話をして、その朝、『悪徳の栄え』が警視庁保安課に押収されたことを知った。カフカの小説の主人公は目をさますと一匹のカブト虫になっているのであるが、私はこうして目をさますと、ワイセツ文書頒布罪の「被疑者」というものになっていた。何と夢魔的かつ神話的な社会にわれわれは生きているものであろう。

その後、警視庁に呼び出されて調書を取られた。御参考までに、この警視庁保安課風紀係というところは、夜の女やポン引や麻薬患者などのしょっぴかれて来るところである。私のような品行方正な青年紳士の来るべきところではない。それかあらぬか、担当警部の尋問はインギン無礼をきわめた。デスクの上に『夫婦生活』とか『百万人の夜』とかいった雑誌が五、六冊積み重ねてあるので、「なかなか御苦労さまなことですな」と言うと、「いやあ商売ともなればね、好むと好まざるとにかかわらずですよ」と、警部は照れくさそうに笑って答えたのである。それから、私の翻訳書をぱらぱらとめくって、

「この『千鳥』というのはどういう意味ですか、現代語になおすと?」

「女性間の同性愛です。現代語では、さあ何と言うか、ちょっと思いつきません」

「何かありませんか」

「さあ……俗にシロシロなんていう言葉もあるけれど、しかし、これは意味が大分ずれますね」

すると驚いたことに、係官氏は待ってましたとばかり、調書に「シロシロ」と書きかけたのである。私は呆れて、彼を制して、

「ちょっと待ってくださいよ。そんな言葉は辞書にも出ていない最近の猥語なんだ。いやしくも警察の調書に、そんな下品な言葉を書きつけるのは不穏当だと思いますがね」

「しかし、ほかに適当な言葉がなければ」

「いや、反対します。言葉がないのは文化の貧困です。私のせいでもなければサドのせいでもない。逆に言えば、だからこそ、サドが必要とされるんじゃありませんか。とにかく、そんな一部の人にしか通用しない下品な隠語でもって、私の手がけた格調正しいサドを歪曲するのはよしていただきましょう」

かくて係官氏は気弱そうな笑いを泛べ、未練がましく筆をおいたのである。

さて、この例からでもお解りの通り、心理的にみて、ワイセツをつくり出そうと躍起になって

いるのは明らかに官憲側である。そもそも、存在しているものを指示する適切な言葉がないということ自体がおかしな話であって、こうしたいわば言語上の「疎外」といった現象が、ワイセツを生み出す重要な契機となっているのは疑う余地がない。みずから取り締まらねばならない卑俗な言葉に頼らざることには、調書を作成し得ないとは、さてもあわれむべき文化国家の非力ぶりである。気の毒なのは警視庁の小役人だ。好きな言葉を使えないで、さぞ残念だったことだろう。語るに落ちるとはこのことで、むしろ失語症におちいっている文化国家をわれひとともに嗤った方がまだましであった。

そのものズバリの言葉をフランス語では固有語 mot propre というが、サドのようにあらゆることを固有語で語るやり方は、いわゆるワイセツから最も遠いものとしなければなるまい。ワイセツとは、たぶん、わざと的を射外すような不正確な婉曲法によって、読む者にある心理的屈折を生ぜしめるような、一種の文章法上のトリックなのである。

しかしまあ、こんなことはすべて、私が長年かかずらわって来たこととは何の関係もない領域で勝手に演じられている馬鹿馬鹿しいスキャンダルにすぎなかろう。第一、サド自身がすでに百五十年も前に死んでいる。百五十年前に死んだ人間を、どうしてそんなにびくびく怖がる必要があるのか。それとも、そんなに怖がらなければならないとすると、サドという作家はよっぽど偉いやつだったのか。面白いことに、サド自身がこう言っている、「自分の怖ろしい体系を印刷して、全犯罪を死後にまで及ぼそうとするほど危険かつ行動的な堕落作家は、たとえ自分にはもう犯罪はできないとしても、この呪われた著述がさらに多くの罪悪を犯すであろうという、甘美な空想を墓の中まで持って行って、みずから慰めるものである」と。はたしてサドは今度の発禁事件を知って、またしても「墓の中でみずから慰め」ているだろうか。日本の官憲は御苦労さまにも、海を越えて遅まきながら、この「堕落作家」に敬意を表したのか。

私がかれこれ七、八年前、はじめてサドの思想に接したのは、そう、かの一徹無垢な弁証法的精神アンドレ・ブルトン先生の手引によってであった。無差別な愛と無制限な自由の理念を説くブルトン先生は、サドと、フーリエと、フロイトと、マルクスとを直線で結ぶ独特な美しい体系を築きあげて、フランス文学史のみならず、世界の芸術の歴史を魔術的に転回せんとする一種の秘教団体をつくったのである。日本にも昭和初年にこの運動は流れ込んだが、残念ながら、肝心かなめのブルトン先生の思想は、その深遠さゆえに、すっかり敬遠されてしまった観があった。学生時代、私はブルトン先生に完全にいかれていたらしい。現在は必ずしもそうではない。しかしいずれにせよ、この先生の手引によって、私の二十代後半が決定的に方向づけられたことは事実であって、以来、サドは私の脳中から片時も離れることがなくなった。まあ、業みたいなものである。

とはいえ、もうそろそろ、いい加減にサドから足を洗いたいという気もしないではない。もっとも、今度のような事件が起ると、却ってこの気持は急上昇して、またぞろ大作に取り組む熱意が勃然と湧いて来るのはいかんともしがたい人間の意地である。サドという作家は、人間の快楽の面を描くとともに、死と苦痛の誘惑が稀ではない社会、不正が依然として支配を続けている社会に生きる人間の、いわばジレンマをも併せ描いたので、その生き方は本質的に矛盾に直面した危機的な生き方であった。だから、われわれがサドの呪縛を完全に振りはらうことができるのは、おそらくヘーゲルの言った「精神の不安のなくなる歴史の終末」においてのみであろう。そんな時代は永遠に来ないという悲観的な人には、サドは永遠につきまとうだろう。現在が最高最善の時代だと信じている人だけが、したがって、サドを拒否し得る幸福な人種であるにちがいない。この幸福は、しかしどうやら道徳的白痴と同義である。

裁判を前にして

十一回にわたって連載してきたフランスのサド裁判記録が前回で終ったので、結びとして、何か意見を述べることになった。この裁判が結局のところ有罪の判決を下されたのは前に述べた通りである。

一般的にいって、フランスの被告ならびに弁護人側には、取締り当局に対する弾劾的態度がきわめて稀薄であった、といえるであろう。日本のチャタレー裁判の方が、まだしも激しい応酬が行われている。ジョルジュ・バタイユは生真面目すぎて、裁判長にやりこめられる一幕もあったし、喧嘩好きなアンドレ・ブルトンにしてさえ、この裁判では、はなはだ穏健な意見しか述べていない。わずかにジャン・ポオランが、いかにも千軍万馬のあいだにあったジャーナリストらしく、のらりくらりとした態度で、権力挑発とも受け取れそうな論理の曲芸を演じているのが目立つばかりである。

この弱腰は、いったい、どうしたことか。ド・ゴール登場一年前のフランスの複雑な社会情勢が、この文学裁判にどのように反映していたか——そんなことは、むろん、わたしには知りようもないし、知りたいとも思わない。

もともと、この裁判記録は、わたしたちの弁護士の要請によって、やがて行われる弁論の資料にするために、わたしが翻訳編集したもので、公表を予定したものではなかった。苦労性な友人は、わざわざ被告側の敗訴になった外国の裁判記録を公表して、検事側に有力な証拠資料を提供するまでもなかろうじゃないか、と気をもんでくれている。もっともな言い分である。しかし、わたしとしては、手のうちをすっかり見せてしまった方が却って気持がいい。

いったい、敗訴といい、勝訴といい、それが何だというのか。このような本質的な思想上のアンタゴニズムに、性急に黒白をつけたがる傾向は、最も卑俗な政治主義ではないか。

わたしと弁護士とのあいだには、最初からひとつの約束が成立している。それは、裁判所ではでき得るかぎり弁護士の指示に服するが、裁判所以外の言論表現の場では、わたしがわたしの勝手気ままな議論をいくらぶってもよろしい、という約束である。どうせ検事には、わたしの抽象論議は寝言としか聞えまいから、といった含みもある。

わたしには、抽象的思考にのめりこんで行く度しがい性癖があって、問題が「反社会性」とか「権力」とか「エロティシズム」とか「ワイセツ性の本質」とかになると、にわかに脳髄の白熱的な燃焼をきたすものの、ひとたび、裁判の闘争方針とか、情勢分析とか、意義とか、見通しとか、戦術とかに関して意見を求められると、とたんに世の中が言おうようなく腹立たしくなって、思考過程があたかも磁気嵐のごとく変調をきたし、あまつさえ、晩年のボオドレエルもかくやとばかり、急性失語症におちいる顕著な傾向がある。

事件が起ってから、何度か週刊誌の記者ともインタヴューしたが、わたしの抽象的・形而上学的ラディカリズム（？）には彼らもすっかり呆れてしまったらしい。「いや、どうも、週刊誌の記事になるような裁判じゃないんですな」と彼らは当惑顔に言うのである。

いや、呆れてしまったのは週刊誌の記者ばかりではない。わたしたちの大野正男主任弁護士も、何度か被告側とのはげしい理論闘争（！）にあえて身を挺した末、「それじゃあ、いったい、あなた方は、何のために裁判をやるんですか」と、憤懣やるかたない面持ちで、長嘆息しつつ言ったものである。わたしは、ヒューマニズムの闘士・大野弁護士の善意を再三にわたって傷つけてしまったことに対して、ふかい慚愧の念をおぼえるものだが——しかし、この理論闘争も、あながち無駄ではなかったと考えている。なぜなら、最近にいたって、大野弁護士は笑いながら、次のように言ったのだ、「結局、アメリカのダグラス判事の考え方も、あなた方の《ワイセツは存在せず》という考え方に近いんですよ」と。

もうひとりの被告、現代思潮社の石井恭二氏ときたら、わたしよりもっと弁護士を手こずらせることに特技を有するホモ・サピエンスである。彼とわたしとの関係は、現実認識の方法論が一八十度くらい違っていながら、結論的な歴史のパースペクティヴがいつも一致する奇妙な間柄である。

政治主義を否定するために政治にふかく没入し、形式的な進歩思想や文化主義を排棄するために、一種の破壊的思想運動を進めている石井氏の、出版人として異例に属するやり方は、もともと政治ぎらいなわたしにも、爽快なオン・ザ・ロックのごとき刺戟を与えてくれるものだ。なぜなら、進歩的文化人と呼ばれる（御丁寧にも二重の俗物的属性をそなえた）連中に対する、「良識破壊」の運動は、何よりもサド裁判の本質と密接にかかわるべきはずのものであることを、わたしもまた痛感せざるを得ないからだ。

特別弁護人の白井健三郎氏は「ぼくも被告意識になっちゃってね」と笑う。こんな嬉しい言葉を聞くと、わたしとしては、世界中の人間が被告意識にとらわれたとき、はじめてテルミドオルを知らぬ最初の革命が実現するのではなかろうか――などと、またしても非現実的な抽象論の渦巻に、あやうく足をすくわれそうになる。

遠藤周作氏が特別弁護人にきまったとき、弁護士がそのことを裁判官に告げると、裁判官は目を丸くして、「遠藤さんはウソッキで有名なひとじゃありませんか」と言ったそうだ。ウソのようなホントの話である。文学的レトリックの常識で申せば、ウソの真実こそ文学の真実なので、わたしは遠藤氏に裁判所で大いにウソをついていただきたい、とひそかに思っている。

＊

人間の自由と法律に対するわたし自身の基本的な考え方を象徴的図式として示せば、次のごとくになる、すなわち、「死刑は廃止せよ、安楽死は認めよ」――である。一見、サド裁判と無関係な公式のごとくに思われるかもしれないが、必ずしもそうではない。これについては、いずれ詳述する機会もあろう。

＊

なお、現在までに、証人として法廷に立つことに弁護側が了承を得た方々は、埴谷雄高氏、大岡昇平氏、奥野健男氏、吉本隆明氏、針生一郎氏、大江健三郎氏、それに法学者の伊藤正己氏などである。

第一回公判における意見陳述

意見陳述

被告人　渋沢竜雄

私に対するわいせつ文書販売同目的所持被告事件の公訴事実について別記のとおり意見を述べる。

渋沢竜雄（筆名・竜彦）

東京地方裁判所
刑事第十八部　御中

まず最初に言っておきたいことは、田中検察官の書いた起訴状の公訴事実を認めない、ということです。

『悪徳の栄え』は、ワイセツ文書であるとは思いません。十八世紀における歴史的著作として特筆すべき思想文学であり、その地位は、ルソオの『社会契約論』やロックの『人間悟性論』に匹敵します。ただし、後者が社会学や哲学の著作であるのに反し、前者はあくまでも文学の著作でありますから、したがって、あのように綿密詳細な《人間悪》の描写を必要とするのであります。

近代における人間の道徳の観念を根柢からゆすぶった劃期的な哲学・文学上の著作として、わたしは、人間のかくれた無意識の性衝動（すなわち、リビドー）の問題をとりあげたフロイトの作品と、キリスト教の偽善的なモラルを転倒したニーチェの作品とが挙げられると思いますが、この二つの重要な作品の源泉が、十八世紀のサドにあることは、今日、すぐれた多くの文学者の認めるところであります。

したがって、このように重要な歴史的・文学史的・思想史的著作を、ワイセツ文書の名によって葬り去ろうとする検察庁の独善的なやり方には絶対に反対します。

ここで、訳者としてのわたしの経歴、ならびにサドを翻訳した意図について、説明しておきたいと思います。

わたしは何もサドの翻訳を今にはじめたことではありません。東京大学の卒業論文にサドをとりあげて以来、問題になった『悪徳の栄え』を刊行する前にも、すでに七冊ものサドに関する翻訳本および評論書を出して、ひろくサドの作品が正しく読まれるべき下地をつくってきたつもりです。

まず最初に、サドの思想が比較的やわらげられて表現されている短篇集（『恋の駈引』河出書房）を出し、次に、サドの思想が最も簡潔に表現されている中篇小説（『ジュスチイヌ』彰考書院）を出しました。

この間、読者カードや読者からの手紙によって、サドの読者層がほとんどすべて真摯な学生、インテリ、あるいは文学・思想方面の専門家、またはこれを志す青年に限られているという事実を知りました。ワイ本を買うつもりで買った人間はいないし、もしそういう人間がいたとしても、読んで失望することは間違いないと思いました。

したがって、サドの最も重要な作品のひとつである『悪徳の栄え』を出して、この著作の翻訳刊行を望んでいる真摯な読者の要望にこたえることは、すでにサドの思想の日本への紹介・移入に十年来努力しているわたしの当然の義務であると思ったわけです。

では次に、出版の事情および出版社のことに関して、簡単に述べておきます。

過去にも、現在にも、また外国にも、日本にも、サドをいかがわしい煽情的な作家ときめこんで、その作品のごく一部のみを抜萃して、売りさばこうとした出版社がたくさんありました。わたしはサドをこういう風に取り扱うということに、はなはだしい時代錯誤を感じ、苦々しい気持をおぼえます。

わたしは自分の翻訳を一度も、こういう風な煽情的な売り方をする出版社の手にゆだねたことはありません。

現代思潮社の出版目録を一見すれば、ただちに解るように、この出版社はサドの作品をその他多くのすぐれた思想書・文学書と並べて、つまり同じ思想書としての扱い方によって、刊行しているのであります。わたしはそのことを心から満足に思い、現代思潮社編集長石井恭二氏に敬意を表しております。

では、次に、サドの作品が今日なぜ読まれなければならないか、つまり、サドの作品の今日的意義について、若干の点を述べます。

サドの思想が今日なぜ世界中の多くの読者をひきつけ、世界中の多くの批評家から高い地位を与えられているのか、というと、それは、サドの思想そのものが、権力の名によってやたらに自由な出版物に「ワイセツ」のレッテルを貼りつけたり、自由な思想の運動を「道徳」の名によって弾圧したりしようとする、今日露骨にあらわれてきた官僚主義的国家の傾向に、徹底的に抗議しているからであります。

そういう意味で、この裁判は、あえて言えば、日本の裁判史上に類例をみない、きわめて象徴的な裁判ではないか、と思います。裁かれるサド自身が、生涯にわたって、検察官の独善と権力主義的な考え方に反対しつづけたからです。

元来、人間の自由と法律とは対立するものであります。サドの作品をお読みになった法律家のなかには、サドが法律というものを完膚なきまでに愚弄している点に、あるいは不快の感情をいだく方があるかもしれない。しかし、人間が人間を裁くということ、また、人間が人間を裁く権利があるかどうかということに、つねに疑問を呈出しつづける姿勢は、神ではないわれわれ人間の義務であると確信いたします。そして、このきわめて人間的な義務を、とことんまで押し進めたのが、サドの文学であり思想であります。

さて、法律や裁判所は議論の余地なく神聖だという迷信があります。これは既成秩序の上にアグラをかいた国家の支配者や、彼らと利害を共にする官僚どもがつくり出した迷信であって、サドの文学は、このような迷信に凝り固まった頭の人間に、冷水をぶっかけるような効果がありまず。わたしに言わせてもらえれば、もし神聖なものがこの世にあるとすれば、人間以上に神聖なもの、人間の自由以上に神聖なものは何ひとつありません。これは一七八九年の人権宣言の精神の延長であります。一言にしていえば、人間の自由な思想を弾圧する権利は検察官にはない、ということであって、サドがもろもろの著作の中で繰り返し述べていることも、この一事につきると言って過言ではないのです。

そういう意味で、サドの著作は、今日大いに読まれる価値があります。サドの著作を読めば、ほかならぬこのサド裁判が、どのような社会の基盤で行われているかということが明瞭になるはずです。裁く者、裁かれる者、また腐敗した権力に加担する者、非人間的な官僚機構の上でアグラをかいている者——そのような社会の構図が、サドの著作を読むことによって、くっきりと浮かびあがってまいります。

したがって、サドの作品を読んで不快を感じる者は、ちょうど鏡を見て自分の醜さに腹を立てる人間と同じように、みずからの醜悪ぶりを告白しているようなものであります。人間が不完全な動物である以上、みずからの醜悪ぶりを認識することは結構なことだし、あるいはこれに腹を立てることも、当人の勝手というものですが、その醜悪ぶりが映し出された鏡に覆いをかけて、人間の目から、この紛れもない真実をかくしてしまえというのは、許すべからざる専制主義と申すべきでしょう。

もうひとつ、ワイセツという問題があります。ワイセツとは何か、これは非常にアイマイな概念で、誰も「これがワイセツだ」とはっきり言える人間はありません。はたしてワイセツなものというのが存在するのかどうか——わたしは、そんなものはどこにも存在しないと考えます。

たとえば、夫婦の寝室をのぞき見した人間がいたとします。この場合、ワイセツなのは夫婦関係を行っている人間の方か、それとも、のぞき見した人間の方か。寝室における夫婦関係は、当人にとってはごく当り前な社会的行為ですから、この夫婦は、ワイセツなところは少しもなかったはずです。そうすると、ワイセツなのは、のぞき見した人間だということになる。しかし、のぞいて見るという行為自体には、ワイセツなところがあるわけではない。結局、ワイセツは、のぞき見した人間の心の中にしかなかったわけです。

銀座のまんなかでズボンを脱げばワイセツだろう、というひとがよくあります。これに対して、わたしは次のように答えたい。もし公衆浴場にズボンをはいたまま入ってくる人間があったら、やはり滑稽というか、妙なものではありますまいか。これには、「人をして嫌悪の情を起させる」ものがあるにちがいありません。

アフリカの土人や、ヨーロッパのある地方に住んでいる裸体主義者グループでは、裸で生活するのが当り前で、彼らのなかでひとりだけ洋服を着ている人間は、むしろ「人をして羞恥の情を起させる」かもしれません。当人がちっとも恥ずかしいともワイセツだとも思っていないものを、見る人が恣意的にワイセツだと判断する。そういう恣意的な判断をくだすひとの心の中にしか、ワイセツというものは存在しないのです。だからといって、わたしはすべての人に裸になれというわけではない。しかし、もしすべての人が裸になったら、洋服を着ている人がワイセツになるだろう、というだけです。つまり、ワイセツとは、どうにでも変化する相対的概念です。だから、ワイセツといわずに、ワイセツ意識と呼ぶのが正しい言葉の使い方だとわたしは考えます。ワイセツとは、いわば人間のゆがめられた意識の形態をさす言葉でありましょう。

ワイセツ意識がふかく滲み込んだ人間の心には、セックスの問題をあつかったすべてのものを、ワイセツだと判断する準備があらかじめできております。そういう人間には、医学の書物も、文学の書物も、哲学の書物も、あるいは美術品も、すべてがワイセツの色に染め出されて見えるらしい。だから明治政府の役人は、今日では街頭に大っぴらに飾られているような裸体彫刻に、展覧会場で、腰巻きをつけさせるという滑稽なことをやりました。今日では笑い話です。

繰り返して申しますが、その場合も、彫刻品がワイセツなのではなくて、その彫刻を見る役人の心にワイセツ意識が滲みついていたのです。

わたしは、この世で最もワイセツ意識の旺盛な人間は、検察官ではないかと考えています。なぜかといえば、ワイセツ意識、ゆがめられた意識は、もっぱら権力から生ずるものだからです。このことを哲学上の言葉でいえば「疎外」と申します。これは当節のハヤリ言葉です。

昔、西洋の中世に、魔女裁判というものがありました。当時のひとびとは魔女というものの実在を信じていて、何千人もの人間が、魔女という名のもとに焼き殺されました。そしてこの暴挙を勢力的に行ったのは、当時封建国家の権力と手を結んでいたカトリックの坊主どもです。実際は、魔女とは単に正統キリスト教以外の土俗宗教を奉じていた異端者の名にすぎません。現在では、魔女の実在を信じている人間はひとりもおりませんし、魔女信仰は一種の社会的なヒステリー現象、妄想だということが解っております。

わたしは、ワイセツもまた、二十世紀における、魔女妄想によく似た一種の社会的なヒステリー現象、妄想だと考えます。権力につながる人間が、この妄想を社会全体におしひろめるのです。自分たちの腐敗や不正をあばき出す文学作品や思想の書物に、ワイセツという、本来どこにもありはしないものの名前を貼りつけて、自由な出版活動を社会から葬り去ろうとたくらみます。

このように、ワイセツは、いや、ワイセツ意識、ワイセツ妄想は、必ず支配者の意識から出てくるということは、注目に値する事実です。自分が社会の善良な風俗の保護者であるという思いあがった態度が、逆にワイセツ意識を社会にはびこらせるのです。

かつて絶対君主制国家の利害に加担したキリスト教の権力が、魔女という、どこにも存在しないものをつくり出したのと全く同じように、現在、民主主義と呼ばれる国家機構の権力につながる官僚たちは、ワイセツという、やはりどこにも存在しないものの名によって、自由な出版を断罪しようとたくらむのです。こういう風に、自由な出版や、自由な芸術表現、思想表現に対して、つねに目を光らせている権力側の人間は、どうしたってワイセツ意識が旺盛にならざるを得ません。ゆがんだ意識にならざるを得ません。非常に不幸な人間だというべきでしょう。

最後に、エロティシズムというものが、人間の文化の面でいかに重要な役割をはたしているかということについて、一言、説明しておきたい。

わたくしどもが用いるエロティシズムという言葉は、人間のセックスの衝動に関係のある一切の事物をふくめた表現でありますが、これは、申すまでもなく文学や美術の対象になると同時に、哲学や思想の対象にもなるものなのです。

検察官的な意識では理解できないことかもしれませんが、エロティシズムは、哲学や思想の問題と不可分一体なのです。

ソクラテスやプラトンを引用するまでもなく、ギリシアの昔から、エロティシズムは哲学の重要なテーマでありましたし、近代では、フロイト、ハヴェロック・エリス、フックス、あるいはサルトル、ジョルジュ・バタイユなどの思想家が、それぞれの角度からエロティシズムを追求しております。

日本では、明治政府が哲学を輸入した際に、不当にも、この重要なテーマを棄てて顧みませんでした。それは前代からの儒教道徳の影響でもありましょうが、そもそも明治の官学の輸入した哲学が、カントからヘーゲルにいたる畸型的なドイツの観念論、国家哲学であったからです。在来の日本の哲学や思想は、このように、エロティシズムの問題を不当に軽んじていたのです。

そしてそうした考え方が、現在にまで尾をひいておりまして、戦前の帝国大学を卒業したほどの年齢層のひとびとのなかには、エロティシズムと哲学とがどう結びつくのか、まったく見当がつかないようなひとも多くいるのではないかと思います。

しかし、これはあくまでも日本のインテリの頭が、長いことゆがめられた観念論、ゆがめられた国家哲学のとりこになっていたからでありまして、そのような偏見が、もしこの法廷の中にもあるとすれば、これから弁論を行うに当って、一刻も早く打破すべきだとわたしは考えます。

エロティシズムは哲学の重要な一分野であり、エロティシズムの問題に真正面からぶつかったサドの文学は、思想書として読まれなければならない所以であります。

以上で、意見陳述を終ります。

不快指数八〇

伊藤整氏の小説『裁判』によると、チャタレー事件の第一回公判で、伊藤整氏は検事と弁護士のやりとりを聞きつつ、胸がドキドキしたり、顔面蒼白になったり、あやうく被告席で脳貧血を起しかけたりしたそうである。わたしは今度、生まれてはじめて被告として法廷にのぞんだが、どうやら面《つら》の皮が伊藤整氏よりもはるかに厚くできているせいか、そんなことはただの一度もなかった。

これには性格の相違、年齢の相違、社会的立場の相違など、いろいろ理由が数えあげられよう。たしかにわたしは治安維持法も特高も知らない。「暗い谷間」の強迫観念もない。紳士でも大学教授でもないし、文壇づきあいの義理もない。ないないづくしみたいなもので、ないということは、気が楽なものであるとさとった。

わたしは一九二八年生まれ、世代論的にいえば戦後派というよりも戦中派に近く、むしろ終戦直後、「同年代から強盗諸君の大多数が出ていることを誇りとした」（三島由紀夫『重症者の兇器』）態の人間であってみれば、最初から、法律とか法廷とかいうものの怖ろしさに対して不感症になっていたとも言えるだろう。

というようなわけで、およそ精神的重圧なぞ、これっぽっちも感じなかった。べつに強がりを言っているわけではない。事実である。（申し訳ない！）ただ肉体的負担が少々あった。なにしろ夏である。裁判所に冷房装置はないから、じつに暑い。それに被告席は固い木の椅子である。わたしは極端にやせている方だから、たちまちお尻が痛くなる。これには参ったね。お尻の不快指数一〇〇以上だったかもしれない。

第一回公判の前に、打ち合わせで集まったとき、わたしは大野正男弁護士に次のように質問をした、「裁判所にはどんな服装で行けばいいんです？　やっぱりセビロを着なければいけませんか？」すると大野氏は答えて、「いや、近頃はそんなうるさいこと言いませんよ。開襟シャツでいいでしょう」中村稔弁護士がつけ加えて、「少なくとも特別弁護人の白井さん遠藤さんは、セビロを着た方がいいと思うけれど、被告は開襟シャツでも構わんでしょうね」

「裁判官も法服で、暑いのに御苦労さまだな」と誰かが言うと、柳沼八郎弁護士がおもしろいエピソオドを話してくれた。「田舎の裁判所などではね、裁判官がシャツとステテコの上から法服をかぶって出廷した、などという話がありますよ」

さて、公判の日、わたしはとつおいつ考えた末、やっぱり開襟シャツはやめることにした。いや、実をいえば、わたしは開襟シャツというものを普段から好まず、一枚ももっていないのだ。

数年来、夏はアロハかポロシャツときめている。身だしなみのよい中村稔弁護士がいつもきちんとセビロ、ネクタイに身を固めているのを、常日頃、驚異の目をもって眺めていたわけである。しかし、まさかアロハを着て行くわけにもいくまいから、悲壮な決意のもとに、ここはどうしてもセビロを一着に及んで行こう、ということに相成った。

かくて、盛夏の法廷の不快指数はセビロとともに上昇するかと思われたが、なかなかさにあらず、わたしたちの不快を誘うもろもろのオブジェは、意外にも、裁判所の付属物のなかに幾つも発見することができたのである。

「裁判官の背後には私の記憶の刻印から取りはずせないところのあの菊花紋章がなく、また、検察官は裁判官と同じ高いヒナ壇にいるのではなく、弁護士たちと相対した下方の机の前に高く積まれた書類の陰にかくれでもするかのごとくにほとんど心もとなげにすわっていると見える」と埴谷雄高氏は、第一回公判の印象を書いているが、わたしたち戦後の法廷しか知らない戦後派にしてみれば、菊花紋章はさておき、あの判事の黒い法服だけでも異様にグロテスクなものに見えて仕方がない、といったところがあった。これすなわち、不愉快なオブジェの第一号である。

判事たちがヒナ壇について、いよいよ裁判が始まらんとするとき、不意にどこからともなく、むし暑いだらけ切った空気をつんざいて、「キリッ!」という号令がかかり、ぼんやりしていたわたしを椅子の上で跳びあがらせるほどの効果があった。これは、審理のはじまる前後に必ず繰り返されるアナクロニックな軍隊調の号令で、あとから気がついたところでは、その号令を発する者は、いかにも下士官タイプといった裁判所の吏員、口をへの字にむすんだ、小柄な老人であった。

中学校以来、わたしが理解しているところでは、「起立」のあとには「礼」そして「着席」とつづくはずなのに、その号令は「起立」だけで、あとは尻切れトンボになる。仕方なしにわたしはのろのろ立ちあがったものの、「礼」の号令がかからないので、お辞儀も何にもしないで突っ立っていると、壇の上の裁判官たちはそれぞれ勝手にお辞儀をして坐ってしまった。お辞儀をするしないは個人の自由らしい。検事の隣りで、小さな机と椅子にしがみつくようにして坐っている号令係の老人のすがたも、滑稽ではあるが、目ざわりなオブジェである。

第三の（そして最大の）不快は前にも書いたごとく、お尻の痛くなる固い木の椅子である。わたしが椅子の上でもじもじしているのを見かねたのであろうか、遠藤周作氏が、休憩時間に、こう言ってくれた。「きみ、あの椅子じゃケツが痛くてやり切れないだろう。あそこにいいのがあるから、被告席にもって行って使うといいよ」

それもそうだな、とわたしは思って、やや上等な布張りの椅子を二つ運んで、被告席にならべて置いた。すると、たちまち風のごとく、例の号令係のジイさんがあらわれて、「こんなことされちゃ困りますな」とばかり、さっさとその椅子をもって行って、元の位置にもどしてしまった。やれやれだ。

以上書いたいくつかのことは、すべて肉体的・生理的不快感とでもいったジャンルに入れられるべきことであるが、わたしが最後まで残しておいた、もうひとつ重大な不快事がある。これも遠藤氏の表現であるが、検事は鈍物、鈍そのもの、といった感じの男であった。終始うつむき加減で、小まめに何か書き込みをしている検察官の無表情な顔からは、能吏にふさわしいポーカー・フェースとか冷静沈着とかいった顔面神経の高級な操作ではなく、この裁判の意味も自己の置かれた立場もまったく理解の外にあるといった、おそるべき知性の低さしか（不幸にして！）読みとることができなかった。絶対にわたしたちの方を見ない。弁護士の要求で、裁判長に発言をうながされると、「御質問の意味がよく解りませんが……」と困惑の表情を浮かべて、お脳のヨワイところをさらけ出す。あれで反対訊問なんかできるのかしら、とわたしは少なからず心配になった。

かほどに鈍であればこそ、「この第一回目の公判で最も印象的なのは、ある作品における芸術性と猥褻性は両立し得るというチャタレー裁判の判例にそのままよりかかった、検察官の形式的で単純な図式であった」という、埴谷雄高氏の感想の生まれる余地もあったのである。「どうも検事が食いたりない感じだな」とわたしがいうと、遠藤氏はすかさず、「きみは悪魔みたいな鬼検事を想像してたんだろう、ロマンティックだなあ」と笑った。まさかそれほどでもないが、この一文が、検事挑発のためにいささかでも役立ってくれればと思っている。

あとがき

わたしは、自分の写真をアルバムにきちんと貼っておく趣味がないから、ときどき撮ったり撮られたりした写真は、古ぼけた箱のなかに片っぱしから抛りこんでおく。後になって、年代順に並べてみようたって、それはできない相談だ。それに、どうして年代を明らかにする必要があろう。わたしの顔はそれほど変っていないのだ。

少年の頃、動物学者になることをひそかに夢みていた。動物図鑑のラテン語を呪文のように唱えたり、大島正満というひとの本に読み耽ったりした。

いま考えてみると、しかし、当時のわたしの頭にあった動物学者の漠然たるイメージは、どうやらロオマ白銀時代の文人プリーニウスのそれあたりに近かったようである。

プリーニウスは専門の学者でなく、あくまで素人であった。自然の熱烈な讃美者であり、世相の狷介な批判者であり、しかも古風な頑固な迷信家であった。——そういうひとでありたいものだ、と現在のわたしも思っている。

一日、ヴェスヴィオ山が爆発すると、プリーニウスは持ち前の好奇心に駆られて、どうしてもこの火の山に近づきたくてたまらず、ついにナポリ湾から付近に上陸したのであったが、そこで有毒なガスに包まれて窒息死した。——そういうひとでありたいものだ、と現在のわたしも思っている。

ここに集められた文章のなかで、サド裁判に関するものだけは、否応なしにアクチュアリティがあって、わたしには残念でたまらない。

裁判は現に進行中である。本書を出版してくれた現代思潮社の石井恭二氏が、ほかならぬサド裁判の相被告である。ふたたび、ここに変らぬ感謝と敬愛の念を記しておこう。

一九六二年三月　鎌倉にて　　澁澤龍彦

解説

巖谷國士

『神聖受胎』の初版は、一九六二年三月二十五日、当時西神田にあった現代思潮社から出た。加納光於による装幀がいかにも瀟洒ながら、どこか激しい、ラディカルな感じを漂わせていた。定価は六百五十円で、やや高かった。おそらく発行部数もそう多くはなかったのだろう、しかし、あのころ澁澤龍彥の新刊書を待ちかまえていた一部の読者にとっては、忘れられないものになりそうな予感を秘めた本だった。

個人的なことだが、当時十九歳だった私はこの本をすぐに買って読み、しばらく取り憑かれた。大学の二年生は新宿の夜をさまよっては、出会うだれかれにこの本のことを喋った。耳を傾ける人は少なかったけれど、喋ることさえできればいいようなものだった。ところがそのうちに、同じ新宿のどこかの酒場で、澁澤龍彥本人と出会ってしまったのである。彼はまぎれもなく彼としてそこにいた。もう喋る必要はなくなっていた。私はそのときはじめて、同じくフランス文学を自分の一応の専門領域とすることに決め、以来二十五年間、この稀な年長者と親しくつきあうという幸運を得た。十五歳という年齢差はやがて、あってなきがごときものになったように思われる。

その澁澤龍彦は、しかし、今年の八月五日に亡くなった。もうひとつ個人的なことを言えば、あのとき私はユーゴースラヴィアを旅していて、彼の死を知ったのは数日たってから、真っ青なアドリア海をのぞむ真っ白なドゥブロヴニク、昔ラグーザと呼ばれたこの古い町の古いホテルの一室でだった。目の前にくっきりと切りとられたように立ち、松の緑にふちどられている幾何学的な形をした白い大きな岩山を眺めながら、その日一日中、私はこの二十五年間について、さまざまな思いにとりまかれながら過した。彼の何冊かの本が猛烈に読みたくなってきた。晩年の(と今では言わざるをえない)『うつろ船』から『狐のだんぶくろ』や『玩物草紙』、『思考の紋章学』や『胡桃の中の世界』へと遡り、過渡的な『黄金時代』を経て、最後に行きあたったのは『夢の宇宙誌』でも『悪魔術の手帖』でもなく、この『神聖受胎』だった。

それでこの九月に東京に戻り、「四十九日」に出てからこの本を十何年かぶりに読み返すことになったのだが、予期した以上に引きこまれ、しばしば新鮮な感動の湧いてくるのを覚えた。いまはいない二十五年前の大学生が反応しているということではなかった。晩年の(と今では言わざるをえない)いわゆる澁澤龍彦文学のいわゆる完成度とはちがう、怪しい不純なものが行間にどろりと流れ出はじめながら辛うじて固まっているかのような緊張した自己拘束的な文章が、また別の、だがそれはそれとして澁澤龍彦以外のものではない独特の完成度に達している。あえて言えばこれがたとえ最後の本であったとしても、澁澤龍彦がどういう作家であったかを、かなりのところまで解らせてくれる本なのだ。

そして何よりも、二十五年前であろうと今日であろうと、この本は面白く読める。たとえば論理とか弁証法とかいう言葉が頻出することに注意しよう。のちにはあまり使われなくなった澁澤龍彦のキーワードだが、それがただの固定観念としてではなく、生き生きと、生々しく、文章そのものを拘束し、文章を通じて具体的に生きられている。澁澤龍彦が何よりも文章というものに自己を賭けていた作家（本来、作家とはそうあるべきものだろうが）であることがよく解る。だからこそここに扱われ唱えられている種々のイデオロギーも、行間にどろりと滴りつつ凝固する異物をも含めて、生きたものとして面白く読めるのである。

ここまで言ってしまえば、私の個人的事情はどうでもよくなる。この本が出たとき澁澤龍彦は三十三歳だった。すでに訳著はたくさんあったが、エッセー集としては『サド復活』（一九五九）『悪魔術の手帖』（一九六一）につづく三冊目だった。その背景にはいわゆる安保闘争と、それの延長のように思えなくもなかったもうひとつの歴史的・運命的な事件、「サド裁判」があった。幸か不幸か澁澤龍雄（本名）はその被告人だった。集中に「第一回公判における意見陳述」が収められ、しかもそのなかに、たとえば「わたしは、この世で最もワイセツ意識の旺盛な人間は、検察官ではないかと考えています」などという一句が読めるような書物は、世界文学史上にも稀である。

つまりこれはとにかく猛烈な、人も羨むような「アクチュアリティ」を約束されている本であり、そうであることを期待されてもいる本であった。ところが著者の「あとがき」にはこうある。「ここに集められている文章のなかで、サド裁判に関するものだけは、否応なしにアクチュアリティがあって、わたしには残念でたまらない。」

彼はのちに、「アクチュアルな事象については、なるべく発言しないことを信条としている」とも書く。この種の言葉をどうとらえるかによっても、澁澤龍彥観は変ってくるだろう。超俗を決めこんで鎌倉に隠棲する「異端的」文学者の述懐ととれば安心だし、解りやすい。他方、この人は自分の作品について語る場合、ちょっと照れるところがあったようだ。防御の姿勢もきつい。不用意な批評家はいくぶんのズレを自覚している彼の自己評価につられて、どこか違う澁澤龍彥像をつくってしまう傾向がある。一種のサーヴィス精神がはたらいていることも知らぬげに。

論理、弁証法のトリックにみちみちている『神聖受胎』は、当然、さまざまな逆転を用意している本でもあろう。「サド裁判」に関する文章に否応なくアクチュアリティがあって「残念」だ、というミスティフィカシオンのうちには、そう言うこと自体にじつは猛烈なアクチュアリティがあるという事実への自覚が隠されている。これが澁澤龍彥のいわゆる弁証法の要項のひとつだとさえ言ってよい。いたるところに逆転が仕掛けられている。一箇所だけ、引用してみることにしよう。

私がかれこれ七八年前、はじめてサドの思想に接したのは、そう、かの一徹無垢な弁証法的精神アンドレ・ブルトン先生の手引によってであった。無差別な愛と無制限な自由の理念を説くブルトン先生は、サドと、フーリエと、フロイトと、マルクスとを直線で結ぶ独特な美しい体系を築きあげて、フランス文学史のみならず、世界の芸術の歴史を魔術的に転回せんとする一種の秘教団体をつくったのである。日本にも昭和初年にこの運動は流れ込んだが、残念ながら、肝心かなめのブルトン先生の思想は、その深遠さのゆえに、すっかり敬遠されてしまった観があった。学生時代、私はブルトン先生に完全にいかれていたらしい。現在は必ずしもそうではない。しかしいずれにせよ、この先生の手引によって、私の二十代後半が決定的に方向づけられたことは事実であって、以来、サドは私の脳中から片時も離れることがなくなった。まあ業みたいなものである。

とはいえ、もうそろそろ、いい加減にサドから足を洗いたいという気もしないでもない。もっとも、今度のような事件が起ると、却ってこの気持は急上昇して、またぞろ大作に取り組む熱意が勃然と湧いて来るのは如何ともしがたい人間の意地である。サドという作家は、人間の快楽の血を描くとともに、死と苦痛の誘惑が稀ではない社会、不正が依然として支配を続けている社会に生きる人間の、いわばジレンマを併せ描いたので、その生き方は本質的に矛盾した危機的な生き方であった。だから、われわれがサドの呪縛を完全に振りはらうことが出来るのは、おそらくヘーゲルの言った「精神の不安のなくなる歴史の終末」においてのみであろう。そんな時代は永遠に来ないという悲観的な人には、サドは永遠につきまとうだろう。現在が最高最善の時代を信じている人だけが、従って、サドを拒否し得る幸福な人種であるにちがいない。この幸福は、しかしどうやら道徳的白痴と同様である。（『発禁よ、こんにちは』）

このように行きつ戻りつする論理が、澁澤龍彦の初期の文章の特徴的なありかたであり、意外だが強度のアクチュアリティを生んだツボなのである。まず「ブルトン先生の手引」を言い、日本の自称シュルレアリスムの未成熟を的確に（あくまで的確に）指摘した上で、そのはるか先を行くかのようなふりをしながら、サーヴィス満点に俗な言葉の次元にもどってみせ、「まあ、業みたいなものである」と逃げる。そこで「足を洗いたい」と言うからもうそれですむのかと思っていると、「如何ともしがたい人間の意地」などという紋切型の卑近な言葉が入る。だがその先はちがう。ノンシャランな身振りが消えて、ブルトン先生を通じて否応なく身につけざるをえなかった「道徳」、サド的「イデオロギー」に裏打ちされた文章についてのモラルが、行間にどろりと流れおちるものを食いとめながら、最後の数行を律してゆく。

もちろんのちの澁澤龍彦自身が「サドを拒否し得る幸福な人種」に変貌したなどとは思ってはならない。「道徳的白痴」は一見したところ彼と必ずしも無縁ではないようにも思えるが、しかし彼の文章は、彼の生まれついて身につけていた論理・弁証法をつらぬく「業」は、このときすでに、晩年の愉しげな文学世界の妖しさ、不可思議さ――透明な日本的安定を指摘されながら決してそこに落ちつくことはない異数性、いいかげんなふりをして極度に自己拘束的な、アクチュアルな緊張度に支えられた仮の自己完結性、道徳性、を見通すものを含んでいたように思われる。

だから『神聖受胎』はじつに面白い本だ。ユートピアと暴力、エロティスムと弁証法、権力意志とノスタルジア、選別とアナロジー、神秘主義とアクチュアリティ、韜晦とシュルレアリスムが――マルクス・エンゲルス、ニーチェ、フロイト、土方巽、スウィフト、ヘリオガバルス、サド、加納光於、ジュネ、ブルトン、トロツキー、山口二矢、フーリエ、等々、等々が、近未来の「道徳的白痴」につながるカタログ文化に向ってではなく、あくまでも澁澤龍彥の文章自体の現在へと収斂して、かつてなく広い眺望のもとに結合と離反をくりかえし、しかも浅草花屋敷の見世物小屋か何かで、時ならず「キヤキヤした」情緒のうちに渦巻いていたりもする書物。これは二十五年前のことさえどうでもよくなるような、ほんとに面白いエッセー集なのだ。

澁澤龍彥の書物にはいつも何かしら完成ということを思いうかばせるところがあった。彼が本来の意味で文章家、文章道徳家だったからであろう。彼の最後の書は『高丘親王航海記』となったが、航海ということが思えば彼の試みつづけてきたことの意味である。『神聖受胎』がその出発点近くにあったという事実をあらためて考え直さないわけにはいかない。とにかくこの本のなかでも、澁澤龍彥は彼の文学をフルに生きているのである。

一九八七年十月

新装版
神聖受胎《しんせいじゅたい》

一九八七年 二月 四日 初版発行
二〇一七年 七 月二〇日 新装版初版印刷
二〇一七年 七 月三〇日 新装版初版発行

著 者 澁澤龍彦《しぶさわたつひこ》
発行者 小野寺優
発行所 株式会社河出書房新社
〒一五一-〇〇五一
東京都渋谷区千駄ヶ谷二-三二-二
電話〇三-三四〇四-八六一一（編集）
〇三-三四〇四-一二〇一（営業）
http://www.kawade.co.jp/

ロゴ・表紙デザイン 粟津潔
本文フォーマット 佐々木暁
本文組版 KAWADE DTP WORKS
印刷・製本 中央精版印刷株式会社

Printed in Japan ISBN978-4-309-41550-5

極楽鳥とカタツムリ

澁澤龍彦　41546-8

澁澤没後三十年を機に、著者のすべての小説とエッセイから「動物」をテーマに最も面白い作品を集めた究極の「奇妙な動物たちの物語集」。ジュゴン、バク、ラクダから鳥や魚や貝、昆虫までの驚異の動物園。

ヨーロッパの乳房

澁澤龍彦　41548-2

ボマルツォの怪物庭園、プラハの怪しい幻影、ノイシュヴァンシュタイン城、骸骨寺、パリの奇怪な偶像、イランのモスクなど、初めての欧州旅行で収穫したエッセイ。没後30年を機に新装版で再登場。

華やかな食物誌

澁澤龍彦　41549-9

古代ローマの饗宴での想像を絶する料理の数々、フランスの宮廷と美食家たちなど、美食に取り憑かれた奇人たちの表題作ほか、18のエッセイを収録。没後30年を機に新装版で再登場。

エロスの解剖

澁澤龍彦　41551-2

母性の女神に対する愛の女神を貞操帯から語る「女神の帯について」ほか、乳房コンプレックス、サド＝マゾヒズムなど、エロスについての16のエッセイ集。没後30年を機に新装版で再登場。

世紀末画廊

澁澤龍彦　40864-4

世紀末の妖しい光のもと、華々しく活躍した画家たちを紹介する表題作をはじめとして、夢幻的な印象を呼び起こす幻想芸術のエッセンスがつまった美術エッセイを収録。文庫オリジナル。

澁澤龍彦　書評集成

澁澤龍彦　40932-0

稲垣足穂や三島由紀夫など日本文学の書評、日本人による芸術や文化論の批評、バタイユやD・H・ロレンスなどの外国文学や外国芸術についての書評などに加え、推薦文や序文も収録。多くが文庫初掲載の決定版！

澁澤龍彥 映画論集成

澁澤龍彥 40958-0

怪奇・恐怖映画からエロスまで、澁澤の強い個性を象徴する映画論『スクリーンの夢魔』を大幅増補して、生前に発表したすべての映画論・映画評を集大成したオリジナル文庫。

澁澤龍彥 日本芸術論集成

澁澤龍彥 40974-0

地獄絵や浮世絵、仏教建築などの古典美術から、現代美術の池田満寿夫、人形の四谷シモン、舞踏の土方巽、状況劇場の唐十郎など、日本の芸術について澁澤龍彥が書いたエッセイをすべて収録した決定版！

澁澤龍彥 日本作家論集成 上

澁澤龍彥 40990-0

南方熊楠、泉鏡花から、稲垣足穂、小栗虫太郎、埴谷雄高など、一九一一年生まれまでの二十五人の日本作家についての批評をすべて収録した〈上巻〉。批評家としての澁澤を読む文庫オリジナル集成。

澁澤龍彥 日本作家論集成 下

澁澤龍彥 40991-7

吉行淳之介、三島由紀夫、さらには野坂昭如、大江健三郎など、現代作家に至るまでの十七人の日本作家についての批評集。澁澤の文芸批評を網羅する文庫オリジナル集成。

澁澤龍彥 西欧芸術論集成 上

澁澤龍彥 41011-1

ルネサンスのボッティチェリからギュスターヴ・モローなどの象徴主義、クリムトなどの世紀末芸術を経て、澁澤龍彥の本領である二十世紀シュルレアリスムに至る西欧芸術論を一挙に収録した集成。

澁澤龍彥 西欧芸術論集成 下

澁澤龍彥 41012-8

上巻に引き続き、シュルレアリスムのベルメールとデルヴォーから始まり、ダリ、ピカソを経て現代へ。その他、エロティシズムなどテーマ系エッセイも掲載。文庫未収録作品も幅広く収録した文庫オリジナル版。

澁澤龍彦　西欧作家論集成　上

澁澤龍彦　41033-3

黒い文学館——狂気、悪、異端の世界！　西欧作家に関するさまざまな澁澤のエッセイを作家の生年順に並べて総覧した文庫オリジナル。ギリシア神話から世紀末デカダンスまで論じる「もうひとつの文学史」。

澁澤龍彦　西欧作家論集成　下

澁澤龍彦　41034-0

異端文学史！　西欧作家に関するさまざまな澁澤のエッセイを作家の生年順に並べて総覧した文庫オリジナル。コクトーやシュルレアリスム作家、マンディアルグ、ジュネまで。

澁澤龍彦　西欧文芸批評集成

澁澤龍彦　41062-3

挫折と不遇のなかで俗物主義と進歩思想を嫌い、神秘や驚異の反社会的幻想を作品にした過激な「小ロマン派」たちをはじめ、十九世紀フランスを軸に幻想、暗黒、怪奇、エロスなどの文学を渉猟。

私の少年時代

澁澤龍彦　41149-1

黄金時代——著者自身がそう呼ぶ「光りかがやく子ども時代」を飾らない筆致で回想する作品群。オリジナル編集のエッセイ集。飛行船、夢遊病、昆虫採集、替え歌遊びなど、エピソード満載の思い出箱。

私の戦後追想

澁澤龍彦　41160-6

記憶の底から拾い上げた戦中戦後のエピソードをはじめ、最後の病床期まで、好奇心に満ち、乾いた筆致でユーモラスに書かれた体験談の数々。『私の少年時代』に続くオリジナル編集の自伝的エッセイ集。

プリニウスと怪物たち

澁澤龍彦　41311-2

古代ローマの大博物学者プリニウスが書いた『博物誌』は当時の世界の見聞を収めた大事典として名高いが、なかでも火とかげサラマンドラや海坊主、大山猫など幻想的な動物たちが面白い！　新アンソロジー。